織島かのこ
illustration
ただのゆきこ
嘘つきリップは恋で崩れる2
JN105961

「もうできるよー。
ごめん相楽くん、お皿取ってー」
いつのまにか彼女の部屋に、
俺の食器が少しずつ増えてきた。
食器棚に揃いのマグカップが並んでいるのは、なんだか
くすぐったいような気持ちがする。

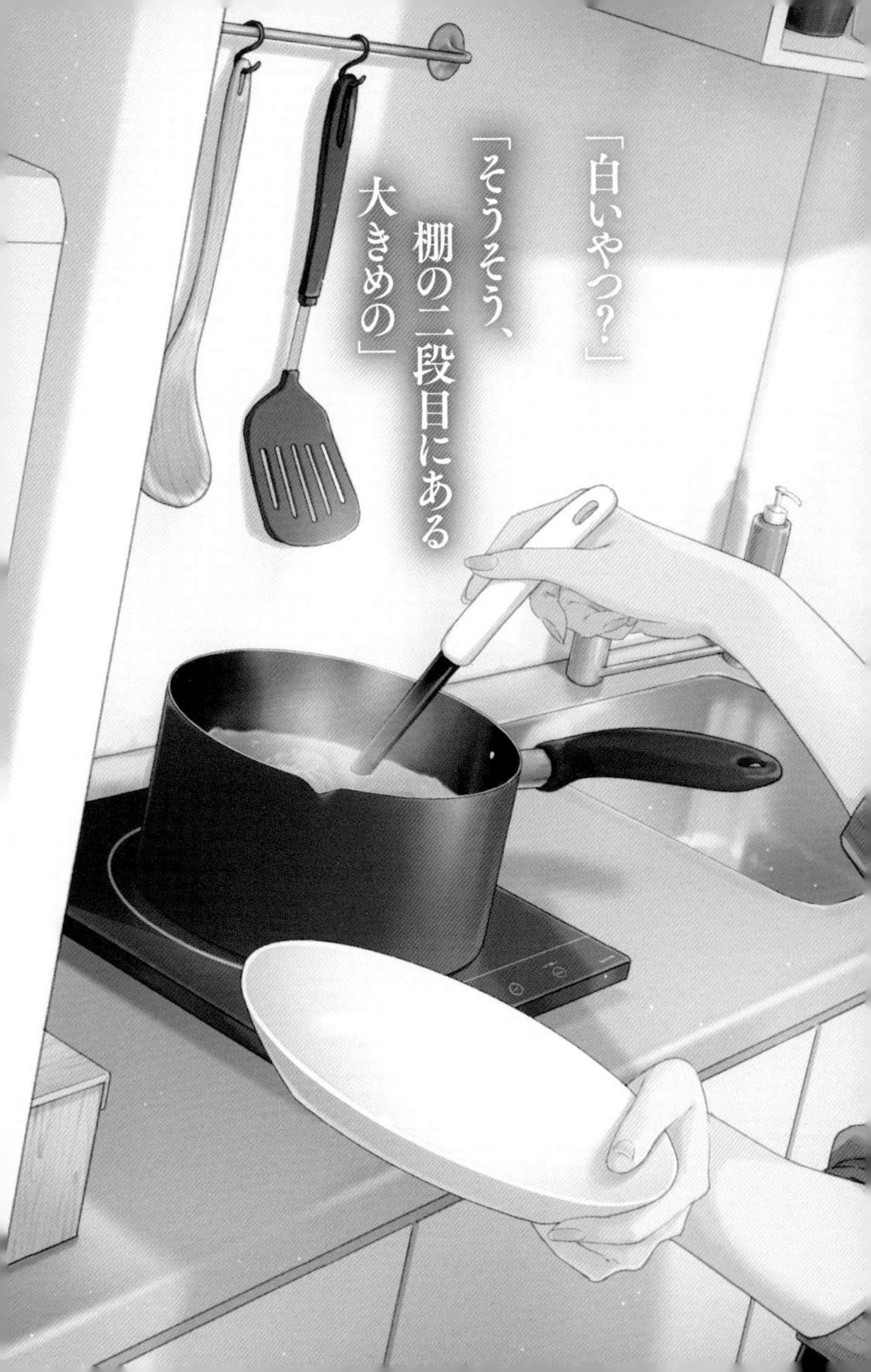
「白いやつ？」
「そうそう、棚の二段目にある大きめの」

「創平くんの彼女が
どんな人なのか、気になったんです」

「……そうへい、くん？」

「あ、勘違いしないでくださいね。
あたし、創平くんの妹なんです」

「……い、妹？」

「創平くんから、話聞いてない？」

さがらいちか
相楽一花
相楽の義妹。
名古屋在住の高校2年生。
あるときは真面目系ポニテ、あるときは生意気系ギャル。

「さ……相楽くん。
……わたしの水着、
ど、どうかな……」

俺はこれまで「水着なんて布面積が少ないだけで
浴衣の方がエロいだろ」という考えの持ち主だったのだが、
今後はその主張を改めなければならない。
水着も浴衣と違った良さがあり、それはそれで素晴らしいものだ。
優劣をつけられるものではない。

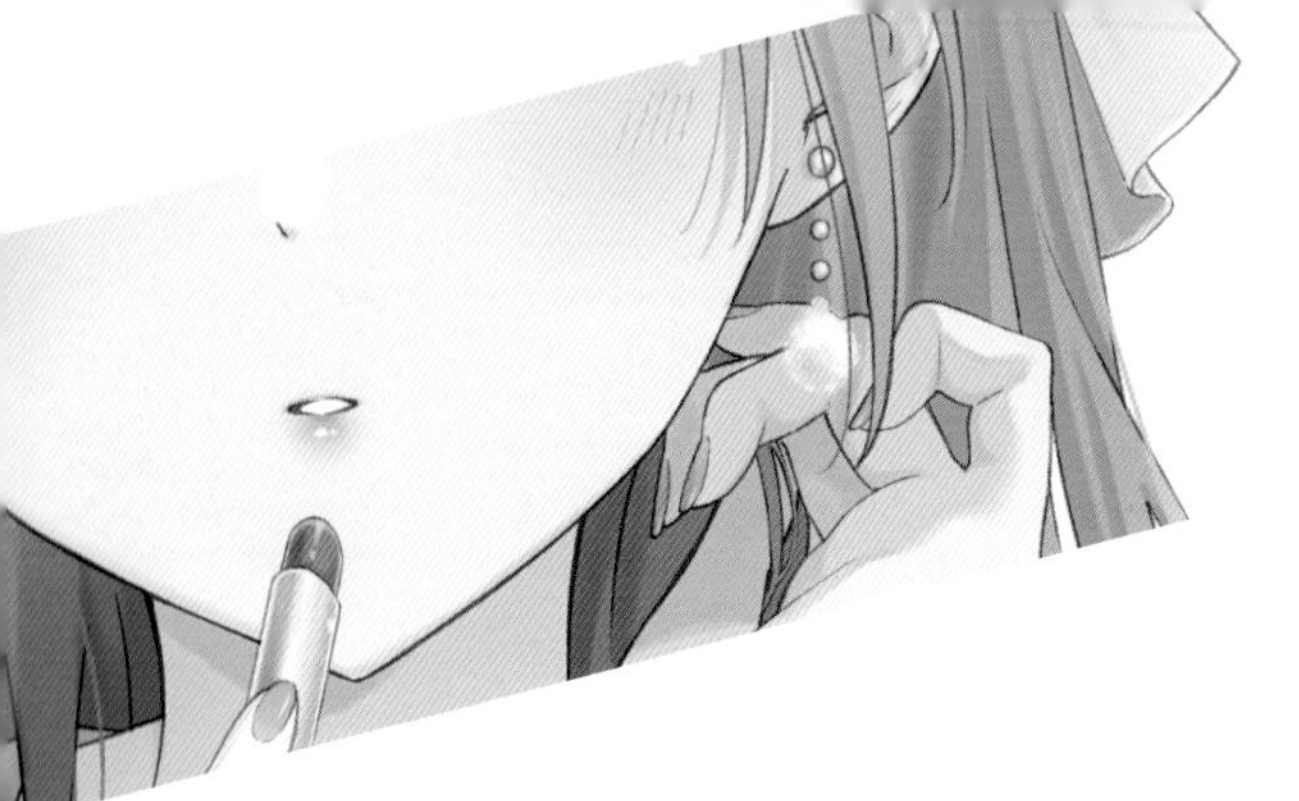

CONTENTS

usotsuki lip
ha koi de kuzureru.

嘘つきリップは恋で崩れる２

織島かのこ

GA文庫

カバー・口絵・本文イラスト
ただのゆきこ

第一章　恋人同士がすることは

usotsuki lip ha koi de kuzureru.

授業終了のチャイムが鳴ると同時に、テキストと筆箱をショルダーバッグに放り込んだ。最前列ど真ん中の席から立ち上がると、足早に講義室を出る。

スマホを開くと、［四限休講になっちゃった！　二号館食堂にいるね］というＬＩＮＥが届いていた。そのメッセージに、［終わった　今から行く］と返信する。

四月の大学構内は新入生でごった返しており、どこを見回しても人だらけだ。あと一カ月もすれば、ゴールデンウィークが終わって、ぐっと人口が減るはずなのだが。

入学式からそろそろ一週間が経とうとしているが、コンビニ前のベンチに座っている女子二人組は、どこかぎこちない会話をしている。彼女の待つ図書館へと向かう道すがら、同じゼミの北條とすれ違い、短い会話を交わした。

一年前。大学に入学したばかりの俺は、誰とも目を合わせないように、キャンパス内を歩いていた。挨拶をする知り合いなんて一人もいなかった。友達も恋人も要らない、ただただ平穏無事に過ごしていたいと、そんなことを考えていたのに。

――ここ、座ってもいい？

俺の大学生活を大きく変えた、あの日。そう言って俺の隣に腰を下ろした彼女は、今も俺の隣に居座り続けている。

芝生広場では、学生たちの楽しそうな笑い声が響いている。広場のそばにある花壇には、鮮やかな赤とピンクの花が植わっていた。ゼラニウムというのだと、このあいだ彼女が教えてくれた。ほら見て綺麗だね、と笑ってくれる彼女がいなければ、俺は気にも留めずに通り過ぎていたに違いない。

二号館にある食堂に入ると、キョロキョロと周りを見回す。それなりに人の姿は多かったが、俺はすぐに彼女を見つけることができた。自慢ではないが、俺は彼女を見つけるのが結構得意なのだ。

綺麗に結われた栗色の髪は、窓から射し込む太陽の光を反射して、キラキラと輝いている。思わず見惚れていると、顔を上げた彼女が俺に気付いて、嬉しそうに微笑んだ。

「相楽くん」

瞬きするたび揺れる長い睫毛に、ぱっちりと大きな宝石のような瞳、薔薇色の唇。完璧な化粧を施した美女の名前は、七瀬晴子。少しの隙もないキラキラ美女は、驚くべきことに、地味で冴えない俺の恋人なのである。

……やっぱ、おかしいよな。どう考えても。これは夢か？

七瀬と付き合い始めてから、およそ二カ月。四月になり、俺たちは二人とも、無事に大学二回生になった。

「七瀬、休講だったんだな。待たせてごめん」

「ううん！　さっちゃんと喋ってたから、全然大丈夫だよ」

そこでようやく俺は、須藤早希の存在に気付く。思わず「須藤、いたのか……」と呟くと、須藤は形の良い眉を歪めて「何？」と睨みつけてきた。

「あたしがいたらあかんの？」

「そんなこと一言も言ってないだろ。気付いてなかっただけ」

「つまり、ハルコのことしか見えてへん、ってことやん」

「べ、別に、そういうわけじゃ……」

完全に否定もできず口ごもると、須藤は呆れたようにひらひらと手を振る。

「はいはい、仲がよろしいことで。ごちそうさまあ」

からかうような須藤の言葉に、七瀬は「も、もう！　さっちゃんってば！」と頬を赤らめた。

思えば一年ほど前は、キラキラ女子が二人で話しているのを、俺とは関わりのない別世界の人間だな、と思って眺めていたのに。あの頃の自分は、うちのゼミきっての美女と付き合うことになるなんて、まったく想像もしていなかった。

「これから二人でどっか行くん？」

「ううん。一緒に帰るだけだよ」

七瀬は首を横に振ったが、今日は七瀬の部屋で一緒に夕飯を食う予定のため、帰る場所は同じである。今日はロールキャベツを作るのだと、ゆうべ七瀬が張り切っていた。

「さっちゃんは、もう帰る?」

「あたし、博紀(ひろき)が来るの待ってるわ」

「そっか! じゃあまたね」

連れ立って食堂から外に出ると、駐輪場に向かって並んで歩いていく。真新しい春色のスカートが、ひらひらと風に揺れる。

さすがに慣れたものの、こうして七瀬と一緒にいると、不躾(ぶしつけ)な視線を感じることが多い。陰気な男が一人で歩いていたところで、誰も気に留めないが、隣にいるのがアイドル顔負けの美女だと話は別である。羨望と嫉妬(しっと)の混じった視線が突き刺さって、ちょっと痛い。俺が七瀬に釣り合っていないことは、重々承知のうえである。

駐輪場に到着すると、揃(そろ)って自転車に跨(また)がった。仕方ないことなのだが、前後一列に並んで自転車に乗って帰宅するのは、あまり恋人らしいムードがない。ふと思いついた俺は、七瀬に尋ねてみた。

「そういや、七瀬。自転車の二人乗りとか、したいと思わねえの」

七瀬は〝薔薇色の大学生活〟とやらに憧(あこが)れを抱いているらしく、折に触れては(一応、彼氏である)俺に〝青春っぽいシチュエーション〟を要求してくる。先週など、二人で近所の公園でブランコを漕ぐ羽目になった。十数年ぶりの立ち漕ぎをしながら、「これは一体何の時間なんだ」という虚無感が押し寄せてきたが、隣の七瀬は満足げだった。今度は、大学の芝生広場でシャボン玉をしたいらしい。付き合うべきかどうか、ちょっと悩んでいる。

　恋人と公園でブランコを漕ぎたがる七瀬なら、自転車二人乗りに憧れていても不思議ではない。そう思ったのだが、七瀬は真面目くさった顔で答えた。

「相楽くん。二人乗りは道路交通法違反だよ」

「……仰る通りです」

　そりゃそうだ。当たり前のことなのだが、思わず笑ってしまった。俺は彼女の、こういうところが好きなのだ。

　自転車で前後に並んで、西大路通りを下っていく。途中、アパートの最寄りのスーパーに寄って、夕飯の買い物をした。俺は普段、安売りのうどんぐらいしか買わないが、七瀬はきちんと栄養バランスを考えているようだ。

　二人でアパートに帰ると、七瀬の部屋に入った。「ただいま！」と言った七瀬が、何かを期待するような目でこちらを見ている。

「……お、おかえり？」

　どうやら正解だったらしく、七瀬は満足げな笑みを浮かべた。

「ふふ。おかえりなさい、相楽くん」

「……ただいま」

なんなんだ、このやりとりは。バカップルか。

気恥ずかしくて頭を掻いていると、七瀬は「着替えてくる！」と言って、バスルームへと消えていった。磨りガラスの向こうのシルエットをできるだけ見ないように、俺は明後日の方向を向いている。

ややあって出て来たのは、さっきまでのキラキラ美女からは想像できない、すっぴん眼鏡の七瀬晴子だ。栗色の髪はふたつに結ばれて、高校時代のジャージを着ている。先ほどまでのキラキラ具合からは想像できない地味さだ。

「ごはん作るから、ちょっと待っててね！」

ジャージの上からエプロンをつけた七瀬が、狭いキッチンスペースに立つ。俺にできることは何もない。七瀬に任せるのは申し訳なく、これまでに何度か「手伝う」と申し出たのだが、不器用な俺は足手まといにしかならなかったのだ。

しばらくして、手際良く調理を終えた七瀬が、俺に向かって声をかけた。

「もうできるよー。ごめん相楽くん、お皿取ってー」

「白いやつ？」

「そうそう、棚の二段目にある大きめの」

俺は棚から白い平皿を取り出し、七瀬に手渡した。ついでに茶碗を出して、炊飯器から米をよそう。少し小さい桜柄のものが七瀬のもの、青い縦縞が入っているのは俺のものだ。

そういえば、いつのまにか彼女の部屋に、俺の食器が少しずつ増えてきた。決して嫌ではないのだが、食器棚に揃いのマグカップが並んでいるのは、なんだかくすぐったいような気持ちがする。

「ありがとう！　じゃあ食べよう」

ローテーブルの上に皿を置いた七瀬は、エプロンを脱いで俺の隣に座った。「いただきます」と手を合わせてから、ほかほかと湯気のたつロールキャベツを口に運ぶ。

「美味しい？」

七瀬がやや不安げな目つきで、こちらを見つめてくる。咀嚼して飲み込んだのち「美味い」と答えた。彼女の作るものは、いつだって美味しい。

俺の返答を聞いた七瀬は、嬉しそうに破顔する。分厚いレンズの向こう側にある目が、きゅっと細くなった。

「よかったあ。前に料理教室で教えてもらったの。上手にできたから、相楽くんにも食べてほしいなって思って」

七瀬は半年ほど前から、須藤と一緒に料理教室に通っているらしい。高い金を払って料理教室などに通わなくても、七瀬は充分料理が上手いと思うのだが。まあそんなことは俺が口を出すことではないし、「食べてほしい」と言ってもらえるのは素直に嬉しい。当然、この役目を他の奴に譲るつもりは毛頭ない。

　ロールキャベツを完食した俺は「ごちそうさま」と手を合わせて、食器を流しに持っていく。「置いといていいよ」と七瀬は言ったが、そういうわけにはいかない。せめて後片付けくらいはさせてくれ。

「いつも悪い。今度、なんか奢る」

「ううん。食費も貰ってるし、奢ってくれなくてもいいよ。でも今度、一緒に大学の近くにあるラーメン屋さん行こうよ。いつも並んでるから気になってたんだけど、一人で並ぶの寂しいと思ってたんだ」

「わかった」

　基本的に俺は「メシは並んでまで食うものではない」という主義だが、七瀬がそう言うなら仕方ない。彼女のためなら、今までの些細なこだわりなど捨ててもいいと思える。自分でも不思議なものだと思う。鴨川の河川敷に並んで座ったり、ブランコを漕いだりしている俺を、一年前の俺が見たらどう思うだろうか。

　それでも俺は、以前の自分よりも、今の自分の方が好きだ。

「相楽くん、なんでニヤニヤしてるの？」

「……な、なんでもない」

七瀬に言われて、俺は慌てて表情を引き締めた。最近の俺は、色ボケしすぎてる気がする。

後片付けを終えた後、七瀬と並んでテレビドラマを見て、他愛(たあい)もない話をした。

完全にオフモードのすっぴんの七瀬は、安心しきった表情で、俺に身を寄せてくる。ぴったりくっついてくるので、二の腕のあたりに柔らかいものが押しつけられる。ドラマの内容など、まったく頭に入ってこない。肩を抱き寄せるぐらいはしてもいいんだろうか、と迷ったが、結局勇気が出ず、何もできなかった。

日付が変わる頃、七瀬の目がとろんとし始めたので、俺は「そろそろ帰る」と立ち上がる。

「もう、帰っちゃうの？」

俺のパーカーの裾(すそ)をぎゅっと掴(つか)んだ七瀬が、上目遣(うわめづか)いにこちらを見つめている。残念そうなその表情を見た瞬間に、ぐらり、と理性が傾いた。

帰らない、って言ったら、おまえはどうすんの？

喉元(のどもと)まで出かかった台詞(せりふ)を、慌てて飲み込む。きっと彼女の発言に、深い意図はないはずだ。先走って傷つけるようなことは、あってはならない。

「おまえも、そろそろ寝るだろ。明日一限だし」

「……うん。そうだね」

「おやすみなさい、相楽くん」

七瀬がそう言って、ふにゃり、と微笑む。やっぱり帰るのやめようかな、と言いたくなるのを我慢して、俺は「おやすみ」と返した。

部屋に戻って一人、先ほどの七瀬の笑顔を反芻する。

……恋愛って、意外といいものだな。

これまでは自分一人で完結していた大学生活に、七瀬の存在がある。自分の生活の一部に他人が介入してくることを、少し前の俺ならば煩わしく感じていただろうけど——今の俺は、そうは思わない。俺の大学生活には、七瀬がいてくれないと嫌だ。

でも、七瀬は本当に、俺でいいんだろうか。

——相楽くん、わたしね。薔薇色の大学生活を送りたいの。

俺が七瀬と付き合い始めてから、およそ二カ月が経った。俺は未だ、七瀬が望むような〝素敵な彼氏〟には程遠い。

彼女が〝薔薇色の大学生活〟を目指すにあたって、隣にいるのが俺でいいのか。俺はどう贔屓目に見ても、誰もが羨む理想の彼氏、ではない。それなら俺は——もっと、努力すべきなんじゃないか。必死で努力して自分を変えた、七瀬と同じように。

だって俺は、七瀬が薔薇色の大学生活を送れるように協力する、と約束したのだから。

◇◇◇

同じゼミで、おとなりさんで、高校の元同級生でもある相楽創平くんとお付き合いを始めて、はや二カ月半。わたしたちの交際は、とっても順調だ。

喧嘩らしい喧嘩もしたことがないし、相楽くんはわたしの〝素敵な彼氏と一緒にしてみたいこと〟に、なんだかんだ言いつつ付き合ってくれる。

待ち合わせて一緒に帰ったり、学食でランチをしたり、二人でお買い物をしたり。嵐電に乗って嵐山に行ったり、公園で並んでブランコを漕いだり。コンビニに行ってアイスを買ったり、テレビドラマを観ながら他愛もない話をしたり。

他の人にとっては、大したことじゃないのかもしれない。それでもわたしにとっては、そのどれもがキラキラしていて、新鮮で、楽しい経験だ。

……最近のわたしの大学生活、なんだかいい感じかも……！

友達もできた、彼氏もできた。わたしが目指していた〝薔薇色の大学生活〟実現も、もう目の前まで来ているのかもしれない。

金曜四限のゼミが終わると、研究室はにわかに騒がしくなった。わたしの隣でさっちゃんが、「あー、明日やっと休みや！」と伸びをしている。

二回生になっても、ゼミのメンバーはほとんど変わらなかった。たまに転ゼミをする生徒もいるみたいだけど、今年はいなかったみたいだ。一年かけて、同じゼミの子たちとも馴染んでいたから、わたしは嬉しい。

四月も後半、あと一週間もすればゴールデンウィークだ。わたしはテキストをバッグに片付けながら、さっちゃんに向かって言った。

「ゴールデンウィーク、みんなで遊びに行こうよ。わたし、今年は帰省しないから」

友達を自然に遊びに誘うことも、ずいぶん上手くなったものだと思う。わたしの提案に、さっちゃんは「ええやん！　遊ぼー！」と答えてくれる。

そのとき、相楽くんが足早に研究室から出て行くのが見えた。わたしはさっちゃんに「ちょっと待っててね」と言った後、彼の背中を追いかける。

「相楽くん！」

声をかけると、足を止めた相楽くんが振り向いた。彼はいつも仏頂面だけど、わたしを見つけたときにちょっとだけ目元が優しくなるところが、好き。

「相楽くん、今日もこの後バイト？」

「うん」

「そうなんだ。最近、忙しそうだね」

ここ最近、相楽くんはずっとバイトしている気がする。彼が働きづめなのは、今に始まったことではないけれど。でもわたしと付き合い始めてからは、こんなにシフトをぎゅうぎゅうに詰めることはなくなっていたのに。

「……あー……まあ、ちょっと」

相楽くんが言葉を濁す。その態度に少し引っかかりを覚えたけれど、あえて追及はしなかった。彼は仕送りに手をつけていないらしいし、いろいろと大変なのかもしれない。それなら、できる限り助けてあげたいと思う。

「今日、晩ごはん一緒に食べる？　オムライス作ろうと思ってるんだ」

「いや、遅くなるから大丈夫」

「そっかあ……」

バイトだから仕方ないけど……最近あんまり一緒にいられないから、寂しいな。

わたしがしゅんと眉を下げると、相楽くんが小さく咳払い(せきばら)をしてから、口を開いた。

「あ、そ、そういえば……五月三日って、予定ある？」

「え？　ううん、今のところは何もないよ」

「じゃあ、空けといて。その……二人で、どっか行こう」

相楽くんはボソボソと、小さな声で言った。その瞬間、さっきまでの寂しさなんて、どこかに吹き飛んでしまう。わたしは勢いよく、「うん！」と頷(うなず)いた。

「俺、先帰るから。じゃあな」

「うん。頑張ってね」

相楽くんの後ろ姿が見えなくなってから、わたしはついその場で、「やった！」と小躍りしてしまった。すれ違った学生に怪訝（けげん）な顔で見られて、慌てて真顔を取り繕う。

嬉しい！　久しぶりに、相楽くんとデートだ！

何着ていこうかな、などと考えているうちに――はた、と思い至った。

……そういえば。五月三日って、わたしの……。

しばらく研究室でさっちゃんとお喋りした後、わたしはアパートへと帰った。

大学から自宅アパートまでは、自転車でおよそ三十分。さっちゃんからは「なんでそんなとこ住んでんの？　もっと大学の近くに引っ越せばいいのに！」と言われるけれど、今のところ引っ越す予定はない。たしかにオンボロだけど家賃は安いし、大家さんもいい人だし、何よりお隣に相楽くんが住んでいるからだ。でも、もし次にゴキブリが出現したら、引っ越しも検討しようかなと思っている。

赤い自転車から降りたところで、アパートの前に、見知らぬ少女が立っているのが見えた。

セーラー服の上にピンク色のカーディガンを羽織った、高校生ぐらいの女の子だ。険しい顔でスマホを睨みつけた後、キョロキョロと周囲を見回している。もしかして、道に迷っているのだろうか。

声をかけるべきか、わたしは少し躊躇（ためら）った。何故（なぜ）なら彼女が、わたしがちょっと苦手とするタイプだったからだ。真っ赤（まっか）な口紅とアイシャドウ、耳には大量のピアス。高校時代に同じクラスだったら、目も合わせられないような派手めな女の子。

……でも……あの子が困ってるなら、話しかけるべきだよね。

わたしは勇気を出して、よしっと気合いを入れてから、声をかけた。

「……あの。どうか、されましたか？」

彼女はハッとしたように、こちらを向いた。

「……いえ、なんでもないです」

彼女は早口でそう言って、逃げるように立ち去っていった。

挙動不審な様子が少し気になったけれど、追いかけるほどでもないだろう。わたしは後ろ髪を引かれつつも、アパートの階段を上っていった。

◆◆◆

深夜から早朝までバイトを終えて、スマホを確認すると、七瀬からの「おやすみなさい」のスタンプの他に、もう一件通知が届いていた。なんだろうと思って確認すると、母からのメッセージだった。

少し前まで、連絡を取り合うことはほとんどなかったのだが、最近はちょこちょこ連絡がくるようになった。中身は大抵、[風邪とかひいてない?]か[ちゃんとご飯食べてる?]の二択だ。俺はその問いに、毎回[うん]のそっけない二文字を返している。

しかし今日の質問は、そのどちらでもなかった。

[近いうち、こっちに帰って来れる?]

こういうとき、どうして帰って来てほしいのか、の詳細を書かないのは母の悪癖である。しかし俺は、訊かずとも理由を察していた。おそらく、再婚相手と俺を引き合わせたいのだろう。父と離婚した後、母はしばらく恋人と暮らしていたようだが、四月にようやく籍を入れたらしい。また苗字(みょうじ)が変わることも覚悟していたのだが、再婚相手の男性が姓を変えてくれたらしい。高校生の娘がいるらしいが、そこは問題なかったのだろうか。

義父にも義妹にも、そのうち会わなければならないことはわかっているが……正直、あまり気は進まない。

少し悩んだ後、スマホにメッセージを打ち込んで、送信した。

[そのうち帰る。またこっちから連絡するから]

今の俺は家族のことに気を取られている暇はない。他に、しなければならないことが山ほどあるのだ。

「誕生日のサプライズ？　相楽が？　へーえ」

俺の正面で頬杖(ほおづえ)をついたイケメンは、そう言ってニヤニヤ笑いを浮かべた。何がおかしいんだよ、と多少ムッとしたが、これから教えを乞う立場のため我慢する。

昼休みの学食で、俺はイケメン――もとい、同じゼミの北條と昼飯を食っていた。今日もメニューは、一番安い素うどんである。うどんをすすりながら、俺は北條に問いかけた。

「……何すればいいのか、全然わからんから、教えてほしいんだけど」

とりあえず金を稼ぐためにバイトのシフトは詰め込んだものの、どこに行けばいいのか、何を買えばいいのかはさっぱりわからない。俺はこれまで、七瀬以外の女性と交際した経験はないが、誕生日のデートがいつもと同じでいいはずがないことはわかる。きっといつもより豪華な飯を食ったり、プレゼントを渡したりするのだろう。以前彼女に口紅をプレゼントしたことがあるが、同じものを渡すわけにはいかないだろう。

悩んだ結果、俺は有識者の知恵を借りることにした。海のことは漁師に問うに限るのだ。少し前までの、誰にも頼らず一人で生きていく、というモットーは既に捨て去った。俺ごときが一人で頭を絞ったところで、出てくる知恵なんてたかが知れている。

「そっか、七瀬の誕生日もうすぐやもんな。えーと、五月やっけ？」

「五月三日！　あたしらもお祝いするけど、しゃーないから当日は相楽に譲ったげるわ！」

口を挟んできたのは、北條の隣に座っている須藤だった。北條に声をかけたところ、たまたま一緒にいた須藤も勝手についてきたのだ。

「なんで、須藤もいるんだよ」

「ハルコのことなら、博紀より親友のあたしに訊くべきやろ！」

「ええ……おまえに言ったら、七瀬に筒抜けになりそう……」

女の口は羽根よりも軽いものだと、かつて誰かが言っていた。しかし須藤は、不服そうに口元を歪める。

「見くびらんといて。あたし、こう見えても口は堅い方やで」

仕方ない。そこまで言うなら、信じてやるか。

「昼飯とか晩飯とか、何食えばいいんだ？」

「あー、どのへん行くん？　四条？　ちょっと待って、適当に店見繕って送るから」

北條はそう言うが早いか、俺のＬＩＮＥに飲食店のＵＲＬをいくつか送ってきた。あまりにも選定が早い。日頃から、良さげな店をチェックしてストックしているのだろう。どこもお洒落で、大学生にしては少し背伸びした雰囲気ながらも、びっくりするほど高いわけではない。

「ここは混むから、予約必須な。こっちはちょっと騒がしいから、デートっぽくはないかも。ここは雰囲気いいけど、味は普通」

「待って。あたし、そこ行ったことないんやけど。誰と行ったん？」

北條のスマホを覗き込んだ須藤が、剣呑なオーラを漂わせる。北條は余裕の笑みで、「早希のこと誘おうと思ってたんやって」と躱していた。うーん、手練れだ。

こういうことに関して、北條以上に頼りになる存在はない。以前七瀬に告白しようとしたとき、ちっとも計画通りにいかなかったことを思い出す。あのときも北條に助けを乞うていれば、もう少しマシだったのかもしれない。まあ、いまさらどうしようもないが。

「……誕生日プレゼントは？　須藤、七瀬に何あげんの？」

俺の問いに、須藤は腕組みをしながら答えた。

「ボディスクラブかな。自分では買わへんけど貰ったら嬉しい、ぐらいのちょっと良いやつ」

「ボ……？　何それ？」

そんなもの、俺には思いつきもしなかった。どうやって使うのかもわからない。俺が茫然としていると、北條は「まあ、彼氏があげるもんではないよな」と笑う。

「プレゼントなんか、無難にアクセサリーでええやん」

〝無難〟ってなんだ。無難なものを選べる自信がないから、こうやって訊いてるんだが。

北條の発言を聞きとめた須藤が、ジロリと横目で睨みつける。

「ちょっと博紀、無難って何？　あんた、そういう気持ちでプレゼント選んでたん？」

「いやいや、言葉の綾やって。早希にあげるやつは、めっちゃ真剣に選んでるから。痛い痛い、脛蹴らんといて。的確に人体の急所を狙うな」

俺の目の前でイチャついているカップルを無視して、七瀬が喜びそうなアクセサリーは何だろうか、としばし考えてみる。

着飾ることが大好きな七瀬は、いつも髪やら耳やら首やらに、何かしらを身に着けている。彼女の部屋にあるアクセサリーボックスの中にも、ありとあらゆる種類のキラキラが詰め込まれているのだ。彼女はいつも、それを幸せそうに眺めているが、俺には違いがまったくわからない。きっと七瀬にも、好みとかこだわりがあるだろうし。

「……あんな〝オシャレに命賭(か)けてます！〟みたいなタイプに装飾品プレゼントすんの、ハードル高すぎねえ？」

「そう？　七瀬なら、相楽が選んだやつなら何でも喜びそうやけどなー」

「は？　ハルコに適当なモン渡したら許さへんからな」

須藤が容赦なく威圧してくる。俺だって、七瀬が俺がプレゼントしたダサいアクセサリーを身に着けるのは居た堪(たま)れないし、できればそんな事態は避けたい。

「……頼む、プレゼント買いに行くの、ついてきてくれ」

「嫌やわ。あたしやったら、他の女に付き添われて買ったプレゼントなんか絶対いらん」

バッサリと切り捨てられて、俺は肩を落とした。そういうものなのか。俺にはやはり、そういったデリカシーが欠如しているらしい。どうしたものかと苦悩していると、北條が助け船を出してくれた。

「そんなら、誕生日当日に七瀬と一緒に買いに行けば？」

「……え？　それ、アリ？」

北條の提案に、目から鱗が落ちた。こういうものは、事前に用意しておいて、サプライズ的に渡すものだと思っていたのだが。

「全然アリやろ。好みとかもあるやろし」

「うんうん。むしろ、趣味に合わへんやつ渡されるより、全然ええわ。でも、ちゃんと目星はつけていきや。なんでもいい、って言ったらハルコは絶対遠慮するから！　ある程度の価格帯の店で、好きなやつ買ってもいいよ、みたいに提案すること！」

「わ、わかった」

そのぐらいなら、俺でもなんとかできるだろう。ようやく少し、肩の荷が下りたような気持ちになった。ここ数日、ずっと頭を悩ませていたのだ。恥を忍んで相談してよかった。

「……ありがとう、助かった」

素直に礼を言うと、須藤がフンと鼻を鳴らした。

「別に。相楽のためじゃなくて、ハルコのために助言しただけ」

「早希、その発言ツンデレみたいやな」

茶々を入れられた須藤が、「うるさい！」と北條の頭を軽く叩く。こいつら隙あらばイチャつくな、と冷めた目で見ていると、須藤の矛先がこちらに向いた。

「てか、相楽。ハルコとデートするとき、ちゃんとオシャレしてるん？　まさか、そんなカッコで行ってへんよな？」

須藤からそんなカッコ、と称されたのは、いつもの黒のパーカーである。二人で出かけるとき、七瀬はいつも綺麗に着飾っているが、俺は大学に行くときの服装と、ほとんど変わらない。オシャレという単語は、俺の辞書には載っていないのだ。

「いや……いつも、こんな感じだけど」

須藤は俺の返答がお気に召さなかったらしく、眉をつり上げて声を荒らげた。

「はあ⁉　それでいいわけないやろ！　相楽、ちょっとそこに正座！」

そこから俺は昼休みが終わるまでのあいだ、須藤にファッションの基礎を叩きこまれた。気持ちはありがたいけど、そこまでしてくれとは言ってないぞ。

大学から帰宅した後、俺は検索サイトを駆使して、誕生日の作戦を練っていた。先月買ったばかりのノートパソコンを開き、［京都　大学生　デート　オススメ］［誕生日　プレゼント　彼女　アクセサリーブランド］［大学生　男　デート　服装］などで検索しては、どうしたものかと頭を抱える。

こんな恥ずかしい単語で埋まった検索履歴、絶対誰にも見られたくねえ……！

アクセサリーブランドのホームページを眺めながら、なんもわからん、と途方に暮れる。

ネックレスとかピアスとかブレスレットとか、身に着けるものの種類が多すぎる。インターネット上には、これはダサい、あれはいらない、みたいな意見がたくさん溢れていて、余計に頭が痛くなってしまった。誕生日プレゼント選びって、難易度高すぎる。

そうこうしているうちに、バイトの時間が近付いていた。準備をしようと立ち上がったタイミングで、インターホンが鳴る。扉を開けると、すっぴんの七瀬が立っていた。

「な、七瀬」

顔が見られるのは嬉しいのだが、今は少々タイミングが悪い。たじろぐ俺に、七瀬は笑顔で小鍋を差し出してきた。

「突然ごめんね！　これ作りすぎちゃったから、よかったらどうぞ」

鍋の中には、鶏肉と里芋の煮物が入っていた。出汁の香りが美味そうだ。最近はバイトばかりで七瀬の手料理を食べていなかったから、心底ありがたい。

「助かる。バイト終わったら食うよ」

「そっかあ、今日もバイトなんだね。今、何してたの？　お勉強？」

そのときふいに、七瀬が俺の背後に目を向けた。彼女の視線の先には、開きっぱなしになったノートパソコンがある。ディスプレイには、さっきまで見ていたアクセサリーの画像一覧が表示されていた。

「……あっ！」

まずいと思った俺は慌てて、ノートパソコンを閉じた。

……や、やばい。見られたか……？

どうか気付かれていませんようにと祈りながら、おそるおそる七瀬の様子を窺うと、不思議そうに小さく首を傾げている。

「え、どうしたの？」

「いや、別に……あっ、その、変なサイト見てたわけじゃなくて」

つい、しどろもどろになってしまう。七瀬は澄んだ瞳で「変なサイトって？」と尋ねてくる。説明できるはずもなく、俺は黙り込む。これじゃ余計に怪しいな、と思ったが、妙な誤解をされていないことを祈るしかない。

「と、とにかく。俺、そろそろバイト行くから。晩飯ありがとう」

「う、うん。バイト、頑張ってね」

俺はやや強引に七瀬の背中を押して、扉を閉めた。せっかく晩飯を持ってきてくれたのに、追い出すような形になって申し訳ない。

たぶん……バレてない……よな？

七瀬の誕生日まで、あと一週間。果たして俺は、無事に〝素敵な彼氏〟をやりきることができるだろうか。

◇◇◇

ゴールデンウィークの後半、五月三日。今日は久しぶりの、相楽くんとのデートだ。

いつもより念入りにスキンケアをした後、大きなメイクボックスを開いて化粧をする。地味な自分の顔が、華やかに変化していくこの過程が、わたしは好きだ。仕上げに、相楽くんにプレゼントしてもらった口紅を引いて、ニコッと鏡に向かって笑ってみせる。

うーん。我ながら、すっぴんが想像できない素晴らしい出来栄えだ。

今日着ていくのは、先週買ったばかりのシャツワンピースだ。アクセサリーケースの中からゴールドのフープピアスと、ネックレスを選ぶ。このネックレスはちょっと背伸びして買ったブランド物で、気合いを入れたい日に身に着けることにしている。

サイドの髪を編み込みにして、ゆるいハーフアップにした。今日はたくさん歩くかもしれないから、足元はスニーカーにしよう。白いキャンバススニーカーを履（は）いて、部屋の外に出る。

空はすっきりと晴れ渡っており、爽（さわ）やかな朝の空気が清々（すがすが）しい。わたしはウキウキと浮き立つ気持ちを抑えながら、隣の部屋のインターホンを押した。ほどなくして、扉が開いて相楽くんが顔を出す。

「おはよう！　いい天気だね！」

わたしが言うと、相楽くんは「おはよう」と眠たげな表情で答えた。テンションはいつも通

り低いけれど、昨日も遅くまでバイトだったはずだから仕方がない。

「……あれ？　相楽くん、その格好……」

今日の相楽くんは、ブルーの長袖シャツに黒い細身のパンツを穿いている。足元はわたしと似たような、キャンバススニーカーだ。普段は手ぶらで財布とスマホだけポケットに突っ込んでいることが多いのだけれど、今日は黒のウェストバッグを斜めに掛けていた。

いつもの彼らしからぬコーディネートに、わたしは驚く。相楽くんは着るものに対して無頓着だし、「安くて着やすくて洗濯しやすけりゃそれでいい」と言っていたのに。

「や、やっぱ変？」

相楽くんは不安げな表情で、自分の格好を確認している。わたしは全力で首を横に振った。

「ううん、全然変じゃない！　かっこいい！」

わたしの言葉に、相楽くんは「なら、よかった」と頬を緩めた。

かっこいいと言ったのは、お世辞ではなく本心だ。いつも姿勢が悪いからわかりにくいけど、相楽くんは背も高いし細いし、意外とスタイルが良い。顔立ちだって地味だけど、よく見れば癖がなくて意外と整っている。そのうち他のみんなも、相楽くんが素敵だということに気付いてしまうかもしれない。……それはちょっと、困るなあ。

「……よし。じゃあ、行くか」

相楽くんはそう言って、ぎこちなくわたしの手を取った。どこか落ち着きなく、緊張気味に強張(こわば)った表情を見て、わたしはにやけそうになる表情を必死で堪える。

……うう、ニヤニヤしちゃダメだ。き、気付かれないように、しないと……！

ほっぺたの裏側を噛(か)み締(し)めながら、彼の手をぎゅっと強く握り返した。

五月三日、七瀬の誕生日当日。

俺は朝から、須藤のアドバイスに基づいて購入した服を着て、髪型を整え、本日の行程をしっかり予習してから、デートに臨んだ。抜かりなく購入しておいたチケットで恋愛映画を観て、その後はファッションビルに移動して七瀬の買い物に付き合う。彼女は「最近服買いすぎだからなあ」と迷いつつも、チョコミントアイスみたいな色のカーディガンを購入していた。俺はさりげなく、彼女の荷物を持つことに成功する。

ここまでは、非常に順調である。七瀬に告白したときの、初めてのデートのことを思えば、よくやっている方だ。

その後向かったのは、北條に教えてもらったイタリアンの店だった。

店内は洒落た雰囲気で、ピザを焼く本格的な窯がある。夜は結構良い値段がするようだが、ランチのコースはほどほどにリーズナブルだ。このチョイスで間違いはなかっただろうか、と不安だったのだが、七瀬が嬉しそうに「素敵なお店だね」と言ってくれたので、ホッとした。北條に感謝しよう。

一通りコース料理を食べた後、店内が突然暗くなった。突如としてハッピーバースデーの曲が流れ、にこやかな笑みを浮かべた店員が、俺たちのテーブルにケーキを持ってくる。イチゴと生クリームのショートケーキには、［Happy Birthday］と書かれたチョコレートのプレートが載っていた。

「お誕生日、おめでとうございます！」

七瀬に向かって、店員が微笑みかけた。

――いやこれ、予想の五百倍はずい……！

北條からのアドバイスを受けて、予約をする際に俺が依頼したのだが、実際にやってみると、顔から火が出そうだ。ガラじゃなさすぎる。他の客たちにも拍手されて、余計に居た堪れない気持ちになった。

……しかし。今日はこんなところで、挫（くじ）けている場合ではない。

正面に座っている七瀬をまっすぐ見つめながら、俺は言った。

「……な、七瀬。誕生日、おめでとう」

すると、七瀬は大袈裟に目を見開き、やけにわざとらしい仕草で、両手を口元に当てた。

「……わ、わあ～びっくりした～！　ぜ、ぜんぜん、気付かなかったあ！　相楽くん、わたしの誕生日、覚えててくれてたの？」

急に日本語がネイティブではなくなったような、カタコトの台詞に、俺は脱力した。

俺に気を遣って、頑張って驚いているフリをしてくれているのだろうが、残念ながらバレバレだ。大根役者すぎる。素直な七瀬は、嘘があまり上手くない。

「……七瀬……俺が、誕生日祝おうとしてること……最初っから、気付いてた？」

「………うん」

俺の問いに、七瀬は観念したように頷くと——ついに耐えきれずに吹き出し、肩を揺らして笑い始めた。

「な、なんで笑ってんだよ！」

「ち、違うの！　嬉しくて……！　相楽くん、ちょっと前から、ずっと準備してるのバレバレだったから。たくさん調べて考えてくれたんだな、と思って……」

どうやら、ちっとも隠せていなかったらしい。サプライズって、難しい……。

俺が落ち込んでいるのを察してか、七瀬が慌てたように「ご、ごめんね」と言った。

「その気持ちがほんとに、嬉しいの。お祝いしてくれて、ありがとう」

七瀬がふにゃっと目元を緩める。サプライズ成功、とはいかなかったが……七瀬が喜んでくれたのなら、失敗ではないのだろう。たぶん。

それから二人でケーキを食べて、会計時には「俺が払う」と言って押し切り、あまりスマートとは言えなかったが、支払いも俺が済ませた。続いては本日の最難関、誕生日プレゼント選びが待っている。

「相楽くん、次はどこ行くの？」

「あー……ちょっと、ついてきて」

俺はそう言って、七瀬とともに四条河原町のデパートに入った。一階には、七瀬が好きそうな化粧品やアクセサリーの店が並んでいる。普段はこういうところに来ると、自分が浮いているようで気後れするのだが、きちんとした格好をしている今日は、いつもより堂々とできる気がする。化粧をすることで自信を得ている七瀬の気持ちが、少しだけわかった。

目星をつけていた店の前で、俺は足を止める。ピカピカに磨き上げられたショーケースには、ありとあらゆるアクセサリーが陳列されていた。どれも七瀬が好きそうなデザイン、だと思う。須藤にも確認してGOサインは出ているし、そう大きく外してはいないはずだが……。

「……好きなやつ、選んでいいよ」

「え？」

「その……誕生日、プレゼント」

「ほんと⁉　いいの⁉　嬉しい！」

七瀬はぱあっと満面の笑みを浮かべた。ワクワクと瞳を輝かせながら、ショーケースを覗き込む。あれやこれやと目移りしながらも、「どうしよう……何にしようかなあ」と頬を紅潮させ、うっとりしている。

デザインもさまざまなアクセサリーを一通り見た後、七瀬がはにかんだように微笑んだ。

「……わたし、指輪が欲しいな」

「え？　ゆ、指輪？」

七瀬の言葉に、俺はやや動揺した。

これまで考えてきた彼女へのプレゼント候補の中に、指輪という選択肢はなかった。恋人に贈る指輪というものには、それなりの意味が付随してくる気がして。その、なんというか……婚約とか結婚、的な。

「ダメ、かな？」

七瀬が不安げに尋ねてくるので、俺は慌てて「駄目じゃない」と答えた。

俺が考えすぎているだけで、彼女にとってはただの装飾品の一種に過ぎないのだろう。世間一般の恋人同士は、気軽に指輪を贈り合うものなのかもしれない。たかが指輪ごときでこんなに意識をする方が、重いと思われそうだ。

「……わかった。いいよ」

「ありがとう！　すみません、指輪を見せていただけますか？」

七瀬が言うと、店員はショーケースの下から巨大なボックスを出してきた。中には、指輪がずらりと並んでいる。俺の袖を引いた七瀬が、遠慮がちに囁いてきた。

「……相楽くんに、選んでほしい」

「え？」

予想外の展開だ。自分のセンスが信じられないから、こうして一緒に買いに来たというのに。

「いや、俺、こういうのわかんねえし……」

「でも、今日はわたしの誕生日だよ！」

キラキラした瞳でそう言われると、断れるはずもない。しかし正直、どれも似たり寄ったりに見える。眩い輝きと睨めっこしていると、頭がくらくらしてきた。

「……これは？」

「いいと思うよ」

「……やっぱり、こっち」

「うんうん、それも可愛いよね」

あれこれ指をさしてみるものの、七瀬の反応はどれも似たようなもので、正解がまったくわからん。困っている俺を見て、彼女は嬉しそうにニコニコしている。もしかすると、「好きな人がわたしのために、一生懸命考えてくれるのが嬉しいの」というやつだろうか。

結局俺は七瀬の顔色を窺いながら、小一時間かけて指輪を選んだ。小さな石が嵌まった、華奢なゴールドのリングだ。ぐったりと疲弊しながら支払いを済ませ、綺麗に包装されたそれを受け取る。

「ほんとに嬉しい！　相楽くん、ありがとう！」

デパートの外に出ると、七瀬が俺の腕にぎゅっと抱きついてきた。腕を組んで歩くのはちょっと恥ずかしいけれど、今日ばかりは仕方がない。なにせ、可愛い彼女の誕生日なのだ。

それから二人でぶらぶらと街を歩いた後、俺たちは鴨川の河川敷に並んで座っていた。ちょうど日が暮れかけていて、山の向こうにゆっくりと太陽が沈んでいく。かつてはあれほど嫌がっていたというのに、すっかり京都名物鴨川等間隔カップルの仲間入りだ。

七瀬と付き合い始めてから、鴨川で座るカップルの気持ちがわかった。腰を落ち着けて二人でゆっくり話すのに、ちょうどいいのだ。この季節だと暖かく、吹き抜ける風も心地好い。

「これ、開けてもいい？」

待ちきれないとばかりに、七瀬が指輪の入った紙袋を持ち上げる。「いいよ」と言うと、七瀬が包装を解くと、中から小さな箱が出てくる。箱から指輪を取り出した七瀬が、そっと左手を差し出してきた。

「……ね、相楽くんが嵌めてくれない？」

「えっ⁉　い、いや、それは……」

それはさすがに、ハードルが高い。テレビでよく見るような、ひざまずいて指輪を嵌めるシーンが頭に浮かんで、動揺した。そういうことはもっと、しかるべき場面で、やるべきなんじゃないだろうか。

「ごめんね、冗談だよ」

たじろいでいる俺を見て、七瀬が笑う。少しだけ、ホッとした。

七瀬は一瞬迷う様子を見せた後、右手の薬指に指輪を嵌めた。店でサイズを測ってもらったため、まるであつらえたかのように、彼女の指にぴったりと収まる。

「可愛い！　えへへ、大事にするね」

七瀬は指輪を夕陽にかざして、うっとりした表情を浮かべている。オレンジ色の光を反射した指輪も輝いているけれど、それを見つめる七瀬の瞳の方が、俺にとってはよほどキラキラして見える。

「今日、ありがとう。とっても楽しかった」

「……なら、よかった」

七瀬の言葉に、俺はホッと胸を撫で下ろす。七瀬の望む〝素敵な彼氏〟とやらに、少しぐらいは近付けただろうか。

太陽がすっかり隠れてしまうと、辺りはあっというまに薄い夕闇に包まれた。薄青の空に浮かぶ月は、まるで糸のように細い。至近距離にいる七瀬の顔は、暗がりでもよく見える。

お互い何を話すでもなく、居心地の良い沈黙に浸っていると、ふいに七瀬が口を開いた。

「あの、相楽くん。今日、わたしのお誕生日だよね？」

何を突然、わかりきったことを言ってるんだ。俺が「うん」と頷くと、七瀬は頬を赤く染めて、耳元で囁いてくる。

「……最後にもうひとつだけ、プレゼント欲しいな」

そして七瀬は、何かを期待するように、睫毛を震わせて目を閉じた。彼女の意図を察した俺は、キョロキョロと周囲の様子を確認してから、薔薇色の唇に短く口づける。

ほんの一瞬だけ触れた後、目を開けた七瀬が、ふにゃっと微笑んだ。

「ありがとう、相楽くん」

……誕生日プレゼントのはずが、俺の方がよほど貰っている気がする。七瀬から与えられる幸せの十分の一でも、俺は彼女に返せているだろうか。

俺は勇気を出して、七瀬の右手をそっと握りしめる。彼女の薬指に嵌まった指輪の感触が少し冷たくて、なんだか落ち着かない気持ちになった。

第二章　嵐の予感

usotsuki lip ha koi de kuzureru.

最近の俺は、バイトがないときには、大学の図書館や研究室に入り浸っていた。

ゴールデンウィークが終わり、前期試験までもまだ間がある、という今の時期は、大学内に人が少ない。落ち着いて勉強するには、うってつけの環境である。俺はカフェやファミレスでは気が散って、勉強できないタイプだ。

四限までの授業を終えた後、俺はまっすぐ研究室へと向かった。ここ最近はバイトずくめだったため、勉強の方が疎かになっている。黙々と簿記の問題集を解いていると、研究室の扉が開く気配がした。振り向くと、そこに立っていたのは北條だった。

「あれっ、相楽やん。何やってんの？」

「勉強だけど……おまえの方こそ、何してるんだよ」

「教授に用事。研究室で待っとけって言われた」

わざわざ教授のところにやって来るとは、見た目によらず真面目な奴だ。そういえばこいつは、試験前にはヤバいヤバいと言っているものの、単位はそつなく取得している。きっと、要領が良いのだろう。

「そういや、こないだの七瀬の誕生日、どやった？」

北條はニヤニヤしながら、断りなく俺の正面に腰を下ろした。あのときのことを思い出して、俺は「あー……」と口ごもる。

「え、もしかして失敗した？　ごめん、おれ外してたかな」

「……いや、全然。上手くいった、と思うんだけど……」

全体で見ると、そう悪くはなかったのではないかと思う。七瀬の「楽しかった」という言葉にも、嘘はなかったはずだ。……けれど。

やっぱ俺、まだまだ全然駄目だよな……。

自分では頑張ったつもりだったのだが、俺は決してスマートではなかった。サプライズのはずがバレバレだったし、指輪も嵌めてやれなかったし。結局のところ、北條の猿真似をしたところで、身の丈に合っていなかったのだろう。

自分のスペックも、余裕も、経験値も、何もかも。七瀬の相応しい男になるには、まだまだ遠く及ばない。ふと、目の前の完璧イケメンに尋ねてみる。

「おまえと須藤って、上手くいってんの？」

「おっ。相楽が他人に興味を示すとは、珍しい」

「茶化すなよ。……あー、やっぱいいや……おまえの話聞いても、絶対参考にならねえし」

北條はきっと、何から何までスマートにこなしているのだろう。比較しても落ち込むだけだろうし、これ以上、自分の傷口に塩を擦り込むのはやめよう。

「いや。俺は……」

北條が何かを言いかけたとき、研究室の扉が開いた。

「北條、悪い。待たせたな」

入ってきたのは、教授だった。北條と喋っている俺を見て、「なんだ、相楽もいたのか」と三白眼で睨みつけてくる。相変わらず、目つきが悪い。

俺たちのゼミの教授は、目つきが悪く無愛想なため、学生からの人気は今ひとつだ。しかし、理不尽を押し通すタイプではないので、俺はそんなに嫌いじゃない。馴れ合わないが指導には熱心だし、意外と親身になってくれるタイプだ。

「ちょうどよかった。相楽に頼むか」

教授の言葉に、俺は思わず身構えた。まさか、面倒事を押しつけられるんじゃないだろうな。不安になりつつも、「なんですか」と尋ねる。

「もうすぐ、オープンキャンパスがあるだろう。うちのゼミの説明会があるから、相楽も手伝ってくれ」

「え?」

オープンキャンパス。大学がキャンパスを受験生に開放し、説明会を行うイベントである。

高校時代の俺はオープンキャンパスには一切参加せず、初めてキャンパス内に足を踏み入れたのは入学式の日だったため、どういうことをするのかはよく知らない。

　俺が返事を躊躇っていると、北條が「そんなに難しい顔せんでも。おれも手伝うことになってるし、大丈夫やって」と笑った。とりあえず、詳細を聞かないことには決められない。

「……手伝いって、何するんだよ」

「受付したりとか、パンフ配布したりとか、高校生にキャンパス案内したりとか。ちなみにおれは、教授に頼まれてゼミの説明会で講演する予定」

　北條を抜擢するとは、教授も策士である。おそらく来年、うちのゼミの入講希望者は倍増することだろう。今でさえ、一回生の中に北條ファンが大量発生しているという噂だ。

「報酬は出ないし、無理強いするつもりはないが」

「あんま人手足りてへんみたいやから、手伝ってくれるとありがたいんやけど」

　俺は考えた。金銭的な報酬は発生しないということは、完全なるボランティアである。正直なところ、あんまり乗り気じゃない。去年までの俺であれば、「バイトしてた方が有意義だろ」とすげなく断っていただろう。

　しかし、今の俺はそう思わなかった。人間的な魅力を身に着けるためには、自分の殻に閉じこもっているだけでは駄目なのだ。七瀬だって自分を変えるために、さまざまなことに挑戦していた。俺も、いつまでも以前のまま停滞するわけにはいかない。

「……わかりました。手伝います」

「そうか、助かる」

俺の返答に、教授は安堵したように、ほんの僅かに頬を緩めた。北條も「いやー、よかったよかった」と頷いている。

「おれみたいにチャラチャラした奴ばっかやったら、そういうゼミなんやーって受験生に敬遠されそうやもんなー。その点、相楽はまったく問題ない」

「それ、どういう意味？」

「あと相楽、やることはきっちりやるタイプやしなー。受験生ナンパとかせーへんやろし」

「するわけねえだろ、んなもん。誰がするんだよ」

「悠輔とか」

ヘラヘラと笑う軽薄な男の顔を思い浮かべて、俺は頷いた。

「……たしかに、木南はやりそうだな」

まあ、受付や案内ぐらいならそれほど難しいことではないし、俺にでもできるだろう。当然、受験生をナンパするつもりもない。北條のように愛想を振り撒けるかどうかは、別として。

「じゃあ、詳しいことはまた連絡する。当日、頼んだぞ」

教授は俺の肩にポンと手を置いて、北條と共に研究室の奥へと消えていった。おそらく、講演の打ち合わせでもするのだろう。

……ああいう奴が彼氏だったら、七瀬もきっと誇らしいんだろうな。

頭をよぎった卑屈な考えを、頭を振って追い出す。そんなことを考えるのは、北條にも七瀬にも失礼だ。余計な雑念を振り払うように、俺は再び問題集を開いた。

相楽くんとのデートから、一週間後。わたしは友達に、誕生日のお祝いをしてもらった。メンバーはいつもの仲良し四人、わたしと、さっちゃんと、藤井つぐみちゃんと、梅原奈美ちゃん。全員、わたしと同じ経済学部だ。

オシャレなカフェでランチを食べて、誕生日プレゼントを貰って、店員さんに写真を撮ってもらった。スマホに表示されたわたしは、友達と一緒に楽しそうに笑っている。高校時代のわたしが見たら、自分とは程遠いキラキラ女子だ、と思うかもしれない。中身はまだまだ、キラキラには程遠いのだけれど。

誕生日を祝ってくれる友達がいる喜びを噛み締めていると、奈美ちゃんが「そういえば、気になってたんだけど」と尋ねてきた。

「その指輪、彼氏からのプレゼント?」

わたしは照れ笑いを浮かべながら、「そうなの」と頷く。

「お誕生日にプレゼントしてもらったの。可愛いよね」

「へー！　めっちゃええやん。ハルちゃんの彼氏、意外とやるなー」

相楽くんに貰った指輪を、わたしは常に肌身離さず身に着けている。好きな人から指輪をプレゼントしてもらうことに、わたしはずっと憧れていたのだ。

……贅沢言うなら、左手の薬指に嵌めてもらいたかったんだけど……。

少女漫画やテレビドラマで何度も見たような、素敵な恋人がひざまずいて指輪を嵌めてくれるシーンが頭に浮かぶ。いつかあんな感じで、プロポーズしてもらえたら……なんて妄想していたところで、我に返った。こんなこと考えてたら、相楽くんに引かれちゃうかも。

指輪が欲しい、と伝えたときも、指輪を嵌めて、とお願いしたときも。相楽くんはなんだか、困った顔をしていた。もしかすると、ちょっとプレッシャーだな、とか思ったのかもしれない。一人で先走ってしまわないように、気を付けなきゃ。

相楽くんのお誕生日も、お祝いしてあげたいな……。

去年はまだ付き合ってなかったから、特別なことは何もできなかったけれど……今年は、絶対にお祝いしたい。わたしも、相楽くんに喜んでほしいから。

どこに行って何をしようかな、と考えて――そこでわたしは、ハッと気が付いた。

……そういえば。わたしたちのデートって、いつもわたしが行きたいところに、行ってばっかりだな……。

よく考えると、デートに限ったことじゃなくて。わたしたちの関係って、いつも相楽くんがわたしに合わせてくれている気がする。あれがしたい、これがしたい、というわたしのフワフワとした憧れに、相楽くんを付き合わせてるだけなんじゃ……。

――おまえが薔薇色の大学生活を送れるように、協力してやる。

相楽くんはその言葉の通り、わたしのお願いを聞いてくれている。でも、わたし、ずっとこのまま相楽くんに甘えてて、いいのかな。ううん、いいわけないよね。一方的に与えてもらうだけじゃなくて、わたしの方も、彼に何かしてあげないと。

でも、どうしたらいいんだろう。どうしたら、相楽くんに喜んでもらえる……？

わたし一人で考えてみても、答えは出ない。ここは経験豊富な友人に、アドバイスしてもらった方がいいだろう。わたしは恥を忍んで、尋ねてみた。

「……あの。彼氏に喜んでもらおうと思ったら……どうしたら、いいと思う？」

わたし以外の三人は、根っからのキラキラ女子だ。今までいろんな人とお付き合いしてきたんだろうし、彼氏に何をしてあげればいいのか、教えてくれるかもしれない。

「そんなん、おっぱいでも触らせとけば？」

つぐみちゃんはアイスクリームをすくいながら、なんてことのないように言い放った。

「えっ⁉」

飛び出したアドバイスは予想外のもので、わたしは動揺する。

男の子って、そ、そういうのが好きなの⁉　みんな彼氏に、そういうことしてるの⁉　わ、わたしには、ハードルが高すぎる……！

「多少怒らせても、ごめんねおっぱい揉む？　って言っといたらオッケー……」

　奈美ちゃんは「こら」と言って、つぐみちゃんの頭を軽く小突く。

「ハルコにはハードル高すぎでしょ。チューぐらいにしとけば？　彼氏が落ち込んでるときとか、とりあえずチューしといたら元気になるし」

「そ、そういうものなの……？」

　一応ハードルを下げてくれたみたいだけど、それでも結構難しい。今まで、キスは何度かしたことがあるけれど、自分から相楽くんにすることはなかった。

　……そもそもわたしたちって、周りに比べてちょっと遅れてる……？

　相楽くんとお付き合いを始めてから、わたしは〝そういうこと〟について具体的に考えたことがなかった。でもみんな、当たり前にやってることなんだよね。やっぱり付き合ってるならそういうことも、しなきゃいけないのかな……。

　やっぱりわたしは、まだまだキラキラ女子には程遠いのかもしれない。

　その翌日、月曜日。授業が終わった後、わたしは相楽くんと二人で、晩ごはんを食べていた。今日のメニューは、ミートソースのパスタだ。ひき肉の中に刻んだレンコンを混ぜて、ちょっぴり和風に仕上げている。

　パスタを食べながら、再来週の日曜日にデートをしよう、という話になった。わたしは思い切って、相楽くんに尋ねてみる。

「今度は相楽くんの行きたいところ、行かない？　いつもわたしに合わせてもらうのも、申し訳ないから」

　わたしの言葉に、相楽くんは困ったように眉間に皺（しわ）を寄せた。

「俺、特に行きたいとことかねえし……」

「そっかあ……」

　それとなく彼の希望を叶（かな）えようと思ったのだけれど、上手くいかない。無理に「じゃあ行きたいところ考えてよ！」って言うのも、絶対負担になっちゃうよね。

　でも、相楽くんの好きなものとか、したいことって、なんだろう……？

　そんなことを考えていると、相楽くんが突然、「あっ」と声をあげた。

「ごめん。よく考えたら、俺その日無理だ。別の日にしよう」

「あれ、もしかして予定入ってた？」

「ウチの大学のオープンキャンパス。手伝ってくれって、教授に頼まれた」

「えっ？　そうなんだ。引き受けたの？」

「まあ……うん。やってみようかな、と思って」

わたしは正直、驚いていた。少し前までの彼だったら、オープンキャンパスのお手伝いなんて、断っていただろう。去年の文化祭だって、全然乗り気じゃなくて、わたしが強引に誘って手伝ってもらったのだ。いつのまに、こんなに積極的になったのかな……。

「なんか、北條が説明会で講演するらしい」

「そうなの？　相楽くんも、講演するの？」

「俺は、そんなん無理だろ。受験生の案内とか、受付とか、パンフ配ったりとか……」

「わ、大変そうだね」

「そーいや、教授からスーツ着てこいって言われたな。入学式のときに着たスーツ、どこにしまったっけ……」

「え！　相楽くんのスーツ姿、わたしも見たい！」

わたしは思わず、前のめりになってしまった。入学式のときはまだ知り合いじゃなかったから、わたしは相楽くんのスーツ姿を見たことがない。

「別に、そんないいもんじゃねえよ。それに、北條もその場にいるんだぞ。俺なんかただの引き立て役だろ」

「そうかなあ、絶対かっこいいと思うけど……いいなあ、見たいなあ……」

相楽くんのスーツ姿を想像して、うっとりする。社会人になって、スーツを着るようなお仕事に就いたら、毎日見られるのかな。いってらっしゃい、とネクタイを締めてあげる新婚さんの姿を想像してうっとりしてから、我に返った。ダメだ、また先走ってる！

……オープンキャンパスかあ。参加してみたかったなあ……。

わたしは高校時代、オープンキャンパスに一度も行かなかった。いまさらだけど、オープンキャンパスの雰囲気を感じてみたい。

「わたしもお手伝い、させてもらえるかな？」

「いいんじゃねえの。人手不足って言ってたから、教授に訊いてみたら？」

「うん！」

デートが延期になったのは残念だけど、相楽くんと一緒にお手伝いをするのも、それはそれで楽しそうだ。

「スーツ着て、一緒に写真撮ろうね！」

わたしが言うと、相楽くんに「遊びじゃないんだぞ」とやんわり窘められてしまった。

五月最後の日曜日。今日は一足先に夏がやって来たのではないかと思うほどの天気で、真っ青な空には雲ひとつない。俺と七瀬はゼミの研究室の窓から、キャンパス内を行き交う人々を見下ろしていた。

休日だというのに、キャンパスは大勢の人で賑わっている。それは平日でも同じことなのだが、いつもと空気が明らかに違うのは、高校の制服を着た人間がいるからだろう。

今日は我が大学――立誠寛大学のオープンキャンパスである。大学受験を控えた高校生が、まだ見ぬキャンパスライフに希望を抱いてやって来ているのだ。

「うふふ。なんだかみんな、初々しくて可愛いね」

俺の隣で、七瀬が言った。たしかに、歳はほとんど変わらないはずなのに、なんか若いな、と感じるから不思議なものだ。ひとつふたつ下の後輩を過剰に若者扱いしたがる先輩たちの気持ちも、わかる気がする。

結局七瀬も教授に申し出て、一緒にオープンキャンパスの手伝いをすることになった。自ら手伝いに参加するとは、やはり彼女は前向きな性格だ。俺なんか、頼まれたうえで熟考して、渋々引き受けるレベルだというのに。

「相楽くん、スーツ似合ってるね」

俺の姿をまじまじと見つめた七瀬が、眩しそうに目を細める。入学式のときに着たリクルートスーツを、およそ一年ぶりに引っ張り出してきたのだ。久々のジャケットは肩が凝るし、今日の気温だとちょっと暑い。

そう言った七瀬も、黒いスーツを身に着けている。長い髪をひとつにまとめて、いつもより真面目な印象を受ける（彼女はいつでも真面目なのだが）。腰から脚にかけてのラインを、気付かれないようにこっそり眺めて、タイトスカートも結構いいな、と思った。

「あっ。相楽くん、ネクタイ曲がってるよ」

「え、マジか。くそ、結ぶの苦手なんだよな……」

七瀬の指摘に、俺は首に巻いていたネクタイを解く。結び直そうとしたところで、七瀬が「ねっ、わたしが結んでもいい⁉︎」と片手を上げた。

「別にいいけど……なんで？」

「こういうの、ちょっと憧れてたの！」

上目遣いに俺を見上げた七瀬が、えへへ、とはにかむ。彼女は俺のネクタイを手に取って、襟元に巻きつけた。……こういうシチュエーションは、悪くないな。

しかし、なかなか上手くいかないらしく、七瀬は「あれ？　おかしいな……」と悪戦苦闘している。自分のものならともかく、他人のネクタイを結ぶのは、意外と難しいものだ。

そろそろ絞め殺されるんじゃないか、という命の危機を感じたところで、研究室の扉が開いた。俺と七瀬は、弾かれたように離れる。

「何をやってるんだ」

研究室に入ってきたのは、教授だった。「いや、その」と口ごもっている俺を、冷たい三白眼で一瞥する。

「なんなんだ、そのネクタイは。服装の乱れは心の乱れだぞ」

教授はそう言って、鮮やかな手つきで俺のネクタイを直した。紺色のネクタイは、少しの乱れもなくビシッと首元に収まる。視界の隅っこで、七瀬が「うう、教授に負けた……」と落ち込んでいるのが見えた。

「そうだ。相楽、ひとつ頼んでもいいか」

「あ、はい」

「北條が、インフルエンザだ」

一瞬、なんのことだかわからなかった。北條はインフルエンサー……じゃなくて、インフルエンザ。今の時期にはやや季節外れな、流行り病である。

完璧超人だと思っていた北條も、どうやらウイルスには勝てなかったらしい。気の毒だが、インフルエンザに罹患したということであれば、今日この場には来られないだろう。俺もインフルエンザで、第一志望の受験を棒に振った記憶がある。

「……はあ、そうですか。お大事に……」

「ということで、講演の代役頼む。北條からのご指名だ」

「は……はあ⁉　い、いや、それは無理ですよ。何の準備もしてないし」

予想外の展開に、俺はたじろいだ。そんなことを当日急に言われて、はいわかりましたと安請け合いできるはずもない。

「北條は、相楽なら大丈夫、って言ってたぞ。北條が用意した原稿データは、相楽のアドレスに送っておいた」

「で、でも」

俺はそもそも、大勢の人間の前で話すのが得意ではない。北條が何を根拠に「大丈夫」と言ったのかは知らないが、ちょっと買いかぶりすぎじゃないのか。

「もし無理なら、七瀬に頼むが」

「えっ。わ、わたしですか」

突然教授に指名された七瀬が、戸惑ったように眉を下げた。

おそらく七瀬は教授に頼まれたら、逃げずに引き受けるのだろう。七瀬は真面目で、責任感が強いから。俺なんかより彼女に任せた方が、よほど立派に役目を果たしてくれるはずだ。

しかし七瀬だってもともと、人前で話すのが苦手なタイプだ。ミスコンに出場したときだって、緊張して顔面蒼白になっていたではないか。

……そんな彼女に役目を押しつけて、俺が逃げ出していいはずないだろ。

「……わかりました。俺、やります」

俺が言うと、教授は「じゃあ、メール確認しておいてくれ」と言って、研究室から出て行った。おそらくいろいろと、準備があるのだろう。

「相楽くん、大丈夫?」

七瀬が心配そうに、俺に尋ねてくる。俺は彼女を安心させるように、頷いた。

ゼミの講演といっても、訪れる受験生の数はそれほど多くないだろうし、原稿があるならなんとかなるだろう。ミスコンのステージにパンダの着ぐるみ姿で乱入するよりはずっとマシだと、半年前の出来事を思い出して、自分に言い聞かせる。

とりあえず原稿を確認しよう、と研究室のノートパソコンから自分のアカウントにログインして、メールを確認する。数分前に、教授からメールが届いていた。添付されていた原稿のデータを開いて――唖然とする。

……いや、これでどうやって喋れと？

実のある内容はせいぜい数行で、ほとんどが［このへんアドリブ］とか［なんかいい感じに］と曖昧に濁されている。

きっと北條なら、ぶっつけ本番で上手くやれたのだろう。しかし、俺にそんなスキルがあるはずもない。くそ、これだから天才肌の陽キャは……！

俺は大学受験の日以来久しぶりに、インフルエンザウイルスの存在を心の底から呪った。来年からは毎年、欠かさず予防接種をすることにしよう。

スマホを見ると、北條から［ほんまごめん　よろしく］というメッセージが届いていた。文句のひとつやふたつやみっつ言ってやりたかったが、相手は仮にも病人である。ぐっと堪えて、［今度メシ奢れよ］とだけ返信した。

……結論から、言うと。俺の講演は、さんざんなものだった。

準備不足を差し引いても、ひどいものだったと思う。用意していた台詞が途中で飛んで、なんとか取り繕ったものの、支離滅裂なことを口走った気がする。目の前に座っていた高校生が、退屈そうに欠伸をしているのも見えた。

なんとかして、さっきの会場にいた人間の記憶を消す方法はないだろうか。

誰もいない校舎裏でジャケットを脱ぎ捨てると、頭を抱えてその場にしゃがみこむ。羞恥心と後悔で悶え苦しんでいると、七瀬の声が聞こえてきた。

「相楽くん！　こんなところにいたんだ！」

顔を上げると、七瀬が小走りに駆け寄ってくる。「はい、これどうぞ」と言って、持っていたペットボトルのお茶を手渡してくれた。

「……ありがと」

キャップを開けて飲むと、どうやら自分で思っていたよりも喉がカラカラだったらしい。あっというまに、五百ミリリットルのペットボトルを空にしてしまった。

「相楽くん、お疲れさま！　よかったよ！」

七瀬はそう言って笑いかけてくれたが、今の俺にはその優しさが辛い。

「……いいよ……無理して慰めてくれなくても……」

七瀬が優しければ優しいほど、自分が惨めで辛くなる。やっぱり俺は、全然駄目だ。あんなカッコ悪いところ、七瀬には見られたくなかった……。

「俺、ほんとに駄目だな……情けない……」

「えっ⁉　全然、そんなことなかったよ！　堂々としてたよ！」

地面に埋まりそうなほど落ち込んでいる俺の隣に、七瀬はしゃがみこむ。俺の顔を覗き込んで、優しく頭を撫でてくれた。さらさらと髪を滑る手の感触が心地好くて、俺はされるがままになっている。

「他の人が、どう思ったかはわからないけど……わたしには、相楽くんが一生懸命伝えようとしてるのがわかったし、相楽くんの言葉できちんと話してるんだなあ、っていうのが伝わってきて、よかったと思う」

失敗して恋人に慰められているなんて、みっともない。それでも弱っていた俺は、つい彼女の優しさに甘えてしまう。

「……相楽、くん」

名前を呼ばれて顔を上げると、至近距離に七瀬の顔があった。

こちらを見つめる大きな瞳は、戸惑ったように揺れている。俺の頰を両手で挟み込んだ七瀬は、ぐっと意を決したように唇を引き結ぶ。おそるおそる、顔を近付けてきて——そのまま軽く、唇が触れ合った。

「……⁉」

キスをしたことは何度かあるけれど、七瀬の方からされるのは、初めてだった。状況に頭が追いつかずに、思考がフリーズする。

七瀬も自分で自分の行動に驚いたのか、みるみるうちに真っ赤になって、慌てふためいた。

「あっ……ち、違うの……！　げ、元気が出るおまじない、みたいな……！　か、彼氏が落ち込んでるときには、キ、キスしたら元気出るって、奈美ちゃんから聞いて……その……えっと、こ、こんなことするつもりじゃ……」

「わ、わかった。わかってる、大丈夫だから」

七瀬がパニックになっているので、逆にこっちが冷静になってきた。どうやって落ち着かせようかと考えていると――背後から、声が聞こえてきた。

「……あの、すみません」

七瀬のものではない、女子の声だ。突然のことに、心臓が止まりそうになる。

声のした方を見ると、セーラー服を着たポニーテールの女子高生が、こちらを見ていた。

……やばっ、さっきの見られたか⁉

冷や汗をかいていると、彼女はニコッと愛想の良い笑みを浮かべた。

「さっき講演してた、経済学部の人ですよね？」

「え？　あ、ああ。はい」

「わあ、やっぱり！　講演、よかったです。ありがとうございました！」

女子高生は両手を胸の前で合わせて、そう言った。お世辞かもしれないが、俺は多少ホッとした。少なくとも一人は、俺の話を聞いてくれた、ということである。

……しかし、この顔……見覚えが、あるような……。

黒髪をポニーテールにした、真面目そうな女子だ。すっぴんの七瀬ほどではないが、比較的地味な印象を受ける。どこかで見た覚えがあるような気がするが、とんと思い出せない。俺には女子高生の知り合いなどいないし、気のせいだろうか。

彼女は興味深そうに、俺と七瀬を交互に眺める。好奇心を滲ませながら、尋ねてきた。

「この後、学内の案内してもらえるって聞いたんですけど。集合場所って、どこですか？」

彼女はニコニコ笑いながら、尋ねてくる。俺に先んじて、七瀬が答えた。

「えっと……それなら、向こうにある芝生広場の前です。わたしが案内するので、よかったら一緒に行きましょう」

頼れる先輩の顔で微笑んだ七瀬に、彼女は「はい」と表情を綻ばせた。

やっぱり、どこかで見たことがあるような……と記憶の糸を手繰り寄せていると、彼女がくるりとこちらを向いた。俺の顔をまじまじと見つめて、妙な顔をしている。それから、俺の耳元でコソッと囁いてきた。

「あの……ついてますよ」

「え？」

「口紅」

彼女の言葉の意味を、一瞬考えてから——慌てて、口元を覆う。さっきのキスで、七瀬の口紅がついてしまったのだろう。七瀬も気まずそうに、頬を染めて俯いていた。

彼女は「それじゃあ、また」と、悪戯っぽい笑みを浮かべる。七瀬は俺に向かって、口パクで「ごめんね」と言ってから、歩き出した。取り残された俺は、一人その場で項垂れる。

……もう金輪際、大学でイチャつくのはやめよう。

や、やっぱり……相楽くんとキスしてたの、見られた、のかな……。

平静を装って歩きつつも、わたしは顔から火が出そうだった。さっきのことを思い出すと、うわあああ、と叫んでその場から逃げ出したいような気持ちになる。ああ、どうしてあんなこと、しちゃったんだろう！

相楽くんの講演は、彼が言うほどひどいものではなかった。むしろ、こんなに土壇場で押しつけられたものにしては、すごく出来がよかったと思う。

それでも相楽くんが、この世の終わりかのように落ち込んでいるものだから、わたしはどうしても彼のことを励ましてあげたくて——ふと頭に浮かんだのは、奈美ちゃんの言葉だった。

——彼氏が落ち込んでるときとか、とりあえずチューしといたら元気になるし。

……だからって、どうしてこのタイミングで実行に移しちゃうかなあ！　大学でこんなことするべきじゃなかった！　神聖な学び舎で、なんてことを！　真面目な優等生だった高校時代のわたしが見たら、卒倒しそう……。

わたしの隣を歩く女の子に、チラリと視線を向ける。

目はくりっと丸っこく、鼻と口は小さく、愛らしい小動物のような顔立ちだ。黒髪のセミロングをポニーテールにして、サイドの髪は顔の横に垂らしている。可愛いなあ、と思っていると、こちらを向いた彼女と目が合ってしまった。

「なんですか？」

「あっ、ご、ごめんなさい！　じろじろ見ちゃって……」

「いえ、気にしないでください」

彼女はそう言うと、ずいっと顔を寄せてきた。至近距離でじっと見つめられて、つい萎縮してしまう。

「……おねえさん。マスカラ、何使ってるんですか？」

「へ？　マ、マスカラ？」

唐突な質問に、わたしは首を傾げる。彼女は瞳を輝かせながら、興味深そうに尋ねてきた。

「すっごく、キレイにカールしてません？　もしかしてマツパですか？」

「う、ううん！　つけ睫毛……」

「え、ツケマなんですか？　全然わかんなかった」

「あ、ありがとう……！　つけ睫毛のナチュラルさには、自信あるの！」

「ほんとにキレイ！　よかったら、つけ方教えてください」

彼女はそう言って、自分の睫毛を指差す。今の彼女はほとんどすっぴんに見えるけれど、もしかするとお化粧に興味があるのかもしれない。ビューラーの使い方さえわからなかった高校時代の自分を思い出して、ちょっと懐かしい気持ちになった。

身振り手振りを交えながら、つけ睫毛の装着のコツをレクチャーし終えたところで、彼女が話題を転換した。

「そういえば……さっきの講演の人、おねえさんの彼氏ですか？」

さっきの人、というのは、相楽くんのことだろう。キスを目撃された（かもしれない）ことを思い出して、かっと頬が熱くなる。

「う、うん……付き合ってるの」

「わ、そうなんですね。仲良さそうだなあ、って思ってたんです」

彼女は「そうだ」と言って、背負っていたリュックのポケットからスマホを取り出す。

「おねえさん。ＬＩＮＥ教えてくれませんか？」

「え、え？」

突然のことに、わたしは面食らった。人懐っこい子だなとは思っていたけれど、まさか連絡先を訊かれるとは。女の子とはいえ、初対面の人に連絡先を教えていいものかな……？

「大学のこととか、相談できる先輩がいたらいいなって思ってたんです。おねえさん、頼りになりそうだし……よかったら、いろいろ教えてほしいな」

彼女がそう言った途端、わたしの迷いなんてすぐに吹き飛んでしまった。

……先輩、だって！　頼りになる、だって！　うわあ、素敵な響き……！

後輩から「先輩！」と慕われ頼りにされるのは、わたしの夢のひとつだった。今の一回生とはほぼ交流がないけれど、彼女がうちの大学に入学してきたら、わたしにも可愛い後輩ができるかも……！

「も、もちろん！」

わたしもスマホを取り出すと、彼女とＬＩＮＥのＩＤを交換する。トーク画面にお辞儀をした猫のスタンプが送られてきたので、わたしも「よろしくね！」という犬のスタンプを返した。

「ハルコさん、っていうんですね。また、連絡します」

「うん！　いつでも連絡してね！」

そうしているうちに、芝生広場についた。アテンド役の学生に彼女を託して、わたしは「じゃあ、またね」と手を振る。

「……さっきの人にも、よろしく伝えてください」

そう言って微笑んだ彼女の表情は、どことなく意味深な気がした。

六月最初の日曜日。俺は早起きをして、朝から部屋の掃除をした。

散らかるほど物は多くないし、日頃からそれなりに綺麗にしているつもりではあるが、いざ掃除を始めてみると、意外と汚れているものだ。

畳に掃除機をかけて、ついでにトイレとキッチンの掃除をした。引っ越してきて以来、一番綺麗な状態になったぞ、と自画自賛していると、インターホンが鳴る。扉を開けると、長い髪をひとつにまとめて、爽やかなグリーンのブラウスを着た七瀬が立っていた。

「おはよう。まだ、みんな来てないよね？」

「うん」

「楽しみだね、タコパ！　わたし、一回やってみたかったの！」

七瀬はそう言って、満面の笑みを浮かべる。朝起きたときは、他人を部屋に入れるのは面倒だな、と思っていたが……まあ、いいか。部屋も綺麗になったことだし。

今日は俺の部屋で、タコ焼きパーティー──いわゆるタコパをする予定である。メンバーは俺と七瀬に加え、須藤と北條、それから同じゼミの木南悠輔だ。

タコパをすることになった、そもそもの発端は、北條のインフルエンザだった。

オープンキャンパスの数日後、俺が病み上がりの北條に「悪いと思ってるなら飯でも奢れ」と詰め寄ったところ、何故(なぜ)か木南が首を突っ込んできた。

「そんなら、相楽の部屋でタコパしようぜ！　博紀(ひろき)の奢りで！」

木南は社交的で友人も多い、いわゆる陽キャだ。俺のような陰気な男に対しても、臆することなく話しかけてくる。全人類誰にでも分け隔てなく、とかそういう高尚な信念があるわけではなく、単に何も考えていないだけだろう。

そもそもどうしてタコパなんだ、とか、なんで俺の部屋なんだ、とか、木南(おまえ)はタダ乗りじゃねえか、とか、いろいろ言いたいことはあったが——近くで聞いていた七瀬が「タコ焼きパーティー!?　わたしもやりたい！」と瞳を輝かせたので、反対する気が失(う)せてしまった。七瀬がそう言うなら、仕方ない。

「テーブル拭いておこうか。何も用意しなくていい、って言ってたけど、ソースとかもいらないのかな？」

「とんかつソースならあるけど」

「それ、さすがに関西人に怒られるんじゃないかなあ……」

七瀬とそんなやりとりをしているうちに、アパートの外から「えー!?　相楽、こんなとこに住んでんの⁉」という声が聞こえてくる。須藤はどんなときでも声がデカい。

　階段を上がってくる気配がしたのち、インターホンが鳴らされた。俺の代わりに、七瀬が「いらっしゃい！」と出迎える。

「来たでー。おじゃましまーす」

「あっ。ハルコ、先に来てたんや」

「相楽ぁ。冷蔵庫借りるぞー」

　俺が「どうぞ」と言う前に、遠慮なく北條たちが入ってくる。このクソ狭い部屋に五人も入るのか、と心配していたのだが、まあギリギリなんとかなりそうだ。床が抜けないことだけは祈っておこう。

「うわっ！　相楽の冷蔵庫、うどんしか入ってない！」

　飲み物を冷蔵庫に入れていた木南が、声をあげた。自炊をほぼしないため、中身はほぼ空っぽである。食材を買っても腐らせるだけだし、最近は七瀬に頼ることも増えたため、尚更だ。

　俺の部屋をぐるりと見回した須藤が、怪訝そうに尋ねてくる。

「この部屋、テレビとか漫画とか、娯楽の類がなんもないんやけど……相楽、何で自分をそんなに律してんの？」

「いや、興味ないから……」

　俺が答えると、須藤が「そうなんや……」と哀れみの視線を向けてきた。もしかすると、

「こいつ何が楽しくて生きてるんだろう」とでも、思われているのだろうか。やっぱり俺はつまらない人間だな、とちょっと情けなくなった。

そのとき、持ってきたエコバッグを広げた北條が、「あ」と声をあげる。

「しまった、紙皿買うの忘れた。ごめん相楽、皿だけ使てもいい？」

「え？　五人分も用意できねえよ」

一人暮らしの男の部屋に、食器がそんなに豊富にあるはずないだろう。俺が困っていると、七瀬が助け船を出してくれた。

「じゃあ、わたし持ってこようか。ちょっと待っててね」

七瀬がそう言って、俺の部屋から出て行く。数分も経たず、すぐに皿を持って「お待たせ～」と戻ってきた七瀬を見て、須藤が眉を寄せた。

「……ハルコ、それどっから持ってきたん？」

「え？　わたしの部屋だけど……」

「……もしかして、ハルコって相楽と同じアパートに住んでんの⁉」

須藤が素っ頓狂な声をあげると、七瀬は「言ってなかったっけ……？」と首を傾げている。

須藤の反応を見る限り、どうやら言っていなかったらしい。

「知らんかったー！　後で入らせて！　ハルコの部屋見たい！」

「きょ、今日はお掃除してないからダメ！　また今度ね」

「てか、今度泊まりに来るわ。パジャマパーティーしよ！」

「えっ、パジャマパーティー⁉　憧れてたの、やりたい！」

「今度やろ！　可愛いパジャマ準備しといてな」

「はいはい！　オレも参加したい！」

勢いよく挙手した木南の後ろ頭を、俺は無言で叩いた。コイツだけは絶対に、一歩たりとも七瀬の部屋に入れたくない。

「んだよ。冗談だろ」

「冗談に聞こえないんだよ、おまえの場合は」

軽く睨みつけると、木南がニヤニヤしながら肩を組んでくる。

「てか、彼女が同じアパートに住んでるとか、めっちゃいいじゃん。やりたい放題だし」

内心、ギクリとした。この文脈で木南の口から発せられる〝やりたい放題〟の意味なんて、ひとつしかない。世間一般的には、一人暮らしの大学生カップルならば、そういう行為に及ぶのが自然なのだろう。

「やりたい放題って、何を？」

木南の発言の意図を理解していない七瀬は、じいっとこちらを見つめている。信じられないほど澄み切った瞳から、俺は思わず目を逸らした。

……そりゃ俺だって、したくないわけじゃねえけど……こんなピュアな彼女相手に、おいそれと手を出せるはずないだろうが。

「はいはい！　しょうもないこと言ってないで、焼き始めるから手伝って！」

俺が返答に窮していると、まるで天からの救いのように、須藤がテーブルの上にタコ焼き器を置いた。どうやら須藤が持参してきたらしい。俺の実家にはタコ焼き器がなかったから、実物を見るのは初めてだ。妙な形のホットプレート、という見た目である。

北條はタコ焼き器に油を敷くと、まずタネを半量ほど入れて、タコやネギ、天かすなどの具材を放り込んでいく。それからタネを追加して、いい具合に焼けてきたところで、くるくるとひっくり返していった。ずいぶんと慣れた手つきだが、これは大阪人の特殊技能なのだろうか。

「すごい！　北條くん、上手だね」

タコ焼きが完成するさまをワクワクと眺めていた七瀬が、感嘆の声をあげる。

焼き上がったタコ焼きを皿に載せて、ソースとマヨネーズをかけて、上から青のりと鰹節(かつおぶし)をまぶせば、完成だ。

「相楽、何飲む？　ビール？」

「俺、誕生日まだ来てない。ウーロン茶」

「ハルコもなんか飲むー？」

「うーん……わたしもウーロン茶にしとくね」

そういえば、俺は七瀬が飲酒しているところを見たことがない。二十歳になったから、酒を飲んでも何の問題もないはずだが。

「じゃあ、相楽おれの代わりに頑張ってくれてありがとーってことで、かんぱーい」

適当極まりない感謝の言葉とともに、北條が缶ビールを持ち上げる。俺は釈然としないものを感じながらも、タコ焼きを頬張った。手作りのタコ焼きを食べるのは初めてだが、普通に美味い。ソースと紅ショウガが入っていれば、大抵なんでも美味く感じるものだ。

仕方ないことだが、タコ焼き器で一度に焼ける数は十八個。五人で食べれば、一瞬でなくなってしまう。要するに、食べながら延々と焼き続ける必要がある、ということである。

「じゃあ、次はわたしが作ってみるね！」

そう言った七瀬は、慎重な手つきで、タコ焼き器にタネを流し込んでいく。あまりにも慎重すぎて、思わず口を出してしまった。

「七瀬、もっとばーっと入れても大丈夫だろ」

「ほ、ほんと？　ごめん相楽くん、タコとか入れてくれるかな」

七瀬に言われるがまま、具材を入れていく。適当に放り込んでいると、「相楽くん！　ここ、タコ入ってないよ！」と指摘されてしまった。

「いいだろ、一個ぐらい……」

「ダメだよ！　タコの入ってないタコ焼きなんて、タコ焼きにならないでしょ？」

七瀬は几帳面だ。たしかに、タコ焼き、というからにはタコの存在は必須なのだろうが。そこまで固執する必要も、ないと思うのだが。

真剣そのものの表情を浮かべた七瀬が、竹串でそうっとタコ焼きをひっくり返す。少し焦げているものもあったが、まあこんなものだろう。

「ううっ、北條くんほど上手くできなかった……」

「いやー、上出来やろ。いただきまーす」

「てかさ。気になったんだけど」

缶ビールを飲みながら、木南が人差し指をこちらに向けてきた。

「七瀬と相楽って、お互いのこと苗字で呼んでんの？　なんで？」

「……え？」

俺と七瀬は、思わず顔を見合わせてしまった。

思えば付き合い始めてから、お互いの呼び名を変えよう、という話にはならなかった。北條と須藤も然り、一般的な恋人同士というものは、ファーストネームで呼び合うものなのかもしれない。俺だって彼女のことを、名前で呼びたい気持ちはあるが……改めて呼び方を変えるのは、かなり照れ臭い。

そもそも、名前呼び程度で気負いすぎなのか？　普通のカップルはもっと簡単に、呼び方を切り替えるものなのか？　俺のそういうところも、彼氏として至らないのだろうか。

俺が悶々としていると、木南が「あっ」と声をあげる。

「よく考えたらこの空間、オレ以外全員カップルじゃん！　気まず！」

「へー、あんたに気まずいとかいう感覚あったんや。全然気にしてへんのかと思ってた」

「そんなら、悠輔も彼女連れてきたらよかったのに。文学部の一回生やっけ」

「そうそう、めっちゃカワイイ。そーいや彼女、博紀のサークルの子と仲良いんだよな」

「ああ、唯菜（ゆいな）？」

北條の口から、見知らぬ女のファーストネームが飛び出した途端、須藤の眉がぴくりと動いた。険しい表情で虚空を睨みつけたまま、レモンサワーを飲んでいる。不穏な空気を正面からひしひしと感じながら、俺は思った。

……気軽に女子をファーストネームで呼び捨てるのも、考えものだな。

それからさんざん食べて飲んで、解散したのは二十時のことだった。酔っ払った木南は彼女の惚気（のろけ）を連発しており、北條に引きずられながら帰っていった。

部屋にタコ焼きの匂（にお）いが充満している気がして、空気を入れ替えようと窓を開けると、湿気を纏（まと）った蒸し暑い空気が、部屋の中に入り込んでくる。夜の闇（やみ）を照らす白い街灯に、小さな蛾（が）が集まっているのが見えた。

「楽しかったね！」

ぼんやりと窓の外を眺めていると、いつのまにか七瀬が隣に立っていた。今日の七瀬は、本当に楽しそうだった。彼女に、一緒に居て心地好い友人ができてよかったな、と思う。一人で勉強をしていた高校時代の彼女を思い出すと、なんだか感慨深い。

「そういえば、相楽くん。さっちゃんが、夏休みにみんなで琵琶湖行こうって言ってたよ」

「琵琶湖？　なんで？」

「海みたいに泳げて、浜辺でバーベキューもできるんだって！　北條くんが、車出してくれるらしいの。ね、相楽くん……行かない？」

「うーん……」

七瀬の問いに、俺は長考する。彼女の希望を叶えてやりたいのはやまやまだが、正直、そこまで乗り気ではなかった。気持ちの天秤は、どちらかといえば「行きたくない」側に傾いている。暑いのは苦手だし、陽キャと夏の琵琶湖でバーベキューをするなんて、想像しただけで眩暈がする。交友関係は多少広がったものの、自分の本質はそう簡単には変わらないものだ。

俺が迷っていると、七瀬がニコニコしながら続けた。

「あと、わたし、水着買おうと思ってて。高校の体育の授業で着てた、スクール水着しか持ってないから」

その言葉で、俺の気持ちの天秤はいとも容易く逆転してしまった。俺はどちらかと言えば水着より浴衣が好きだが、七瀬の水着姿は見たいに決まっている。

「………行く」

俺が答えると、七瀬は「やったあ」とはしゃいだ声をあげた。

「楽しみ！　水着、どんなの買おうかなあ」

それを聞いた俺は、ついつい七瀬の水着姿を想像してしまった。普段は露出が少なめの彼女だが、意外と凹凸があって、スタイルが良いことを知っている。妄想にふけっているうちに、木南の台詞が蘇(よみがえ)ってきた。

——彼女が同じアパートに住んでるとか、めっちゃいいじゃん。やりたい放題だし。

……いやいや、何を考えてるんだ。思考が木南に浸食されてしまうのは、よくない。

「……そういえば、相楽くん」

ふいに、七瀬が俺の顔を覗き込んできた。俺は脳内に浮かんだ水着姿の彼女を必死で追い払いながら、平静を装って「何？」と答える。

「その、わたしたちも……そろそろ、名前で呼んでみる……？」

「え」

唐突な提案に、俺は目を丸くした。もしかして、さっき木南に言われたことを、気にしていたのだろうか。

「あっ、相楽くんが嫌なら全然、いいんだけど！　今のままでも！」

七瀬がそう言って、ぶんぶんと顔の前で両手を振る。

木南の言葉がきっかけ、というのはどうにも癪(しゃく)だが……ここが名前呼びに切り替える絶好のチャンスなのかもしれない。

「あ、いや。いいよ、名前で」

「えーと、じゃあ……そ、創平くん」

七瀬はそう言って、はにかんだように笑った。不覚にも、ドキッとする。

いざ名前で呼ばれると、どうにもくすぐったいものだ。なにせ、家族以外の人間からファーストネームで呼ばれることなど、ほぼないのだ。しかし、名前を呼んでもらうのも悪くないな、と思った。自分の名前が、少しだけ特別なもののように感じられる。

「……わ、わたしのことも……」

七瀬は期待のこもった目で、じっとこちらを見つめている。俺は小さく息を吸い込んでから、彼女の名前を口にした。

「……は、はるこ…………さん」

「よ、呼び捨てでいいよ！」

「…………は、はる……こ」

つっかえながらも呼ぶと、「はあい」と答えた七瀬が、ふにゃっと笑った。どうにも、口に馴染まない。繰り返し呼んでいくうちに、いつか慣れるのだろうか。

「……じゃあ、わたしも部屋戻るね。おやすみなさい。……創平、くん」

俺も一度名前を呼ぶべきか悩んだが、結局「おやすみ」とだけ言った。七瀬は手を振ると、花柄のスカートを翻して、部屋から出て行った。

……たかが名前で呼ぶぐらいのことも、俺はちっともスマートにできない。

一人になった後、小さな声で「晴子」と口にしてみる。誰も聞いてはいないのに、なんだか無性に恥ずかしくなった。

タコパから、一週間後。日曜日のバイトのシフトは、久々に糸川さんと一緒だった。

「あっ、相楽くん久しぶりー。バイト復帰したから、またよろしく」

糸川和葉さんは、俺よりふたつ年上の四回生だ。少し前まで就職活動でバイトを休んでいたのだが、内定が出たらしく、つい最近復帰してきた。最後に見たときは黒く染めていた髪は、今は明るい茶色になっている。

「就職決まったんですね。おめでとうございます」

「ありがとお。これで、あとは無事に卒業するだけやわ。相楽くんも、二年後頑張ってな！」

糸川さんの言葉に、まるで小さな石を飲み込んだように、気持ちが沈んだ。

二年後に控える就職活動とはきっと、辛く苦しいものなのだろう。取り立てて特技もない、コミュ力もない俺はきっと、苦労するに違いない。想像しただけで、気が重くなってしまった。

就職活動をして、大学を卒業して、社会に出て働く。あと数年後の話なのに、なんだか遠い未来の話のようで、現実感がない。

大学を卒業した後の自分は、一体どこで何をしているのだろうか。

そもそも俺には、やりたいこととか、明確な目標がないのだ。ただ日々を生きることに必死で、将来のことを、きちんと考えたことはなかった。俺、ほんとに就職できるのかな。糸川さんと話しているうちに、急に不安が襲ってくる。

「……あの、糸川さん。今のうちに、取っといた方がいい資格とか……あります？」

「えー、まだ二回生やのに。あんまり早くから焦っても、息切れするんちゃう？」

「それは、そうかもしれないですけど……」

「そもそも相楽くん、希望の業種とかあんの？」

そう突っ込まれて、俺は困ってしまった。とりあえずどこかに就職するのだろう、程度の曖昧なビジョンしかなく、具体的なことは何も考えていない。

「……特に、何も」

俺が言うと、糸川さんは呆(あき)れた様子も見せず、「まあ、そんなもんやんなあ」とおおらかに笑ってくれた。

「今度、資格試験の参考書と問題集持ってくるわ。去年のやつやけど、そんなに問題傾向は変わらんと思う。気になるなら、新しいの買うて」

「ありがとうございます」

「相楽くんが頑張ること自体は、ええことやと思うよ。私も応援してる。ただ、あんまり焦って根詰めすぎひんように」

「……はい」

糸川さんはつくづく、よく出来た人間だ。自分が大学四回生になったとき、後輩にこんなに親切にしてやれるだろうか。

……七瀬は、進路のこととか考えてんのかな……。

七瀬のことだから、化粧とか、美容とか、ファッションとか、そういう業種に就くのかもしれない。彼女のように、堂々と好きだと言えるものがあることが、俺は羨（うらや）ましくて仕方がない。空っぽの自分と比較して、情けなくなる。


そのとき店の自動ドアが開いて、俺は反射的に「いらっしゃいませ」と言った。遠慮がちに店内に入ってきたのは、七瀬だった。ちょうど彼女のことを考えていたタイミングだったので、驚いた。バイト帰りなのか、カジュアルなTシャツとスカート、という出（い）で立ちだ。

「……な、七瀬。どうしたんだ」

いつもの癖（くせ）で苗字で呼んでしまってから、そういえば先日から名前で呼び合うことになったんだった、と思い出した。しかし、いまさら名前で呼び直すのは恥ずかしい。この場には糸川さんもいることだし。

「ご、ごめんね。相楽くんがいるの見えたから、つい」

七瀬も、俺のことを苗字で呼んだ。呼び名をスムーズに切り替えるのは、なかなか難しい。

「いきなり来ちゃって、邪魔だよね……」

「あ、いや。大丈夫」

俺は横目で糸川さんの存在を気にしながら答えた。糸川さんがニヤニヤしながら、俺たちの様子を眺めている。第三者がいる前で恋人と会話するのは、妙に気恥ずかしいものがある。

「……こんにちは」

七瀬が糸川さんの存在に気付いたのか、ぺこりと頭を下げた。糸川さんはニコニコと屈託(くったく)ない笑みを浮かべながら、七瀬に話しかける。

「こんにちは、糸川です。前に、祇園祭(ぎおんまつり)で会うたやんな？　そういや名前、訊いてへんかった気がする」

「七瀬、晴子です」

「七瀬ちゃんかあ。ほんまに可愛いなあ」

糸川さんはそう言った後、からかうような口調で、俺に尋ねてきた。

「前から気になってたんやけど……相楽くんと七瀬ちゃんって、どういう関係なん？」

即答できず、一瞬躊躇った。

俺と七瀬が付き合っていることを、周囲にことさらに隠しているわけではない。かといって、大っぴらにしているわけでもない。だから俺は、知り合いに対して七瀬のことを、恋人として紹介したことは一度もなかった。

俺の彼女です、という言葉が、喉の奥に引っかかったまま出てこない。俺と七瀬が付き合っていることは、明白だというのに。俺なんかで本当にいいのか、という卑屈な感情が、じわじわと胸を蝕(むしば)んでいく。

俺が迷っているうちに、七瀬が口を開いた。

「……わたしたち、付き合ってるんです」

「わ、やっぱそうなんや！　相楽くん、こんな可愛い子捕まえるなんて、やるやーん」

糸川さんが冗談めかして言うと、俺を肘で突いてくる。七瀬は「バイトの邪魔しちゃって、ごめんなさい」と申し訳なさそうに俯いた。

七瀬が邪魔、ということでは決してないのだが、恥ずかしいのは事実である。俺が何も言えずにいると、七瀬は力なく微笑んで言った。

「わたし、帰るね。……あの、ごはん作って待ってるから」

最後の一言だけ、コソッと小さな声で囁いて、七瀬はコンビニから出て行く。その寂(さび)しげな後ろ姿を、俺は黙って見送ることしかできなかった。

相楽くんのバイトが終わるのを待っているあいだに、わたしは晩ごはんを作っていた。

今日のメニューは、ビーフシチュー……にしようと思ったのだけれど、ボーッとしていたせいか、牛肉じゃなくて豚肉を買ってしまった。これじゃ、ポークシチューだよ……。

いまさら他のメニューに変えることもできなくて、仕方なく豚肉で作ることにする。大鍋で肉と野菜を炒めながら、わたしはさっきのことを思い出していた。

相楽くんのバイト先の先輩である糸川さんは、大人っぽくて綺麗な人だ。普段から何かとお世話になっているのだと、相楽くんから話を聞いたことがある。

……相楽くん。あの人の前で、わたしと付き合ってる、って言ってくれなかったな……しかも、名前も呼んでくれなかった……。

思い出して、どんよりと気持ちが重くなる。

名前で呼ぼう、と言ったものの、結局あの日以来、彼はわたしの名前を呼んでいない。極力、名前を呼ぶのを避けているようにも見える。わたしの方も、創平くん、と呼びたい気持ちはあるけれど、上手く切り替えられずにいる。

名前は、仕方ないにしても。せめて、せめて……わたしのことを堂々と、恋人です、って紹介してほしかった……。

相楽くんの性格的に、無理もないことだとは思う。付き合ってることを知られたら、からかわれるかもしれないし。相楽くんはきっと、そういうのを嫌がるタイプだ。先走って勝手に答えない方が、よかったのかもしれない。でもわたしは、言わずにはいられなかった。

だって、相楽くんは、わたしの恋人だもん。

醜い独占欲がぐつぐつと湧き上がってくるのを感じて、わたしは深い溜め息をつく。

豚肉を煮込みながら落ち込んでいると、ジャージのポケットに入れていたスマホが鳴った。確認してみると、一件のメッセージが届いている。

［ハルコさん、先週出たリップの新色試しました？］

送り主は、先日のオープンキャンパスで連絡先を交換した女子高生だ。名前は一花ちゃん。受験生かと思いきや、彼女はまだ高校二年生らしい。

あれから頻繁に連絡が来て、メッセージのやりとりをしている。お互い化粧が好きということもあり、すっかり意気投合してしまった。わたしはいそいそと返事を打ち込んで送信する。

［買ったよ］［夏っぽい爽やかなカラーで可愛かった！］

一花ちゃんとメッセージを送り合っているうちに、落ち込んでいた気持ちがだんだん浮上してきた。思えばわたしは、さっちゃんたちの前ではちょっと遠慮して、思う存分好きなものの話ができていなかった気がする。

彼女とのやりとり自体は、他愛もないものばかりだ。化粧のことだけじゃなくて、大学生活のこととか、受験勉強のこととか、進路のこととか、わたしの彼氏（つまり、相楽くん）のことか。一花ちゃんは恋バナが好きなのか、わたしと相楽くんのことをよく尋ねてくる。
［大学って、楽しそうですね］
［楽しいよ！］［このあいだも、友達みんなでタコパしたよ］
［彼氏も一緒ですか？］
［そうだよ］［なんだかんだ言いつつ、付き合ってくれるの］
［ハルコさんの彼氏って、優しい？］
わたしは迷わずに、返事を送った。
［とっても優しくて、素敵な人だよ］
一花ちゃんから［そうなんですね］と返ってくる。
［また京都行ったら、そのときは遊んでくださいね］
彼女からのメッセージに、わたしは［もちろん！］と返信した。直接会ってたくさん話ができたら、きっと楽しいだろうな、と思う。

二十時を少し回ったところで、相楽くんが帰ってきた。わたしはシチューをお皿によそって、テーブルの上に置く。彼は「いただきます」ときちんと手を合わせた後、食べ始めた。わたしは彼に向かって、両手を合わせる。

「ほんとにごめんね！　牛肉と豚肉、間違えちゃって……」

「え、そうなのか？　いや、いいよ。全然美味いし」

相楽くんはそう言ってくれたけど、彼はなんでも「美味しい」と言うタイプだから、あんまり信用ならない。もしかして、あんまり違いに気付いてないのかな。たとえばこれがチキンシチューだったとしても、全然気にしないのかもしれない。

わたしも彼に続いて、シチューを口に運ぶ。うん、まごうことなき豚肉だ。これはこれで、こういうものだと思えばいいのかもしれないけど……うう、次こそ絶対リベンジする……！

一人悔やんでいると、相楽くんが「そういや」と口を開いた。

「今日、ごめん。その……七瀬が来たとき、感じ悪くて」

「え？　う、ううん。全然、気にしてないよ」

ほんとはちょっぴり気にしていたけれど、わたしは嘘をついた。どうして彼女って言ってくれなかったの、なんて言ったらめんどくさいよね……と思いつつ、笑顔を取り繕う。

「えっと、あの人……糸川さん。しばらく見なかったけど、バイトお休みされてたの？」

「あー、うん。最近、やっと復帰してきて……」

そこで言葉を切った相楽くんは、「あのさ」と話題を変えた。

「その、はる……七瀬って……将来のこととか、考えてる？」

「……え⁉」

唐突な質問に、わたしは思わずスプーンを取り落とした。反射的に、右手の薬指に嵌めた指輪に視線を向ける。

もしかして相楽くん、わたしとの将来のこと、考えてくれてるの……⁉

頭の中で、リンゴーン、と教会の鐘の音が鳴り響く。わたしは前のめりになって、「も、もちろん！」と答えた。

「か、考えてはいるけど……！　あっ、でもわたし一人の問題じゃないし、ゆっくり話し合って決めたいっていうか、その」

興奮気味のわたしを見て、相楽くんは「ん？」と首を傾げた。

「まあ、そんなに簡単に決められることじゃないだろうけど……就活も、もう二年後だし」

「へ」

「今日、糸川さんと喋ってて。将来どういう仕事に就きたいかとか、今から考えといた方がいいよな、って。俺も全然、進路決まってないんだけど」

……就活、仕事？　あ、そ、そういう話……！

そこでようやく自分の勘違いに気が付いて、かあっと顔が熱くなる。わたしまた一人で先走って、恥ずかしい……！　相楽くんはそんなこと、全然考えてないのに！

わたしは動揺を誤魔化すように、ぶんぶんと首を横に振った。

「う、ううん！　全然……考えて、ない」

そう答えてから、本当に何も考えていなかった自分に、内心ショックを受けた。

相楽くんは、もう就活のこと考えてるんだ……。

本格的に就職活動が始まるのは、早くても三回生の冬あたり。まだ先のことだと思って、ほとんど意識していなかった。

わたし、〝薔薇色の大学生活を目指す〟なんてこと言いながら、全然具体的な目標も立ててなかったんだな……。

一年前、相楽くんだって「おまえの薔薇色には具体性がまったくない」と言っていた。フワフワとした憧ればかり追いかけて、わたし……バカみたいだ。

「……わたし、将来どういう仕事に就くんだろう……」

卒業後の自分が何をしているのか、見当もつかない。わたしが呟くと、相楽くんが小さく首を傾げた。

「……化粧品とか、美容系とかは？」

相楽くんの言葉に、わたしは「え？」と目を瞬かせる。彼はシチューを食べながら、なんてことのないように続ける。

「七瀬、そういうの好きだろ」

「す、好きだけど……」

そのときわたしが思い浮かべたのは、従姉のおねえちゃんの顔だった。わたしが大学デビューするために背中を押してくれた、憧れのおねえちゃん。

おねえちゃんは今、化粧品メーカーの営業として、東京でバリバリ働いている。このあいだお正月に会ったときには、さらに美しさに磨きがかかっていた。あんなふうになれたら素敵だな、と憧れる気持ちは、もちろんあるけれど……。

「わ、わたしには、そんな華やかな業界、向いてないんじゃないかな……」

いくら外面を誤魔化したところで、根っこの部分が変わったわけじゃない。どれだけ努力を重ねたところで、わたしはおねえちゃんみたいには、きっとなれないだろう。

「そうか？　向いてると、思うけど」

「ううん……そんなこと、ないよ」

わたしはそう言って、唇の端っこを持ち上げて笑う。そんなわたしの言葉を聞いた相楽くんは、「なんか、もったいないな」とポツリと呟いた。

二十二時までのバイトを終えて、裏口から外に出る。夕方まで降っていた雨のせいかアスファルトは濡れており、そこからむっと蒸し暑い空気が立ち上っていた。
もしかすると、今夜も寝苦しいかもしれない。ギリギリまで扇風機で乗り切りたいのだが、

そろそろエアコンをつけるべきだろうか。

電気代と睡眠不足による悪影響を天秤にかけていると、スウェットのポケットに入れていたスマホが鳴った。立ち止まってディスプレイを確認すると、母からの着信だ。

「……あ」

そういえば、そのうち帰る、と伝えてから、母に連絡するのをすっかり忘れていた。気乗りしなかったとはいえ、我ながら薄情な息子である。

「ちょっと、創平。いつになったら連絡くれるんよ」

電話に出るなり、開口一番に母が言った。俺はガシガシと頭を掻く。

「……あー、ごめん。忘れてた」

「もう……そんで、いつ帰ってくるの」

やや苛立ったような、急かすような口調だった。できるだけ早く、俺を義父と義妹に引き合わせたいのかもしれない。

正直言って、気乗りはしない。母の再婚相手である義父と、その娘である義妹。一度も顔を合わせたことのない、見知らぬ家族。俺は社交的なタイプではないし、義父はまだしも、高校生の女子と仲良くなれるはずもないだろう。

……でも、さすがに……そろそろ、会わないとまずいよな。

「……じゃあ、来週の土曜は？」

俺が観念して言うと、母がホッとしたように息をついた。

「大丈夫よ。じゃあ、そのつもりで準備しておくから」

最後に「絶対帰ってきてね」と強めに念を押してから、母は電話を切った。電柱にもたれかかり、はーっと深い溜め息をつく。

義妹とは、七瀬と一緒に実家に帰ったときに、一度だけ顔を合わせた。俺はそのとき、情けなくもその場から逃げ出してしまったのだが。顔はあまり覚えていないが、真面目でおとなしそうな女子だった、気がする。

……まあ、一緒に住むわけでもなし。今後ちょこちょこ顔を合わせる程度ならば、それほど親しくなる必要はないだろう。戸籍上は家族といえど、ほとんど関係のない他人だ。

そう自分に言い聞かせながら、俺はアパートへと向かう。七瀬の部屋の電気は、まだ点いていた。寝る前に顔が見たいな、と思ったけれど――我慢して、まっすぐ自分の部屋へと戻った。


翌週の週末。俺は高速バスに乗って、名古屋に帰省した。

指定されたのは、ホテルの高層階にある中華料理のレストランだった。思っていたよりも格式が高そうで、気後れする。一応気を遣って、襟つきのシャツは着てきたものの、スーツとかの方がよかったのかもしれない。

恭しく出迎えてくれたスタッフに名前を告げると、奥にあるテーブルに案内された。ガラス張りの窓がすぐそばにあって、名古屋の街がよく見える。

「創平！　来てくれてありがとう」

母は俺の顔を見るなり、安堵したように表情を綻ばせた。もしかすると来ないのではないか、と心配していたのかもしれない。

母の正面に座っていたのは、穏やかな雰囲気のある中年男性と、セーラー服を着た女子高校生だった。俺は二人に向かって、頭を下げる。

「……相楽創平です」

「そんなに、かしこまらなくてもいいよ。創平くん、どうぞ座って」

母の再婚相手――俺の義父となる男性は、目元の皺を深めて笑った。まともに顔を合わせるのは初めてだが、感じの良さそうな人でホッとする。

本音を言うと非常に憂鬱(ゆううつ)で、「やっぱり行くのやめようか……」と何度も思ったのだが、自分を奮い立たせてここまでやって来た。

――大丈夫。大丈夫だよ、相楽くん。

かつて俺を励ましてくれた七瀬の言葉は、今も俺の背中を押してくれている。

俺は彼女のおかげで、母親とようやく向き合うことができたのだ。この期に及んで、逃げるわけにはいかない。

「紹介するよ。こっちは、僕の娘の一花。高校二年生だから、創平くんのみっつ下かな？」

義父の隣に座っていた少女は、ポニーテールを揺らして、ぺこりとお辞儀をした。

「……はじめまして」

「こんにちは、一花です」

俺がそう言うと、彼女はくすっと笑みを零した。

「はじめまして、じゃないですよ？」

「……え？」

「お久しぶりです。オープンキャンパスで、お会いしましたよね」

「……あッ!?」

そう言われた瞬間、俺はようやく彼女の正体に気が付いた。

黒髪をポニーテールに結った、真面目そうなセーラー服の女子高生。目の前に座っている義妹は、まさしくオープンキャンパスに来ていた高校生だった。

――ついてますよ、口紅。

あのときのことを思い出して、俺の背中に冷たい汗が流れる。俺は義妹に、恋人とキスしているところを目撃されてしまったのだ。知り合いに見られるだけでも最悪なのに、それが身内だなんて恥ずかしすぎる。穴があったら飛び込んで、そのまま埋まってしまいたい。

大学で彼女とイチャイチャしていた男など、決して印象は良くないだろう。しかし義妹は、俺に向かって愛想よく笑いかけてきた。

「黙ってて、ごめんなさい。あたしのこと、気付いてなかったみたいだから」

「ごめん……全然気付いてなかった」

正直に答えたが、彼女は気を悪くした様子もなく「やっぱり」と笑った。

「あたし、ずっとお兄ちゃんが欲しかったから、お会いできて嬉しいです。創平くん、って呼んでもいいですか?」

「あ、うん……ご自由に」

ずいぶんとフレンドリーだ。残念ながら俺は、女子高生との会話を弾ませるスキルを持ち合わせていないので、ボソボソと曖昧な返事をすることしかできない。これが北條とか木南だったら、明るくこの場を盛り上げることができるだろうに。

「そっか。創平くんは京都の立誠寛大学だっけ?」

「あ、はい」

「よかったら、一花に勉強教えてやってよ。友達と遊んでばっかりで、呑気なんだよなあ」

「あら、そんなことないわよ。いつも一生懸命、お勉強してるじゃない。いつも遅くまで、塾に残ってるものね。そのうえ、アルバイトも頑張ってるし」

母が優しく笑いかけると、一花は「えへへ」と照れ笑いを浮かべる。

三人のやりとりを、俺はまるでテレビの向こうのホームドラマでも見ているような気持ちで眺めていた。まるで異物が紛れ込んでいるかのように、この場において俺の存在だけが浮いている。以前ほどの屈託は抱かなかったが、それでも少し、気分が落ち込んだ。

「創平くん。大学のこととか、いろいろ教えてくださいね」

無垢(むく)な瞳に見つめられて、俺は「うん」と答える。愛想がない自覚はあったが、これ以上話題を広げられる気はしなかった。


中華のコースを終え、デザートの杏仁豆腐(あんにんどうふ)まで食べた後、俺は「トイレ行ってくる」と席を立った。一人になった瞬間、はーっと息をつく。思いのほか、気が張り詰めていたらしい。

情けない話だが、早く京都に帰って、七瀬の顔が見たくなってしまった。スマホを取り出すと、LINEのトーク画面を開く。バスに乗る前に届いた、「いってらっしゃい。帰ってきたら、一緒に晩ごはん食べようね」というメッセージに、どうしようもなく慰められる。

男子トイレから出たところで、セーラー服の少女と鉢合わせした。義妹だ。

「う、うわっ。びっくりした」

思わず、声が出た。俺を待ち構えていたらしい義妹——一花は、「あの、創平くん」と控えめに声をかけてくる。

「その……もうちょっと、愛想良くできません？」

「え？」

「せっかく家族が全員揃ったんだから、もっと楽しく会話できないかな、と思って」

一花の言葉に、俺は「はあ」と気のない声を返して、壁にもたれかかった。

たしかに俺は先ほどから、黙って飯を食うばかりで、会話に積極的に参加していない。一花の指摘は、もっともではあるのだが。

「……まあ、それはそうだけど……家族だからって、無理しなくてもいいんじゃねえの」

「……どういう、こと？」

途端に、一花の眉間に、深い皺が刻まれる。

「おまえだって、別に俺と仲良くしたいわけじゃないだろ。それなら、お互い適当に距離とってる方が楽……」

そこまで言ったところで、バン！　と勢いよく身体の横に手を突かれた。突然のことに、俺はビクッと身体を揺らす。小柄な一花がこちらを見上げ、ものすごい形相で俺のことを睨みつけていた。

「……いい加減にしてよ。必死で盛り上げてる、こっちの身にもなってくんない？」

突然の変貌ぶりに、俺は唖然とする。一花はチッと舌打ちをすると、忌々しげに吐き捨てた。

「あんたにとってはこの場限りかもしれないけど、あたしはそうじゃないの！　空気読んで、もうちょっと愛想良くしろっての」

勢いに圧倒され、声も出せなかった。一体、なんなんだ。「お兄ちゃんが欲しかったんです」

などと言っていた素直な義妹は、幻だったのだろうか。

俺が黙っていると、一花は苛立ったように声を荒らげた。

「聞いてた話と、全然違うじゃん！　優しくて素敵な人だって、言ってたのに……」

一花がそう言って、顔にかかった黒髪をばさりと跳ね除ける。その拍子に、耳に空いたピアスの穴がチラリと覗いた。……うわ、何個穴開いてるんだ。もしかして、最初の印象より真面目じゃないのか……？

「俺の話、誰から聞いたんだよ。母さんか？」

「……誰でもいいでしょ。てか、全然イケてないくせに、めっちゃ美人の彼女いるんだね」

「うっ」

「大学でチューするのは、どうかと思うよ」

仰る通りだ。正論すぎて、ぐうの音も出ない。

「……か、母さんには、言うなよ」

大学で彼女とキスしてました、なんて、母や義父には絶対言ってほしくない。大学に何しに行ってるんだ、と呆れられるかもしれない。それに……俺はともかく、七瀬のことを、大学でそんなことをするような彼女なのだと、誤解されるのは嫌だ。

一花は唇の端を上げて、ニヤリと意地悪く微笑んだ。

「ふぅん。どうしよっかなあ」

「お、おい」

「ま、今日のところは黙っといてあげる。貸しイチってことで」

「貸し、って……」

「あたしに弱みを握られてるってことを、忘れないように。とりあえず今日は、もうちょっと愛想良くしてくんない？」

いろいろと文句を言いたいところではあったが、素直に「……わかった」と頷いた。先ほどまでの俺の態度に、問題があったのは事実だ。

母と義父が待つテーブルに戻る途中、一花が腕を組んできた。予想外のスキンシップに、ギョッとして振りほどこうとする。と、「協力して」と小声で囁かれた。どうやら、俺と仲が良いところを、母たちにアピールしたいらしい。

「あら、創平。一花ちゃんと仲良くなったの？」

俺たちを見た母が、嬉しそうに言う。義父も「よかったなあ」と表情を綻ばせた。

「うん、仲良くなれそうだよ。ね、創平くん」

そう言った一花が、俺の腕を思いっきりつねりあげてくる。こいつ、容赦ねえな。俺は痛みをこらえながら、「……ウン」とぎこちない笑みを取り繕った。

母と義父からの「泊まっていけばいいのに」という誘いを断って、俺はその日のうちに、名古屋から京都へと帰ってきた。オンボロアパートに帰りつくと、どっと疲労が襲ってくる。重い足取りで、二階へと続く階段を上った。

自分の部屋に戻る前に、隣の部屋のインターホンを押す。ピンポーン、という音が鳴り終わる前に、目の前の扉が勢いよく開いた。

「相楽くん、おかえりなさい！」

すっぴんジャージ姿の七瀬が、そう言ってニコッと笑いかけてくれる。その顔を見た瞬間、なんだか無性に、ホッとした。思っていたよりも、気疲れしていたのかもしれない。

俺の顔をじっと見つめた七瀬が、気遣わしげに尋ねてくる。

「……どうだった？」

「……うん。義理の父親、感じ良さそうな人だった。母さんも元気だったし」

「そうなんだ、よかったね！」

「あと、母親の再婚相手の、娘がいて……みっつ年下の、高校生だった」

「あっ、そういえば義理の妹さんができたんだっけ。どんな子だった？」

俺の脳裏に、忌々しげな表情で俺を睨みつける、一花の顔が浮かんでくる。

……オープンキャンパスで会った高校生が義妹だったということは、黙っておこう。俺の身内にあんなところを見られたと知ったら、七瀬だってショックだろうし。

「……えーと……なんか、真面目そうだった」

「そっか！　仲良くなれるといいね」

七瀬は無邪気にそう言ったが、難しいだろうな、と俺は思った。いきなり義妹になった女子高生に対して、どうやって接すればいいのかわからないし、そもそも初手で大幅に好感度を下げてしまった。まあ、しばらく会うことはないだろうが。

——あたしに弱みを握られてるってことを、忘れないように。

わざわざ脅しのようなことを言ってきたことは、ちょっと気にかかるが。まさか、何か良からぬことを企んでるわけじゃないよな……？

「……どうしたの？」

不穏な雰囲気を察知したのか、七瀬が心配そうに顔を覗き込んでくる。俺は慌てて「なんでもない」と答えた。

あまり深く気にするのはやめよう。こんな貧乏大学生の弱みを握ったところで、一花にとっては何のメリットもない。

「ね、晩ごはん食べようよ。今、グラタン焼いてるの！　美味しくできてるといいなあ」

七瀬はそう言うと、眼鏡の向こうの目を細めて微笑む。ただそれだけのことで、ちょっと荒んでいた心が癒やされるから、不思議なものだ。

俺は思わず七瀬の腕を引いて、胸の中に閉じ込めていた。彼女は一瞬、驚いたように目を瞬かせたけれど、すぐにぎゅっと抱きついてくれる。

「どうしたの、相楽くん」

「……なんでもない」

「もう、グラタン食べないの?」

腹は減っていたけれど、胸の中にあるぬくもりを、まだ離したくない。「もうちょっとだけ、こうしてて」と囁くと、七瀬は黙って背中を撫でてくれる。

それから数分ののち、オーブントースターから取り出すタイミングが遅れたグラタンは、ちょっとだけ焦げてしまった。

一限のドイツ語の授業が終わって、スマホを確認すると、さっちゃんから「ごめん、今日三限のゼミから行くわ」というLINEが届いていた。
どうやらさっちゃんは、語学の授業をサボったらしい。このあいだの小テストの結果もあんまり良くなかったって言ってたけど、大丈夫なのかなあ。
……さて。お昼ごはん、どうしよう。
わたしはいつも、ゼミのある火曜日はさっちゃんと二人でお昼ごはんを食べていた。仲良しのつぐみちゃんと奈美ちゃんは、自分のゼミの友達と一緒に食べているらしい。残念ながらわたしは、そこに混ぜてと言えるほどの社交性は持ち合わせていない。

別にお昼ごはんぐらい、一人で食べればいいんだろうけど。大学で一人でごはんを食べている子がいたって、誰もそんなこと気にしていない。わかってはいるけれど、わたしは一人ぼっちだった高校時代の自分を思い出して、ちょっと辛くなってしまうのだ。

相楽くんに連絡して、一緒に食べてもらおうかな。彼は大抵、一人でごはんを食べていることが多い。きっとわたしが頼めば、彼は断らないと思う、けど。

……わたし、そこまで相楽くんにべったりで、ほんとにいいのかな。彼だって、一人になりたいときがあるだろう。わたしに付き合わせるのは忍びない。

悩んでいると、手に持っていたスマホが震えた。確認してみると、ＬＩＮＥのメッセージが一通届いている。オープンキャンパスで出逢った高校生――一花ちゃんからだった。

［今ハルコさんの大学にいるんですけど、会えませんか？］

メッセージを確認して、思わず「えっ」と声をあげる。今日は平日だし、高校生なら授業があるはずだけど、大丈夫なのかな……？

でも、一花ちゃんが来ているのなら、ぜひとも会いたい。頻繁に連絡を取り合ううちに、わたしは彼女と親しくなれた……と思う。メッセージのやりとりだけでなく、ビデオ通話も何度かしたけれど、一花ちゃんは本当に素直で可愛いイイコだ。彼女がわたしのことを思い出して、わたしに会いたい、と思ってくれることが嬉しい。

「もちろん！　今どこにいるの？」と送信して、わたしはウキウキと立ち上がった。

図書館の前にいる、とのことだったけれど、一花ちゃんの姿は見えなかった。代わりに、ピンク色のカーディガンを羽織った女の子が一人、立っている。耳に大きなフープピアスをつけて、真っ赤な口紅を引いたギャルだった。わたしは反射的に、目を逸らしてしまう。

もともと地味だったわたしは、ギャルっぽい女の子が今でもちょっと苦手だ。ちょっとみんなうるさーい七瀬さん怒ってんじゃーん、なんて絡み方をされていた高校時代の記憶が蘇ってきて、憂鬱な気持ちになる。

すると、ギャルが顔を上げて、わたしの方を見た。目が合った瞬間、「あ」と目を見開いたギャルは、こちらに駆け寄ってくる。

「ハルコさん、お久しぶりです」

「……え？」

勘違いでなければ、目の前のギャルが、わたしの名前を呼んだ。

わたしはまじまじと、ギャルの姿を見つめる。メイクはバッチリで隙がなく、アイシャドウも口紅も真っ赤、チークはちょっと薄め、黒のアイラインを目尻まで長めに引いている。

間近で顔を見て、わたしはようやく気が付いた。

「も……もしかして、い、一花ちゃん？」

衝撃のあまり、わたしは数歩後退りした。

今わたしの目の前にいるのは間違いなく、一花ちゃんだった。前回会ったときとは、全然印象が違う。上からオーバーサイズのカーディガンを羽織っているせいで気付かなかったけれど、制服も前と同じセーラー服だ。よく見ると、耳にたくさんピアスが開いている。

こういうタイプの女の子と、今まであんまり関わったことなかったかも……！

大学に入ってできた友達は、みんなそれぞれにオシャレでキラキラしているけれど、いわゆるギャル、とはちょっとタイプが違う。この手の女子に対する接し方は、わたしの対人関係マニュアルの中には記載されていない。

吹かせるつもりだった先輩風はそよりともせず、すっかり凪いでいる。可愛い後輩の変貌ぶりにたじろいでいると、一花ちゃんが「あっ」と右手を口元に当てた。

「……そっか。ハルコさんに、このカッコで会うの、初めてだった」

「う、うん……前とイメージと違ったから、びっくりしちゃった」

「……もしかして、がっかりしました？」

やや遠慮がちに尋ねられて、わたしはハッとした。

彼女の派手な格好を見て、勝手に萎縮してしまった自分が恥ずかしい。たしかにびっくりしたけど、どんな格好をしていたとしても、接し方を変える必要なんてないはずだ。

「う、ううん！　そんなことない！　一花ちゃんは、一花ちゃんだもん」

わたしはきっぱりと、そう言った。一花ちゃんは「よかった」と、安堵したように頬を緩める。笑うとちょっぴり、すっぴんの面影が見えてホッとする。

「ね。一花ちゃん。学食で、お昼ご飯食べようよ！　奢ってあげる！　なんでも好きなもの頼んでいいからね！」

わたしは先輩風をぴゅうぴゅうに吹かせながら、一花ちゃんに笑いかけた。


それからわたしたちは、二号館の地下にある食堂に移動した。我が大学にある食堂の中でも、ここは比較的オシャレで女子に人気がある。前に相楽くんと来たときは、「値段のわりに量が少ない」と零していたけれど。

「いただきまーす」とお行儀よく手を合わせた一花ちゃんに、わたしは尋ねた。

「そういえば、一花ちゃん。今日、どうしてここに来たの？　何か用事だった？」

このあいだオープンキャンパスで来たばかりだというのに、志望校の下見にしては、ずいぶんと熱心だ。ハンバーグをモグモグと頬張りながら、一花ちゃんが答える。

「創平くんの彼女がどんな人なのか、気になったんです」

「……そうへい、くん？」

誰のことだろう、なんて考えるまでもない。わたしの彼氏のそうへいくん、はこの世に相楽創平くんただ一人である。

というか、今、一花ちゃん……相楽くんのこと、名前で呼んだ⁉　わ、わたしですら、まだまともに呼べてないのに！　ま、まさか……浮気相手が、乗り込んできたの⁉

その可能性に思い至った途端、さーっと血の気が引いていき、持っていたフォークを取り落とす。そんなわたしの様子に気付いたのか、一花ちゃんは慌てたように言った。

「あ、勘違いしないでくださいね。あたし、創平くんの妹なんです」

「……い、妹？」

「創平くんから、話聞いてない？」

一花ちゃんの発言に、わたしはパチパチと瞬きをした。

そういえば、高校生の義妹ができた、と言っていた。二人で名古屋に行ったときも、彼の実家の前でセーラー服の女の子を見かけたし……。

彼女の顔をまじまじと観察していたわたしは「あっ！」と声をあげた。

「……二カ月ぐらい前……アパートの前で、会ったよね？」

あのときは、セーラー服のギャルがいる、としか思っていなかったけれど。あれは、今わたしの目の前に座っている女の子と、同一人物だった。

一花ちゃんはばつが悪そうに、「うん」と頬を掻く。

「もしかして、相楽くんに会いに来てたの？」

「まあ、そんな感じ……ですかね」

まさか、相楽くんの義妹が一花ちゃんだったなんて。相楽くん、どうしてわたしに教えてくれなかったんだろう。話すチャンス、いくらでもあったはずなのに……。

「もしかしてオープンキャンパスに来たのも……？」

「はい。顔ぐらいは見れるんじゃないかなー、って。まさか、講演してるとは思わなかったけど。びっくりして、思わず声かけちゃいました」

「そうだったんだ……」

「ハルコさんに連絡先訊いたのも、義兄の彼女がどんな人か気になったんです。なんだか利用したみたいになって、ごめんなさい」

……そっか。わたし自身に懐いてくれたわけじゃ、なかったんだ。そうだよね、わたしが後輩に慕われるわけないよね。

正直なところ、少しショックを受けていたけれど、わたしは笑顔を取り繕った。

「ううん、全然気にしないで！　義理のお兄さんのことだもん、気になるよね。わたしでよかったら、なんでも訊いてね！」

「ほんとですか？　あたし、訊きたいことといっぱいあるんです。創平くんのこと、いろいろ聞かせてほしいな」

一花ちゃんがそう言って、前のめりにあれこれ尋ねてくる。相楽くんの義妹と仲良くなりたい、と思ったわたしは、あれもこれもと彼女に話してしまった。

二限の語学の授業が終わった後、俺は一人、六号館の空き教室で昼飯を食べていた。

相変わらず六号館は、知り合いがいないところがいい。おひとりさまの大学生活は（とりあえず）脱却したものの、俺はなんだかんだ一人でいる時間も好きなのだ。

コンビニで購入したチョコチップメロンパンを頬張る。甘いものがそれほど好きなわけではないが、安くてデカい菓子パンはエネルギー効率がいい。七瀬に目撃されると、「栄養バランスが悪いよ！」と心配されそうな気がするが。

そのとき、テーブルに置いていたスマホが震えた。こんな時間に俺にＬＩＮＥを送ってくるのは、ほとんどの場合、七瀬だ。

ＬＩＮＥのアプリを開くと、画像が表示される。はにかみ笑顔を浮かべる七瀬と、見知らぬギャルの2ショット。

誰だよ、としばらく考えて――そのギャルの正体に気付いた瞬間、俺は飲んでいたアイスコーヒーを吹き出しそうになってしまった。

……なんで七瀬が、義妹と一緒にいるんだよ⁉

まるで別人のようなギャルメイクを施していたが、七瀬と共に写っていたのは、間違いなく一花だった。画像に続いて、メッセージが表示される。

［今、一花ちゃんと二号館食堂でごはん食べてるの！］

いやいや、どういう状況だ。疑問は数えきれないほどあったが、とりあえず本人に訊いてみるしかないだろう。俺は、ダッシュで二号館食堂へと駆け出した。

多くの学生で混雑する二号館食堂の、窓際のカウンター席に、二人は並んで座っていた。ずいぶんと親しげな様子で、楽しそうに喋っている。七瀬はデレデレと眉を下げ、一花はうんうんと瞳を輝かせて頷いていた。

「おい！」

息を切らせながら、背後から声をかける。と、先に振り向いたのは、七瀬の方だった。

「あっ、相楽くん！」

七瀬は俺の顔を見るなり、嬉しそうに破顔する。七瀬の正面に座った一花は、チラリと目線だけをこちらに向ける。

「うわっ、もしかして走ってきたの？　必死すぎ」

前回とはうって変わって派手な化粧をした一花の耳には、大量のピアスが光っていた。ただの真面目女子ではないのだろう、とは思っていたが、やっぱり猫かぶってたのか。

「……どういうつもりだよ。なんで、おまえがここにいるんだ？」

　俺の問いに、一花の代わりに七瀬が答えた。

「一花ちゃん、遊びに来たんだって」

「……七瀬、なんでこいつと一緒にいんの？」

「わたし、オープンキャンパスで一花ちゃんと連絡先交換してから、ちょこちょこやりとりしてたの。今日遊びに来るって言うから、一緒にごはん食べようって」

「そんな簡単に、初対面の人間と連絡先交換すんなよ……」

　やっぱり七瀬は、そういう脇の甘いところがある。俺の身内だったから、まだよかったものの、ホイホイ会いに来て、怪しい人間だったらどうするんだ。

「それにしても、ハルコさん。めちゃ美人だしいい人だし、ほんと創平くんにはもったいないよね。そりゃ、こんな彼女いたら大学でイチャイチャしたくもなるかー」

　からかうように一花が言うと、七瀬はみるみるうちに真っ赤になった。俺の身内にキスシーンを見られたことに、ようやく気が付いたらしい。

「ち……違うの！　あの、いつもあんなことしてるわけじゃなくて！」

　慌てふためいている七瀬をよそに、俺は一花に向かって尋ねる。

「おまえ、学校は？」

すると、一花はうろうろと視線を彷徨わせた。明後日の方向を向いたまま、答える。

「……えーと……休み？　……創立記念日、みたいな」

「じゃあ、なんで制服着てるんだよ」

一花は何も答えない。もしかして、学校をサボってここまで来たのか。なんて奴だ。家族の前で見せていたイイコの顔を思い出して、俺は溜め息をついた。

「母さんに、ここに来るって言ってきたのか？」

「お母さんは、関係ないでしょ」

ぴしゃりと突き放すような言い方だった。気分を害したように、腕組みをしている。

……もしかしてこいつ、母さんと上手くいってないのか……？

今の一花の姿を見る限り、素行が良いとはとても思えない。家で義母相手に気を遣い、溜まった鬱屈を外で晴らしている……というのも、ありそうなことではある。おそらく、家庭環境のストレスからグレてしまったのだろう。

一花は俺から視線を逸らすと、七瀬に話しかけた。

「ハルコさん、ゼミってどんな感じなんですか？　あたし、見てみたいです」

すっかり一花に懐柔されたらしい七瀬は「うん、わかった！」と頷いた。

「この後ゼミだから、それが終わったら研究室においでよ！　わたしと相楽くんの友達もいるから、紹介するね！」

「わ、ありがとうございます！」

……一体こいつは、何を考えているんだ。どうにも、目的が読めない。

わざわざ七瀬の連絡先を訊いて、近付いた理由は何なんだ。疑いの眼差しを向けている俺に気付いたのか、一花はこちらを一瞬見た後、すぐにふいっと目を逸らしてしまった。

ゼミが終わった後、七瀬は一花を研究室に連れて来て、須藤と北條を紹介していた。

二人は突然現れた女子高生に驚いていたが、「俺の妹」という雑な説明を聞いて、「たしかにちょっと似てるかも」「どこが？　相楽より全然カワイイやん」などと言い合っていた。面倒なので、それ以上詳しい説明はしなかった。

それからぐるりとキャンパス内を一回りして、学内にあるカフェに入った後、北條と須藤と別れた。俺と七瀬は、一花を見送りに京都駅までやって来た。

「あー、楽しかった！　それにしても北條さん、かっこよすぎ！　大学って、あんなイケメンがいっぱいいるんですか？」

はしゃいだ様子の一花に、七瀬は「……いっぱいは、いないかなあ」と苦笑している。あんなイケメンばかりがキャンパス内をウロウロしてると思っていたら、入学した後がっかりすることになるだろう。あまり、夢を見すぎない方がいい。

「そういえばハルコさんが京都の大学選んだ理由って、何ですか？」

「わたしの場合、とにかく地元から離れたかったの。あと、立誠寛がおねえちゃんの母校だったから、憧れで！」

「え、なんで地元離れたかったの？」

「えーと……うーん……それはまあ、いろいろあって……」

七瀬が口籠っているうちに、新幹線の中央改札口に到着した。どうやら一花は、新幹線で帰るらしい。俺は前回、二時間半かけて高速バスで帰省していたというのに、贅沢な奴だ。

「じゃあ、このへんで。ありがとうございます、ハルコさん」

一花がそう言って、七瀬に手を振る。そういえば、一花がここへ来た理由をまだ聞いていなかった。俺は改札を通ろうとする一花の背中に向かって「あのさ」と声をかける。

「……なんか、俺に用があったんじゃねえの」

一花はくるりと振り向くと、俺に向かってべーっと舌を出す。

「創平くんには、用ないよ。もう目的は達成したから、帰るね！」

「あのなあ……」

「あ、最後にいっこだけ」

ツカツカとこちらに歩み寄ってきた一花は、俺の耳元でコソッと囁く。

「……今日のこと、お母さんには絶対言わないでね。言ったら、創平くんが彼女と大学でチューしてたこと、バラすから」

「……わ、わかったよ」

そう言われると、母親に告げ口するわけにはいかなくなった。一花は「ハルコさん、またLINEしますねー」とひらひら手を振って、改札を通過していく。

「一花ちゃん、イイコだったね！　楽しかった！」

「……ああ、うん……」

「そういえば、最後……一花ちゃん何か言ってたの？」

七瀬が不思議そうに尋ねてくる。俺は「いや、別に……」と誤魔化した。

「そ、そんなことより。俺の義妹のことで、七瀬まで巻き込んでごめん」

「ううん！　わたしは、仲良くなれて嬉しいな。だって、相楽くんの義妹ってことは、将来わたしの……」

そこで言葉を切った七瀬は、ハッとしたように口を押さえる。それから、「な、なんでもない」と曖昧に笑った。

第三章　完璧リップは恋で崩れる？

梅雨真っ盛り。じめっとしていて、相変わらず雨続きだ。どんよりとした灰色の雲からは大粒の雨が降り注いでおり、赤いチェック模様の傘にぶつかって、ぱらぱらと音を立てている。わたしはお気に入りのレインブーツを履いて、軽やかにキャンパス内を歩いていた。ロング丈の黒のレインブーツを、相楽くんはいつも「長靴」と呼ぶので、わたしはいつも「レインブーツだよ」と訂正している。

四限目は二号館で一般教養の授業がある。そろそろレポート課題が発表されるはずだから、気を引き締めなきゃ。

三号館の前まで来たところで、中から相楽くんが出てくるのが見えた。ボーダーのシャツに、デニムを合わせている。少し前までは黒っぽい服ばかり着ていた彼だけれど、最近はそうでもなくなった。今日は授業がかぶっていなかったのに、偶然会えるなんて嬉しい。ふわりと、気持ちが浮き上がる。

「さがら……く……」

駆け寄って声をかけようとしたところで、彼の隣に女の人がいることに気が付いて、わたしは足を止めた。

明るい茶色のツヤツヤしたボブヘアで、肩のあたりにカットデザインの入ったカットソーを着た、大人っぽい雰囲気の美人。あれはたしか、相楽くんのバイトの先輩である糸川さんだ。

何かしら言葉を交わした後、糸川さんが相楽くんに、紙袋に入った何かを渡した。相楽くんはそれを受け取って、お辞儀をする。口の形が、「ありがとうございます」と動くのが見えた。

その瞬間、わたしの気持ちが、すとん、と地面に急降下する。

糸川さんは相楽くんに向かって手を振ると、その場から立ち去っていく。わたしが茫然と立ち竦んでいると、相楽くんがわたしに気付いた。慌てて笑顔を取り繕うと、「お疲れさま」と彼に駆け寄る。

「……あの、相楽くん。今糸川さんとお話ししてた？　何か、貰ったの？」

さりげないふうを装って尋ねたけれど、ちょっぴり嫉妬が滲んでいたかもしれない。相楽くんは紙袋を持ち上げて、「ああ」と答える。

「資格試験の参考書。就活に役立つかも、と思って」

「……そ、そうなんだ……」

邪推して嫉妬をしてしまったことへの恥ずかしさで、顔が熱くなった。相楽くんは真剣に進路のことを考えているのに、わたしはくだらないことばっかり悩んでる。

……なんだか、相楽くんが遠くにいっちゃうような、気がする。

わたしがこうして停滞しているうちに、相楽くんはどんどん前に進んでいって、いつかわたしは取り残されてしまうのかもしれない。そんなことを考えると、どうしようもない不安が襲ってくる。

「……じゃあわたし、そろそろ行くね」

わたしはそう言うと、情けない顔を見られないように傘で隠しながら、歩き出した。

授業を終えて帰宅した後、わたしは床の上で一人膝(ひざ)を抱えていた。

わたしは当たり前みたいに、相楽くんとずっと一緒にいられると思っていたけれど……そうとも限らない。相楽くんがいつまでも、わたしを好きでいてくれるとは限らないのだ。

きっと彼の前には、これからも素敵な人がたくさん現れる。そのとき、彼は……今と変わらずに、わたしのことを選んでくれるだろうか。

わたしはぱちんと、両手で強く頬(ほお)を叩(たた)いた。

ええい、考えてても仕方ない。最近のわたしは、どうにもうじうじしていていけない。相楽くんの気持ちが離れていくのが怖いなら、それを繋(つな)ぎ止める努力をするまでだ。なにせわたしはこれまでの人生、大抵のことを努力と根性で乗り越えてきたのだから！

わたしはスーパーに行って、大量の鶏もも肉を買い込んだ。髪をひとつにまとめて、エプロンを身に着けると、気合いを入れるように腕まくりをする。

狭いキッチンで、わたしは汗だくになりながら唐揚げを作った。鶏の唐揚げは、相楽くんの好物だ。最初のうちは焦がしたり生焼けだったりしたけれど、最近はベストな揚げ具合を習得できたと思う。ついでに、副菜のポテトサラダも用意した。

料理を完成させた後、わたしは汗で崩れたメイクを直した。相楽くんにプレゼントしてもらった口紅を塗り直して、「よし！」と気合いを入れる。

相楽くんは今日、バイトはないと言っていたはずだから、まだ部屋にいるはずだ。わたしはいそいそと外に出ると、隣のインターホンを押す。

「……あれ、七瀬。どうしたんだ？」

ばっちりおでかけモードのわたしを見て、相楽くんは怪訝そうな顔をした。わたしは「ちょ、ちょっとね……」と適当に誤魔化す。

「あの、唐揚げ作ったんだけど……よかったら、食べに来ない？」

すると相楽くんは、申し訳なさそうに「ごめん……」と言った。

「俺、今からバイト行かなきゃいけなくて」

「えっ。今日、バイトないって言ってなかったっけ？」

「さっき店長から電話きて、急遽入ってくれないかって頼まれた」

わたしは、思わずその場でよろめいてしまった。な、なんというタイミングの悪さ……！

ショックだったけれど、仕方ない。わたしは無理やり口角を上げて、笑顔を捻り出した。

「そ、そっか！　大変だね、頑張ってね！」

「……ほんとに、ごめん。せっかく作ってくれたのに」

「ううん！　そうだ、バイト終わったら食べられるように、別の容器に入れておくね。ちょっとだけ待ってて」

わたしは部屋に戻ると、唐揚げとポテトサラダをプラスチック容器に詰めて、再び彼の元へ向かった。ずっしりと中身が詰まった容器を、相楽くんに手渡す。それを受け取った相楽くんは、想像以上の重量にギョッとした。

「お、重っ」

「ご、ごめんね。作りすぎちゃったかも！」

「い、いや、嬉しい。ありがとう、助かる」

「ううん！　じゃあ、また明日」

わたしは笑顔で挨拶をして、自分の部屋に戻った後——まだキッチンに大量に残っている唐揚げを見て、ずるずるとその場にしゃがみこんだ。

……ううっ、失敗した……次こそ頑張ろう……！

まだまだこんなところで、へこたれるわたしじゃない。なにせわたしには、振られた後も諦(あきら)めずに想い続けて、彼を振り向かせた実績があるのだ。

わたしは化粧を落として半袖(はんそで)の体操着に着替えると、「いただきます」と手を合わせて、唐揚げとポテトサラダをモリモリと食べ始めた。ダイエットは、明日からにしよう。腹が減っては戦はできぬ、だ。

バイトを終えて裏口から外に出ると、朝から降り続いていた雨は止(や)んでいた。

傘泥棒も手を出さないほどボロボロのビニール傘を持って、帰路につく。雨上がりの生ぬるい空気はじめっとしていて、不快指数が一気に高まる。

アパートに帰りつくと、部屋の前に七瀬が立っているのが見えた。俺の姿に気付くと、「おかえりなさい！」と、笑顔で手を振ってくれる。

……こんな時間にこんな格好で、何やってるんだ……？

時刻は夜二十二時だというのに、七瀬はばっちり化粧をして、髪をしっかり巻いて、なんだか洒落(しゃれ)た服を着ている。まさか、またゴキブリが出て部屋に入れないのか？

俺は階段を上がると、七瀬に「なんかあった？」と尋ねた。

「あの、ね……しょっ、しょうへいくんっ」

「えっ、誰」

突然七瀬が、知らない男の名前を呼んだ。慌てて「ち、違う！　そうへいくん！」と言い直している。どうやら噛んだだけらしい。

「そ、創平くん！　晩ごはん作ったから、食べない⁉」

……もしかして、俺のこと待ってたのか？　このクソ暑い中？　化粧も落とさず？

「え……あ……食べる、けど」

困惑しつつも答えると、七瀬はホッと安堵の表情を浮かべた。

「よかった！　じゃあ、入って入って！」

俺は七瀬に背中を押され、彼女の部屋に入る。彼女が用意してくれたのは、中にチーズの入った、トマトソースのハンバーグだった。俺は料理のことは何もわからないが、とにかく手が込んでいそうなことは、伝わってくる。

「おかわりあるから、たくさん食べてね！」

隙のない化粧を施した七瀬が、ニコニコしながら言う。家にいるのに化粧を落とさないのは、何故なのだろうか。

先日もばっちり化粧をした状態で、唐揚げを作って持ってきた。ここ最近は、毎日弁当も作ってくれている。それ以外にも、むやみやたらと俺に尽くそうとしてくるのだ。気持ちはありがたいのだが……なんだか、様子がおかしい。

「七瀬、最近なんかあったのか？」

「え！　う、ううん！　ないよ、何も！」

俺の問いに、七瀬は勢いよく首を横に振った。何もないなら、もうちょっと自然にしててほしいんだが……。

ハンバーグを食べ終わって、洗い物をしようとすると、すごい剣幕で「わたしがするから座ってて！」と言われ、強引にスポンジを奪われてしまった。

することもなく、手持ち無沙汰に座っていると、洗い物を終えた七瀬が唐突に言う。

「相楽く……じゃなくて、創平くん！　マッサージ、してあげるね！」

両手をわきわきと動かす七瀬に、俺は「は、はあ？」と声をあげる。

「な、何言ってるんだよ、急に……」

「相楽くん、バイト先でも立ちっぱなしだし、最近勉強も頑張ってるでしょ？　首とか肩とか腰とか、凝ってるんじゃないかと思って！」

七瀬は「わたし、ちゃんとマッサージのやり方調べたの」と無邪気な笑みを浮かべている。

俺が戸惑っているうちに、さっと後ろに回り込んできた。背中を取るスピードがあまりにも早い。彼女が暗殺者だったら、俺は一瞬で息の根を止められていただろう。

制止する間もなく、七瀬は俺の両肩に手を置いた。親指を肩にぐいぐいと押し込まれる。少し力が弱い気もしたが、意外と心地好かった。七瀬の言う通り、結構身体が凝っていたのかもしれない。目を閉じて、指の感覚に集中する。

首の後ろあたりを押しながら、七瀬が囁(ささや)いてくる。吐息が耳にかかって、くすぐったい。

「このあたりにね、肩凝り解消のツボがあるんだって。気持ちいい?」

「うん……」

「それから、頭皮のマッサージもするといいらしくて……」

そこで七瀬は体勢を変えて、俺のこめかみのあたりに指を当ててきた。その拍子に、何かふにゃっとしたものが背中にぶつかって、ギクリとする。

……ちょ、ちょっと待て。これ、わざとか⁉

「ここをじんわり押すと、目の疲れにも効くんだって。それでね……」

七瀬は少しも照れた様子もなく、一生懸命マッサージに集中している。きっと彼女に他意は少しもなく、俺が勝手に意識しているだけなのだ。そうこうしているあいだにも、柔らかな胸がふにふにと背中に押し当てられる。

妙なことを考えるな、と自分に言い聞かせたが――俺はもはや、マッサージどころではなくなってしまった。

「な、七瀬。ごめん、ありがとう、もういいよ」

俺は早口でそう言って、七瀬を制止する。彼女は「えっ」と残念そうな顔をした。

「でも……まだ、腰のマッサージとか」

じょ、冗談じゃない。この状態で腰なんか揉まれたら、余計に変な気分になるぞ。

「い、いい！　もう充分だから！」

俺が固辞すると、七瀬は「そっかあ……」と呟いてしょんぼりする。それからしばらくすると、正座をして自分の膝をぽんぽんと叩いた。

「相楽くん！　膝枕、してあげようか？」

「え、遠慮しとく……」

……やっぱり、なんか様子変だな。

「カレーもラーメンも、めっちゃ美味いじゃん。そうなると、そりゃあカレーラーメンに対するハードルも上がるわけよ。でも食ってみたらさ、あーこんなもんかーって、毎回がっかりするんだよな。いや、まずくはねーよ？　ただ、期待したほどでもないっていうか」

「知らねえよ」

俺は木南の話を一蹴すると、鞄から弁当箱を取り出した。

ざわざわと騒がしい学食の中でも、こいつの声はよく通る。俺の正面に腰を下ろした木南は、新メニューのカレーラーメンを食いながら、ダラダラと文句を垂れていた。

二限の語学の授業が終わり、一人で弁当を食おうとしていた俺は、不運なことに木南に捕まってしまった。「あー、腹減った。相楽、昼メシ食おうぜ」と首根っこを摑まれた俺は、半ば強引に学食まで連れて来られたのだ。

「あれっ。それ、もしかして七瀬の愛妻弁当？」

鞄から弁当箱を出した俺に、木南は目敏く気が付く。

指摘の通り、七瀬の手作りである。今朝も、「自分の作るついでだから！」と言って、押しつけられた。ありがたいのだが、一方的に施しを受けるばかりで申し訳ない。

俺は木南の視線を感じながらも、弁当箱の蓋を開けて——すぐに、閉めた。しかし時すでに遅く、しっかり中身を目撃したらしい木南が、腹を抱えて笑い出す。

「うわー！　すげー気合い入ってんじゃん！」

「う、うるさい。ジロジロ見んなよ」

俺は木南を睨みつけて、再びおそるおそる蓋を開いた。

弁当の中身は鶏肉のつくね、アスパラのベーコン巻き、ひじきの煮付け、卵焼き。品数も多く、色どりも鮮やかだ。つくねと卵焼きは愛らしいハート型になっており、米にもハートの形のハムが載せられている。さらにその上には、黒い海苔で〝LOVE〟と書いてあった。作ってもらっておいてなんだけど、こ、これは恥ずかしすぎる……！

「いや、ラブて……七瀬、マジでウケる」

よほどツボにハマったらしく、木南はヒーヒー笑い転げている。俺はそれを無視して、ハート型の卵焼きを口の中に放り込んだ。卵焼きには砂糖が入っているらしく、ほのかに甘い。

しかし、弁当作るからって……ここまでするか？

七瀬は以前から、少々暴走しがちなところはあったが、最近は特にブレーキが壊れている感じがする。もちろん気持ちは嬉しいのだが、なんだかちょっと空回っているような……。

「いいなー、オレも七瀬の愛妻弁当食べたい！　つくね、一個くれよ」

「絶っっっ対嫌だ」

「ケチ！　ちょっとぐらい幸せ分けてくれたっていいだろー！」

「嫌だ。てか、おまえ彼女いるんだろ」

たしか少し前、文学部の一回生の女子と付き合い始めた、みたいなことを言っていたはずだ。

しかし木南はあっけらかんと、「いんや、別れた」と答えた。

「……もう別れたのかよ」

こいつの交際遍歴をすべて把握しているわけではないが、この数カ月のあいだに、一体どれだけ女をとっかえひっかえしてるんだ。本人曰く、「一応、同時進行はしてないつもり」らしいが、あまり信用できない。

「いや、だって。もう一カ月近く付き合ってんのに、全然やらせてくんないし。挙げ句の果てに、『身体目当てなの？』みたいなこと言われてさー。向こうがそんなふうに思ってるなら、もういいかなって」

「うわ。おまえ、最低だな……」

つい、蔑むような視線を向けてしまう。木南は気にした様子もなく、「ま、お互いの方向性の違いってやつ？」とケロッとしている。ロックバンドの解散理由じゃねえんだぞ。

「そーいや、相楽と七瀬も付き合い始めて結構経つよな？　さすがにヤッた？　どうだった？」

「………」

不躾な質問には答えず、グラスに入った水を飲む。その反応を見た木南は勝手に察したのか、「え、マジ？」と目を丸くした。

「もしかして、まだヤッてねーの⁉　信じらんねー！」

「う、うるせえな。そういうの、デカい声で言うなよ」

俺はともかく、七瀬についてあれこれ下世話な噂を立てられるのは我慢ならない。木南は「あー、ごめんごめん」と言って、声のボリュームを一段落とした。

「しっかし、わかんねーな。いくらでもチャンスあるじゃん。ヤりたくねーの？」

もちろん俺だって、七瀬と付き合い始めてから、そういうことを考えたことがない、と言えば嘘になる。一緒にいればキスがしたいし、キスをすればそれ以上のこともしたくなる、というのは至極自然な流れだ。

でも実際、七瀬って……そういうことについて、どの程度わかってるんだろうか。

七瀬の中で恋人同士がすることといえば、鴨川に並んで座ったり、公園のブランコを二人で漕いだり、大学の広場でシャボン玉を吹いたりすることである。あれから一年が経ち、多少は彼女の意識も変わったのかもしれないが……気持ちが追いついていないのに、強引に事を進めて、それこそ「身体目当てなの？」などと思われたら絶対に嫌だ。

……そもそも、俺が本当に七瀬に相応しいのか、という問題もある。

「なんか、めんどくさいこと考えてそー。クソ重たいもんな、相楽」

悶々と考え込んでいる俺を見て、木南はそう言い放った。ほっといてくれ、俺はおまえみたいに軽い男じゃないんだ。

カレーラーメンを平らげた木南は、満足げに「はー、食った食った」と腹をさする。それから、トレイを持って立ち上がった。

「んじゃ、オレ帰るわ」

「え？　この後ゼミあるだろ」

「実はオレ、今日提出の課題やってなくてさー！　気まずいから、帰る！」

あっけらかんと言ってのけた木南は、「じゃあな」と手を振って、さっさと帰って行った。マイペースな奴だ。あの奔放さは、ちょっと羨ましいかもしれない。もっとも、ああなりたいとは絶対に思わないが。

夏休みが近づいてくると、それぞれの授業で前期のレポート課題がどっと出されて、学生たちが頭を抱え始める。わたしもまた例外ではなく、必死になって課題に取り組んでいた。去年はもう少し余裕があったはずなのに、どうしてだろう。

わたしは自分の部屋にこもり、カタカタとキーボードを叩いていた。黙々と書き進めていたけれど、二十三時を過ぎたところで、手が止まる。

……甘いもの、食べたい。

昔からずっと、わたしの勉強のお供はチョコレートだ。こんな時間に甘いものを食べるのは憚(はばか)られるけれど、糖分を摂取した方が頭がよく働くのだ。

立ち上がってキッチンの棚と冷蔵庫を開けてみたけれど、お菓子の類は見つからなかった。しまった、スーパーでアイスでも買っておけばよかった。今日は三割引きの日だったのに。コンビニに行こうにも、今は完全にすっぴん眼鏡(めがね)に、高校の体操着姿だ。この格好で外に出るのは、死んでも無理。仕方ない、諦めよう……。

集中力が切れてしまったわたしは、床の上にごろりと寝転がった。閉め切った窓の外からは、微(かす)かに蟬(せみ)の鳴く声が聞こえる。さすがに七月になると、夜になっても蒸し暑い。まだまだ厳しい暑さが続くのかと思うとうんざりする。

相楽くん、何してるのかなあ。

隣の部屋に人がいる気配はない。この時間だし、おそらくバイトに行っているのだろう。会いたいな、と考えて、胸の奥がきゅうっとなった。

……ダメだ。レポート、しないといけないのに……相楽くんのことばっかり、考えちゃう。相楽くんとお付き合いを始めた今、わたしは生まれて初めて、〝優等生〟の自分が揺らいでいるのを感じている。

わたしが二十年間優等生でいられたのは、誰よりも勉強に時間を割いてきたからだ。さっちゃんはよく「ハルコは頭良くていいなあ」と言うけれど、そんなことはない。わたしの成績が他人よりも優秀なのは、理解できるまで繰り返し反復してきたからなのだ。

昔のわたしは、一人で勉強をしていることがちっとも苦ではなかった。やればやるだけできるようになるのは楽しかったし、わたしにはそれしかすることがなかったからだ。

でも今は違う。勉強は嫌いじゃないけれど、この世界には勉強よりも楽しいことがたくさんあると、知ってしまった。勉強なんてほっぽりだして彼に会いに行きたい、と思う気持ちがないと言えば嘘になる。

「……うーっ、ダメだ！　集中！　集中しなきゃ！」

わたしはぶんぶんと頭を振ると、両手で勢いよく頬を叩く。再びノートパソコンに向き直り、レポートを書き始めた。

そして、なんとかレポートを終わらせた土曜日。さっちゃんから「水着買いに行こ！」と誘われて、わたしは一も二もなく了承した。

夏休みには、みんなで琵琶湖に行く予定がある。わたしはどうしようかとさんざん悩んで、さっちゃんに「めっちゃ似合うやん！　カワイイ！」と後押しされたこともあり、自分としてはちょっと大胆なビキニを選んだ。

それから二人でウィンドウショッピングをした後、晩ごはんを食べに来た。

「あたし、行きたい店あるんやけど」とさっちゃんに連れて来られたのは、木屋町通にある、比較的落ち着いた雰囲気のある居酒屋だった。個室なので、周りを気にせずにお喋り（しゃべ）りができる。

「あたし、生ビール。ハルコは？」

「えっ、ど、どうしようかな……」

迷わずお酒を注文したさっちゃんに、わたしは少したじろいだ。

五月に二十歳の誕生日を迎えたけれど、わたしは未（いま）だにお酒を飲んだことがなかった。自分にアルコールへの耐性があるかどうかは、まだわからない。飲んだらどうなるのかな、と想像して、ちょっと不安になった。

でもさっちゃんたちは、いつも楽しそうにお酒を飲んでいるし、わたしも一度ぐらい飲み会に参加してみたいな、という憧（あこが）れもある。今のうちに、自分のアルコール耐性を把握しておいた方がいいのかもしれない。

「無理してあたしに合わせんでもいいから。ここ、ごはんも美味しいし」

「うーん、ちょっと飲んでみようかな……すみません、わたしも同じものください」

しばらくして、わたしたちのテーブルにビールとお通しが運ばれてきた。白い泡の立ったビールを両手で受け取る。「かんぱーい」と二人でジョッキを合わせて、おそるおそる、一口、二口飲んでみた。

口の中で泡が弾ける。苦いけれど、喉ごしのよさ、みたいなものは、なんとなくわかる気がする。でも、残念ながら美味しいとは思えなかった。

「飲めそう？」

「うーん……飲めなくはない、けど……苦い……」

「ほんなら、それあたしが引き受けるわ。なんか甘いやつ頼んだら？」

次にわたしが注文したのは、カシスのカクテルをオレンジジュースで割ったものだった。ビールの美味しさはよくわからなかったけれど、これは甘くてとっても美味しい。このぐらいならば、わたしにも飲めそうだ。

それから注文した料理が次々と出てきて、さっちゃんは順調にジョッキを空にしていた。焼き鳥やポテトフライを食べながら、二人であれこれ話をした。アルコールが入っていると、いつもよりちょっとだけ饒舌になるみたいだ。

「そういや、こないだ博紀がサークルの後輩に告られたらしくてさー」

さっちゃんがビールを一口飲んだ後、唇を尖らせる。そんな事実をさらりと述べたさっちゃんに、わたしは驚いた。

「え？　そ、そうなの⁉」

「本人から聞いたわけじゃないけど。悠輔が言うてた。まあ、断ったらしいけど」

さっちゃんは少しも気にした様子もなく、そう言った。お酒を飲むさっちゃんは、なんだかいつもより大人っぽい雰囲気を漂わせている。

「さっちゃんは、北條くんと付き合ってて……不安にならないの？」

「……まあ、いちいち嫉妬してたら、キリないし」

それもそうだ。あんなにモテる人と付き合うのは、大変なんだろうなと思う。わたしだったら不安すぎて、三日と経たずに心が折れてしまいそうだ。

「それに外野が何を言おうと、博紀が好きなんは、あたしなんやから」

さっちゃんはきっぱりとそう言った。

やっぱりさっちゃんは、芯が強くて自信に満ち溢れていて、かっこいい。わたしもそんなふうに、相楽くんのことが信じられたらいいのに。

ここ最近、わたしはわたしなりに、相楽くんに喜んでもらおうと、頑張ってみたけれど……あんまり、上手くいっていない気がする。わたしは溜め息混じりに、言った。

「さっちゃん、余裕があってすごいなあ……」

「……そう？」

「わたしね。前も言った通り、大学デビューだったじゃない？　今まで誰ともお付き合いしたことないから、彼女としての正解、みたいなものがわからなくて」

これが試験だったら、間違っていても答え合わせができるけれど、人間関係はそうもいかない。これまで他人と碌な人間関係を築いてこなかったわたしは、いつまで経っても正解がわからず、答え合わせができないままだ。

「ただでさえ、わたしってみんなと比べて遅れてるし……さっちゃん、恋人と上手くいく秘訣みたいなの、ある？」

ここはわたしよりもずっと経験豊富なさっちゃんに、アドバイスを乞うべきだろう。わたしが期待に満ちたまなざしを向けると、さっちゃんは「そやなあ」と遠い目をした。

「……たまには、甘えてみる……とか？　いい女は甘え上手っていうし」

「甘えるって、どうやって？」

「…………それは……」

さっちゃんはジョッキに半量ほど入ったビールをぐいっと飲み干すと、テーブルに備え付けられた呼び出しボタンを押す。すぐにやって来た店員さんに、大きな声で「生ビール、大ジョッキでひとつ！」と注文した。

「……そんなん、あたしが知りたいわー‼」

声高に叫んださっちゃんは、空になったジョッキを勢いよくテーブルに叩きつけた。よく見ると、いつもより頬が赤くて目が据わっている。

そういえばさっちゃんは、最初からわたしよりも、ずいぶんハイペースで飲んでいた。もしかして、結構酔っ払っているのだろうか。再びビールのおかわりを注文したさっちゃんに、わたしはやや圧倒されてしまう。

「上手くいく秘訣って、なんやねん！　彼氏に甘える方法なんか、知らんわ！　はいはい、どうせあたしは可愛(かわい)げのない女ですよ！」

「そ、そんなこと一言も言ってないよ……」

「酔っ払っちゃった♡　とか言って甘えてくる女なんか、絶対酔ってないねん！　確信犯やねん！　ちょっと聞いてる、ハルコ⁉」

「き、聞いてます」

想像以上の圧で詰められて、わたしはこくこくと頷(うなず)いた。さっちゃんに対してたまに敬語になる相楽くんの気持ちが、ちょっとわかった気がする……。

「てか、彼女いるってわかってて、告ってくる女ってなんなん⁉　ちゃんと弁(わきま)えてます、みたいな顔して、全然ワンチャン狙(ねら)ってるやんかー！」

もしかしてさっちゃん……わたしが思っているよりは、余裕がないんだろうか。

愚痴を零しながらビールを飲むさっちゃんにつられるように、わたしはぐいーっとグラスを空にする。なんだか顔が熱くなって、だんだん頭がふわふわしてきた。ぐにゃぐにゃと、視界が歪み始める。あれ、そういえばこのお酒、何杯目だっけ……。

「相楽が何考えてんのか知らんけどなぁ、ハルコは可愛くぎゅーって抱きついて『好き♡』って言っとけばええねん！　とりあえずやってみぃ！」

「……うん、わかったあ！　さっちゃん、わたしやってみるよ！」

わたしはそう言って、勢いよく拳を振り上げた。よくわかんないけど、今なら、何でもできそうな気がする！

バイトが終わった後、七瀬からＬＩＮＥが二通届いていることに気が付いた。

［さっちゃんと買い物行ってくるね］の数時間後、［水着買っちゃった！］というメッセージ。どんなやつ買ったんだろう、とつい想像してソワソワしてしまう。しかし、そろそろ試験前なのに、遊びに出かけても大丈夫なのだろうか。

アパートに帰り、試験勉強をしていると、ピンポン、とインターホンが鳴らされた。スマホを確認すると、日付も変わろうかという時間だ。おそらく七瀬だろう。こんな時間まで、須藤(すどう)と一緒にいたのだろうか。

扉を開けた瞬間に――勢いよく、胸の中に何かが飛び込んできた。

「うおっ」

「さがらくん、ただいまあー！」

突然タックルを食らった俺は、その場でよろめく。幸いにも転倒することはなく、俺は飛び込んできた柔らかなものを、しっかりと抱きとめた。

「……へ、あ……な、七瀬？」

「えへへ、さがらくん、あいたかったあ」

七瀬はいつも以上にふにゃふにゃの笑顔で、頬を真っ赤(まっか)に染めて、ぎゅっと俺に抱きついてくる。なんかちょっと……酒臭い？

「……な、七瀬。酒飲んでる？」

「うん！　さっちゃんと、ごはんたべてたの！」

「酔ってんの？」

「ううん、ぜんぜんよっぱらってない！　ぜんぜん！」

そう言って、七瀬はへらっと笑った。真っ赤になった頬にそっと触れてみると、いつもより体温が高い。どう見ても、酔っ払ってるじゃねえか。

「とりあえず、座って。水飲んで」

俺は七瀬を畳の上に座らせると、グラスに水を注いで手渡した。七瀬は両手でそれを受け取ると、とろんとした目つきで、それを傾ける。全然上手く飲めてなくて、口から首を伝った水が、彼女のブラウスを濡らした。

「あー、何やってんだよ……」

タオルを持ってきて、七瀬の口元と首を拭いてやる。そのとき、彼女の白いブラウスが濡れて、肌色が透けているのが目に入って、息を呑んだ。

ぴったりと肌に貼りついたブラウスは、彼女の身体のシルエットを浮き彫りにしている。鎖骨の下から、山なりに膨らむ胸の形が、はっきりとわかる。あまりじろじろ見てはいけない、と思ってはいるものの、ついつい視線を向けてしまう。敷きっぱなしの布団が目に入って、余計に変な気持ちになった。

……俺は一体、何を考えているんだ。この状況で彼女に手を出すことなど、絶対にあってはならない。相手は前後不覚になってる酔っ払いだぞ……。

「……おまえ、そんなに飲んだの？」

「んー……そんなには、のんでない……ちょっとだけ……」

ふわふわとした声で、七瀬が答える。いつも真面目な七瀬がこんなふうになるなんて、酒とは恐ろしいものだ。俺も二十歳になったあかつきには、充分気を付けることにしよう。

グラスに入った水をごくごくと飲み干した七瀬が、ほうっと小さく息をついた。

「……わたし、よっぱらっちゃった……」

「見りゃわかるよ」

「だっこして」

両手を広げた七瀬が、半ば強引に俺の膝に乗っかってきた。膝の上に跨（また）がり、真正面からぎゅーっと抱きついてくる。柔らかなものが俺の胸板に押しつけられて、形を変える。濡れたブラウスが肌に触れて冷たかったが、それを気にするどころではなかった。

このポジションは、あまりにもやばい。

こうしていると、ある種の欲がふつふつと湧（わ）いてくるのは、もはや誤魔化しようがない。男のサガだ、生理現象だ。今七瀬がちょっとでも移動したら、完全にアウトだ。冷静さを保つべく、頭の中で必死で般若心経（はんにゃしんぎょう）を唱（とな）える。

そんな俺の努力も虚（むな）しく、七瀬は俺の首に腕を回して、耳元に唇を寄せてきた。

「……さがらくん、ちゅーしたい」

熱い吐息とともに囁かれて、俺の体温はますます上昇した。もう、般若心経どころではない。

細い腕が首に回されて、そのまま強く引き寄せられる。本気を出せば抗（あらが）うことだってできただろうけど、できなかった。されるがまま、彼女と唇が重なる。不器用に、何度も唇を押し当てられる。キスの合間にゼロ距離で吐き出される吐息には、微かにアルコールの匂（にお）いが混じっていた。なんだかこっちまで酔っ払ってしまいそうだ。

そのとき七瀬が、俺の胸をどんと押した。バランスを崩して、俺は布団の上で仰向けに倒れ込む。俺の腹の上で馬乗りになった七瀬は、焦点の合わない目でこちらを見下ろしている。

「さがら、くん」

思いつめたような表情を浮かべた七瀬が、俺の手を捕まえて、きゅっと指を絡めてきた。力はこもっていないのに、振り払えなくなる。そのまま俺の手をおそるおそる持ち上げた七瀬は、自分の胸にそれを押し当てた。

「……!?」

突然のことに、俺は声も出せなかった。七瀬は顔も耳も首も真っ赤になって、耐えきれないとばかりに、ぎゅうっと固く目を閉じた。

てのひらの中には、ふにゃりと柔らかい感触がある。垂れ下がってきた七瀬の長い髪が、俺の鼻先をくすぐって、理性が吹っ飛びそうになる。

……もう、めんどくさいこと考えなくても、いいんじゃないか。だって彼女は俺のことが好きで、俺も彼女のことが好きで。俺たちは恋人同士なのだから。〝恋人同士でしかできないこと〟をしたって……許される、はずだ。

そんな思考に流されかけた、そのとき。おそるおそる目を開けた七瀬が、小さな声で「ご、ごめんね」と言った。

「……わたし、相楽くんに喜んでもらう方法、わからなくて……」

「……へ」

「つ、付き合ってたら、普通はこういうこと、するものなんだよね……？　だから、その……す、する？」

俺の手を握りしめた七瀬の手が、小刻みに震えていることに気が付いた。じっとこちらを見つめる彼女は、思いつめたような表情をしていて――それで少し、頭が冷えた。

何を考えてるんだ、俺は。こんな状態の彼女に、手を出していいはずがない。

「………しない」

俺は喉から絞り出すようにして、そう言った。上体を起こすと、彼女の身体を断腸の思いで引き剥がす。ショックを受けて茫然としている七瀬の腕を引いて、強引に立たせた。

「ほら、部屋戻るぞ」

俺は彼女を部屋に無理やり押し込むと、念を押すように言った。

「ちゃんと内側から鍵閉めろよ。服濡れてるから、ちゃんと着替えないと風邪ひくぞ」

「わ、わかった……」

七瀬がこくんと頷いたのを確認してから、俺は扉を閉める。かちゃん、と鍵が閉まる音が聞こえて、ホッと小さく息をついた。

俺の選択は、絶対に間違っていなかったはずだ。たぶんあのまま性欲に流されていたら、俺は一生後悔していたと思う。

それでも自分の部屋に戻った途端に、もしかして俺は千載一遇のチャンスを逃したのでは、という疑念が頭をよぎる。てのひらに残る柔らかな感触が、いつまで経っても消えてくれない。

いずれにせよ、今夜は眠れそうになかった。

……朝目が覚めた瞬間に、全部夢だったらよかったのに、と思った。

ベッドの上で、茫然とアパートの天井を見上げる。何度も、あれはきっと夢だ、と自分に言い聞かせようとしたけれど、思い出せば思い出すほど、夢じゃなかった。

フィクションの世界だと、自分が酔っ払っていたあいだのことは全然覚えてない、みたいなことがよくあるけれど。現実は残酷だ。わたしは昨日の夜に起こった出来事を、うんざりするほど鮮明に覚えている。

さっちゃんとお酒を飲んでいたわたしは、酔っ払って、相楽くんの部屋に突撃した。そしてわたしは酔っ払った勢いで彼にキスをして、押し倒して、それから――。

……本当のことを、言うなら。途中から、結構酔いは醒めていたのだ。それでもわたしは、勢いに任せて暴走してしまった。つぐみちゃんの「おっぱいでも触らせとけば?」という言葉を思い出して、相楽くんの気持ちを繋ぎ止めるにはこれしかない！と思って……。

「う、うわあああ……!!」

わたしはその場で、頭を抱えて身悶えする。あんなのもう、ほとんど痴女だよ！　相楽くん、ドン引きしてないかな……。わたし、死んだ方がいい……。

ひとしきり後悔した後、とにかく謝らなきゃ、と立ち上がる。そこでようやく、メイクを落とさずに寝てしまったことに気が付いて、余計に落ち込んでしまった。ああ、お肌のゴールデンタイムが……。


シャワーを浴びた後、わたしはすっぴんのまま、相楽くんの部屋へと向かった。インターホンを押して、死刑宣告を待つ囚人のような気持ちで、扉が開くのを待つ。

ほどなくして顔を出した相楽くんは、何故かわたし以上に憔悴していた。目の下にべったりクマができている。もしかすると、全然寝てないのかもしれない。

「……あ、七瀬……その、昨日は」

「相楽くん！　昨日は本当に、ごめんなさい！」

彼が何かを言いかけた瞬間、わたしは身体を二つ折りにして謝罪をする。相楽くんは慌てたように、「七瀬、謝らなくてもいいから」と言った。それでもわたしは、いつまで経っても頭を上げられない。相楽くんがどんな顔しているのか、見るのが怖くて。

「……ほんとに、ごめんね」

「……大丈夫だよ。俺は、全然気にしてない」

相楽くんはそう言ってくれたけれど、内心ではわたしに呆(あき)れているのかもしれない。

わたしって、相楽くんのこと……喜ばせるどころか、困らせてばっかりだ。やっぱり最近のわたし、全然ダメだ……。空回りして、ちっとも上手くいかない。このままじゃ、本当に……愛想尽かされちゃうかも。

わたしはおそるおそる視線を上げて、相楽くんの顔を見る。わたしを見つめる彼はやっぱり困惑した表情を浮かべていて、わたしは泣きたくなってしまった。

七瀬の酔っ払い事件から、一週間後。

俺は煩悩を振り払うかのように、勉強に集中していた。前期試験まで、もう残り二週間しかない。ここで好成績を収めることができたら、俺も多少は自信が持てるだろうか。

四限までの授業を終えた後、俺はパソコンルームにこもって、ゼミのレポート課題に取り組んでいた。途中まで順調に進めていたものの、ふと疑問点が浮上して手が止まる。しばらく自力で考えてみたものの、諦めて教授に質問をするべく、研究室へと向かった。

研究室には、〝在室〟の札がかかっていた。コンコンとノックをしてから「失礼します」と扉を開く。中からは、コーヒーの匂いが漂ってきた。

「なんだ、相楽か」

俺の姿を見るなり、マグカップを持った教授がムスッとした表情で言う。「すみません、質問があるんですが」と言うと、無言で目の前の椅子を引いてくれた。

教授は一見厳しそうだが、相談すると驚くほど親身になってくれる。こちらの質問に対しても、詳しく答えてくれて、参考になりそうな文献まで紹介してくれた。

「そこに引っかかりを覚えるのは、真面目に課題に取り組んでいる証拠だ」

仏頂面だが、一応褒められているらしい。「助かりました」と頭を下げると、教授はつまらなさそうに鼻を鳴らした。もう少し愛想良くした方が人生得なのでは、と思ったが、俺が言えた話ではない。それなら俺は、八割ぐらい人生損してる。

マグカップでコーヒーを一口飲んだ教授が、「そういえば」と口を開く。

「先日の講演、急に任せて悪かったな。助かった」

「あっ……いや、はい」

あまり触れられたくない部分に触れられて、俺は曖昧な返事をした。未だ、あのときの傷は癒えていないのだ。思い出しただけで、胃液がこみ上げてくるような感覚さえする。

しかし教授は俺の気持ちなどつゆ知らず、表情を少しも動かさないまま、言った。

「文化祭でも、来場者向けの講演をしようと思ってるんだが……相楽、やるか」

「え……え⁉」

俺は目を剝いた。教授が何を考えているのか、さっぱりわからない。あれを見たうえで、まだ俺に任せようというのか。正直、金輪際御免こうむりたい……と思っていた、のだが。

……でもこのままだと、俺は一生変われないままなんじゃないか？

「……か……考えさせて、ください」

この場で即答できなかった、自分が情けない。教授は相変わらず平坦な口調で「そうか、わかった」と答えた。

「相楽は、最近よくやってるな。先週の課題も、難しいテーマを上手くまとめてた」

「……！　あ、ありがとうございます」

教授がここまでストレートに誉め言葉を口にするのは、珍しいことだ。なんとなく照れ臭くて後頭部を掻いていると、教授が「課題、といえば」と顰めっ面をする。

「七瀬に会ったら、先週提出の課題を早く出すように、と伝えておいてくれ。まだ出してないのは、七瀬と木南だけだ」

「……え？　七瀬が？」

俺は思わず、訊き返していた。木南はともかく、まさか七瀬が課題の締め切りを破るなんて。

いつも真面目で優秀な彼女からは、想像できない事態だ。

教授は眉間に皺を寄せると、不満げに腕組みをした。

「いつも、一番に提出してくるんだが……最近の七瀬は、集中力に欠ける」

……そういえば、最近の七瀬は様子がおかしかった。

押し倒されたこともそうだが、その前から。彼女は俺に尽くそうと必死になって、自分を見失っているように見えた。

――わたし、相楽くんに喜んでもらう方法、わからなくて……。

もしかして、七瀬が集中できてないのって……俺の、せい？

「……わかり、ました。伝えておきます」

教授にそう答えながら、俺は胸のうちに、今まで感じていたものとはまた別の不安が湧き上がってくるのを感じていた。

大学から帰宅すると、七瀬の部屋の電気が点いているのが見えた。

七瀬に押し倒されたあの一件以来、俺たちは表面上はいつも通りに振る舞っていたものの、微妙な空気が漂っていた。顔を合わせれば挨拶ぐらいはするのだが、よそよそしいのは否めない。しかし今日は、教授からの伝言を伝えなければ。

駐輪場に自転車を停め、階段を上がると、インターホンを押す。ややあって顔を出した七瀬は、すっぴん眼鏡にジャージ姿だった。

「あっ、相楽くん……お、おかえりなさい」

俺を出迎えるなり、七瀬はやや気まずそうな顔をした。俺もどうにも居心地が悪く、早口で本題を切り出す。

「……七瀬。教授が、先週締め切りの課題出せ、って言ってたけど」

「……えっ⁉」

俺の言葉を聞いた七瀬の顔が、みるみるうちに青ざめていく。片手を口に当てて、「え、わ、忘れてた……⁉」と悲痛な声をあげた。

「嘘っ、わたしメールしてない……⁉　もうとっくに、仕上げてたのに！　あっ、すぐ送らなきゃ……相楽くん、教えてくれてありがとう」

七瀬は慌ててパソコンを開くと、すぐにメールを送信した。顔面蒼白(そうはく)になっている彼女を見つめながら、教授の言葉が蘇(よみがえ)ってくる。

俺は躊躇(ためら)いつつも、口を開いた。

「……あと、教授が……最近七瀬があんまり集中できてない、って」

俺の指摘に、七瀬は下唇を噛み締め、恥(し)じ入ったように目を伏せた。おそらく、多少なり自覚があったのだろう。

俺は今まで、自分が彼女に釣り合わない、ということばかり考えて、彼女の望みを叶(かな)えることに必死になっていたけれど――本当に、それでいいのだろうか。もしかすると俺のせいで、七瀬の大学生活が停滞しているんじゃないのか？

　七瀬の目指す、薔薇色の大学生活、って……一体何なんだろう。

　友達を百人作ることだとか、素敵な彼氏を作ることだとか、きっとそれだけではないはずだ。俺は彼女に協力する、と言いながら、結局何もできていなかったのかもしれない。

　このままだと、俺は……七瀬の、邪魔にしかならないいんじゃないか。

「……わたし、何やってるんだろう……このままじゃ、全然ダメだ……」

　七瀬がそう言って、しょんぼりと眉を下げた。すっかりしょげかえっている彼女に、どうやって声をかければいいのかわからない。

　抱きしめようと伸ばした手を、一瞬彷徨わせた後――すぐに、引っ込めた。たぶん今俺がすべきことは、そんなことじゃない。

「……七瀬、いつも真面目にやってるし……ちょっと、調子悪いだけだろ」

「……うん……」

「じゃあ、俺バイトだから、帰るな」

　立ち上がろうとする俺のシャツの裾を、七瀬がぎゅっと握りしめた。なんだかやけに不安げな、迷子の子どものような表情で、俺を見上げている。

「今日は……バイト終わった後、ここには来ない？」

「……うん。遅くなるから、やめとく」

七瀬は「そうだよね」と寂しそうに笑う。ズキリと胸が痛んだが、ふいっと彼女から視線を逸らした。

「申し訳ありませんでした！」

レポートを送信した翌日。三限までの授業を終えた後、わたしは研究室にいる教授の元へと向かった。

教授はむすりとした表情のまま、「どうして提出が遅れたんだ」と尋ねてくる。

「……すみません。完成はさせてたんですが、送信するのをすっかり忘れてて……」

「……言い訳じゃないのは、わかる。どう見ても、一夜漬けかそこらで完成させられる内容じゃなかったからな。ただ、間に合わなかったという結果は同じ事だ」

「仰る通りです……」

わたしが項垂れると、教授は呆れたように息を吐いた。

「……今回は特別に、減点はしないでおく。次から気を付けるように」

「あ、ありがとうございます……！」

教授の言葉に、ホッと胸を撫で下ろした。教授は三白眼で、わたしを睨みつけてくる。

「七瀬も相楽も優秀なんだから、恋愛にうつつを抜かして共倒れになるなよ」

教授の指摘に、ドキッとした。わたしと相楽くんが付き合っていることを、どうやら気付かれていたらしい。

「失礼しました」とお辞儀をしてから、研究室を後にする。

自転車置き場までの道を、わたしはトボトボ歩いていく。夏だというのにちっともカラッとしていなくて、じめじめとした梅雨の空気が、肌にまとわりついて不快だ。

芝生広場のベンチに座った男女は、楽しそうに肩を揺らして笑っていた。どこか初々しい雰囲気からして、一回生だろうか。去年の自分を思い出して、なんだか泣きたくなる。

大学に入学したばかりのわたしは、薔薇色の大学生活を送りたい、と希望に胸を膨らませていた。友達をたくさん作って、できれば素敵な彼氏も欲しい。そんな漠然とした目標を抱いて、ここまでやってきた。

化粧を覚えて見た目を変えて、一緒にいて居心地の良い友達ができた。好きな人ができて、その人が自分を好きになってくれて、恋人同士になれた。

……でも、わたしが望んでた薔薇色の大学生活って……きっと、こんなものじゃないよね。

恋人を喜ばせることも、上手くできなくて。進路のことも、何も考えてなくて。つまらないことで不安になったり、嫉妬したり。挙げ句の果てに、唯一の取り柄だった勉強まで疎かになっている。このままじゃ、薔薇色どころじゃない……。

——七瀬も相楽も優秀なんだから、恋愛にうつつを抜かして共倒れになるなよ。

恋愛って、こんなに簡単に人のことをダメにしてしまうものだったんだ。相楽くんのこと、好きにならなかったら……こんなふうに、ダメな自分を知らずに済んだのかな。

そんな考えが頭をよぎって、わたしはパチンと勢いよく自分の両頬を叩く。それからピンと背筋を伸ばし、まっすぐ前を向いて歩き出した。

二十一時までのバイトを終えて帰る途中、浴衣姿の女性が、停留所でバス待ちをしているのが目に入った。そこでようやく、そういえば今は祇園祭の時期だったか、と思い至る。

去年の今頃は、バイト中に七瀬に偶然遭遇して、二人で一緒に歩いた。ほんの一年前のことなのに、無性に懐かしくなる。あの頃の七瀬は、俺と付き合う前の七瀬は。不器用なりに薔薇色の大学生活を送ろうと努力していて、一生懸命だった。

……俺が七瀬の邪魔になってるなら、別れた方がいいのかな。

ふいによぎったそんな考えを、慌てて頭から追い出す。

俺と七瀬が別れたところで、きっと根本的な解決にはならない。付き合うって……お互いの足を引っ張ることじゃない、はずだ。俺が七瀬にしてやれることが、他にあるに違いない。

　アパートに到着すると、部屋の前に七瀬が立っているのが見えた。

　素朴なすっぴん眼鏡に、高校時代の体操着。栗(くり)色の長い髪は、無造作にふたつに結ばれている。七瀬は俺を見つけて、小さく手を振ってきた。もしかすると、俺が帰るのを待っていたのだろうか。

　気持ちはもちろん、嬉しい。けれど、俺の胸にまた不安が押し寄せてくる。今の七瀬は俺にばかりかまけて、自分のことが疎かになっているのではないか。

　これからも七瀬と一緒にいたいなら、俺はこのままじゃ駄目だ。彼女の望みを叶えてやることだけが、〝素敵な彼氏〟じゃないよな。

　俺はかつて、彼女の薔薇色の大学生活のために協力する、と約束したのだ。もしも俺の存在が、彼女の薔薇色の妨げになっているのなら……それを軌道修正してやることも、俺の役目なのかもしれない。

　階段を上ると、七瀬が「お疲れさま」と目を細めて微笑(ほほえ)んだ。久しぶりに見るすっぴんの七瀬は、何かが吹っ切れたように、晴れ晴れとしていて穏やかな印象を受ける。

「どうしたんだよ、こんなところで」

「うん。相楽くんに、大事な話があるんだ」

　こちらを見つめる七瀬の瞳(ひとみ)に、少し前のような不安や迷いは見えなかった。まっすぐに俺を見据えて、ゆっくりと口を開く。

「相楽くん。わたしたちしばらく、距離置こう」

「……え」

その瞬間、俺は頭が真っ白になった。七瀬の言葉を反芻して、絶望のあまり、さーっと全身の血の気が引いていく。

も、もしかして俺、振られる……？

勉強に集中したいから別れよう、とか。学業を重んじる真面目な七瀬ならば、そういうことを考えてもおかしくはない。それが彼女の意志ならば、俺は彼女のために、それを尊重するべきなのかもしれない……が。

嫌だ。絶対に嫌だ。死んでも別れたくない。

そういえば、かつて俺が七瀬を振ったのも、この場所ではなかったか。己の悪行はいずれ跳ね返ってくるものなのだと、誰かが言っていた。

まるで金槌でブン殴られたかのように、ぐわんぐわんと頭が揺れている。立っているのもやっとの状態の俺に気付いたのか、七瀬が慌てたように「あっ、違うの！　そ、そういうことじゃなくて！」と言った。

「その……わたしたちのあいだにある、いろんなこと。とりあえず、保留にしない？」

「……保留、って……どういう、意味？」

七瀬は真剣な表情で、続ける。

「わたし……好きな人と付き合えたことが嬉しくて、でも不安で、いっぱいいっぱいになっちゃって……いろんなことが、疎かになっちゃった。わたし、たぶんそんなに器用なタイプじゃないいんだと思う」

「……」

「でも、相楽くんのこと好きにならなきゃよかった、だなんて絶対に思いたくない」

「……え？」

七瀬がぎゅっと、俺の両手を握りしめる。氷のように冷たくなっていた指先が、七瀬の手で温められて、そこからようやく、血の気が戻ってきた。

「わたし。相楽くんといるからダメになるんじゃなくて、相楽くんがいるから頑張れる自分でありたい」

「七瀬……」

「わたしこれから試験まで、他の余計なこと考えるのやめて、全力で頑張るよ。既に、ちょっと出遅れてるけど……絶対全部、最高評価獲る。相楽くんのせいで成績が落ちた、なんて誰にも思われたくないから」

眼鏡の向こうの七瀬の瞳は、強い意思を秘めてらんらんと輝いていた。

……ああ、そうだ。俺が好きになった七瀬晴子は、こういう人間だった。俺があれこれ口を出す必要なんて、最初からなかったのだ。

俺がいるから頑張れる自分でありたい、と七瀬は言った。〝素敵な彼氏〟がどういうものなのか、未だによくわからないけれど――少なくとも、七瀬が俺のために頑張りたい、と思ってくれるような男でい続けることが、大事なんじゃないか。

俺は彼女の目をまっすぐに見つめ返しながら、きつく手を握り返す。

「……俺も。これから先、自信持って七瀬と一緒にいられるように、試験頑張る」

七瀬は嬉しそうに笑って、「うん」と頷く。

おひとりさまの自分のままだったら、きっと気付けなかった。誰かと付き合うって、たぶんこういうことなんだろう。相手のことを思いやって、お互いの存在が支えになって。俺も心の底から、七瀬のことを好きになってよかった、と思いたい。

「すっごく、すっごく寂しいけど～……！　試験終わるまで、会うの我慢する……！」

七瀬はそう言って、俺の手の感触をしっかり確かめるように、力をこめてくる。それから背伸びをして、そっと俺の耳元で囁いてきた。

「……あのね、相楽くん」

「な、なに？」

「わたし、そんなに器用じゃないから、また困らせちゃうかもしれないけど……試験の次は、相楽くんに対して全力になりたい」

「へっ」

「だから、覚悟しててね！」

七瀬はそう宣言すると、「またね」と手を振って、自分の部屋へと消えていった。とんでもない爆弾を落とされた俺は、その場にずるずるとへたり込む。

……彼女の全力は、なかなかに凄まじそうだ。果たして俺に、受け止めることができるのだろうか。

思わず頬が緩みそうになるのを、必死で堪える。彼女が頑張っているのだから、俺も試験に全力を尽くさなければ。

第四章　男女交際のマニュアル

前期試験まで、残り一週間となった。

さっきは図書館で、真剣に机に向かっている七瀬を見かけた。傍から見てもわかるほどに集中している様子だったので、声はかけなかった。昨日も遅くまで部屋の電気が点いていたし、寝る間も惜しんで試験勉強をしているに違いない。

そんな七瀬を見ていると、俺も頑張ろう、と思える。今日は夜までバイトもないし、家に帰って勉強することにしよう。

アパートの駐輪場に自転車を停め、階段を上がっていくと、部屋の前に誰かが立っているのが見えた。

片手でスマホを操り、耳にじゃらじゃらとピアスをつけて、背中が大きく開いた服を着た黒髪のギャル——そこにいるのは、一花だった。

「お、おまえ……何やってんの？」

俺が尋ねると、一花は腕組みをしてフンと鼻を鳴らす。

「あっ。やっと帰ってきた」

どうやら、俺を待っていたらしい。俺は首を傾げつつ、尋ねる。

「なんで、ここがわかったんだよ。学校は？」

「別にいいでしょ、そんなこと。学校なら、先週から夏休みだよ」

そういえば、高校生は大学生よりも少し早く夏休みに入るのだった。しかしこいつは、一体何をしに来たんだ。もしかして、家出でもしてきたのか……？

そんな俺の懸念を吹き飛ばすように、一花はケロッとした様子で言った。

「ねー、おなかすいた。なんか奢ってよ」

「は？　あのな、俺がいつもどんだけ金欠だと……」

「あたしより先輩でしょ？」

一花の言葉に、俺はぐっと言葉に詰まった。

中学と高校時代、部活動をしていなかった俺には、後輩と呼べる存在はほぼいなかった。大学に入って初めて、糸川さんという先輩ができたとき、ただ数年先に生まれただけで、こんなにも親切にできるものなのか、と感動すら覚えたものだ。

何かを奢ってもらったり譲ってもらったりして、俺が恐縮するたびに、糸川さんはいつも笑って、「相楽くんに後輩ができたとき、お返ししてあげて」と笑っていた。

……もしかすると今が、そのときなのかもしれない。

「……わかった。何食いたい」

「えーっとね、うなぎ」

「馬鹿（ばか）なこと言うな。大学生の経済力を考えろ」

給料日前だし、そもそも俺は万年金欠だし、大したものは奢ってやれない。悩んだ結果、俺は一花を最寄りのショッピングモールにあるファミレスに連れて行った。

店員に案内されるがまま、四人掛けのテーブル席に向かい合って座る。一花がテーブルに置かれたタブレット端末に手を伸ばした。

「何頼んでもいーの？」

「値段は気にしてくれ」

一花は「ケチ！」と唇を尖（とが）らせつつ、比較的安めのパスタとメロンソーダを注文する。意外と、気遣いのできる奴（やつ）だ。俺は一番安いドリアを選んだ。

グラスに入った水を飲みながら、「何しに来たんだよ」と再び尋ねる。一花は露骨に目を泳がせ、「え、えっと……」と口ごもる。あまり、理由を言いたくなさそうだ。

「こんないきなり来て、母さんは何も言わねえの」

「別に。たぶん、全然気にしてないと思う」

一花はさらりと答えた。躊躇（ためら）いつつも、俺は尋ねる。

「……もしかして、母さんと上手（うま）くいってないのか？」

俺の問いに、一花は不愉快そうに眉を顰め、じろりと睨みつけてきた。

「なんでそんなこと訊くの？　全然、普通だよ」

「普通って、なんだよ」

「……理想の家族、って感じ」

僅かに口ごもったあと、一花が言った。どこか空々しさを感じるのは、気のせいだろうか。

……やっぱりこいつ、家に居づらいのか……？

夏休みで学校もないし、血の繋がらない母親と四六時中一緒にいるというのは、想像以上にストレスが溜まるものなのかもしれない。そう考えると、一花が気の毒になってきた。こんな格好をしているのも、彼女なりのガス抜きなのだろう。

これ以上深入りされたくなかったのか、一花は「そんなことより！」と話題を変えた。

「ねえ、大学の夏休みっていつから？」

「八月からだけど」

「何して過ごすの？　大学の夏休みって、結構長いよね？」

どうやら、大学生の夏休みの過ごし方が気になるらしい。俺に訊いても、碌な答えは返ってこないと思うが。

「バイトと勉強だよ。十月に資格試験あるから、忙しい」

「あ、そう……」

一花はつまらなさそうに頬杖をつき、ストローでくるくるとメロンソーダをかき混ぜている。そんな反応するぐらいなら、訊かなきゃいいのに。

そのとき、俺たちのテーブルに料理が運ばれてきた。「いただきます」と手を合わせた一花が、黙々とクリームパスタを食べ始める。二人のあいだに流れる空気は冷え切っており、傍から見ると、別れ話でもしていると思われるかもしれない。こんなところを知り合いに見られて、妙な勘違いをされなければいいが。

世間一般的な兄妹というものは、一体どういう会話をするものなのだろうか。俺はひとりっ子だったから、よくわからない。こちらから話を振るべきか悩んだが、気の利いた話題も思い浮かばなかった。

結局料理を食べ終わるまで、俺たちは一言も口をきかなかった。そろそろ帰るか、と切り出そうとしたタイミングで、一花が尋ねてくる。

「一人暮らしって、楽しい？」

「え、まあ……それなりに」

「……創平くんは、なんで家出たの？」

一花の質問に、俺はいったん、渇いた喉を水で潤す。

他の奴から同じ質問をされたなら（七瀬は別だが）、きっと「言いたくない」と答えていただろうが——俺と同じ境遇である一花には、訊く権利があるだろう。もしかすると一花も、高校を卒業したら家を出ようと考えているのかもしれない。

俺は少し考えてから、言った。

「……家に、いたくなかったんだよ」

「どうして？」

「俺の居場所はここにはないな、って思ったから」

「……今でも、そう思ってる？」

一花の問いに、俺は頷く。

家を出た当時の気持ちと今とでは、心の持ちようがちょっと違うけれど——そのあたりの微妙な感情を、説明するのは難しい。母が嫌いとか、憎いとか、そういうことではなくて——母にはもう俺の知らない幸せがあるのだ、と気が付いただけだ。

「俺はもう、家族に過剰な期待するの、やめたから」

俺の言葉を聞いた一花は「あっ、そ」と真っ赤な唇を歪めた。こちらを見つめる瞳には、怒りが滲んでいる。

「……むかつく」

「……へ？」

間抜けな声を出した俺を、一花はまっすぐに睨みつけてくる。

「家族が増えたのに、自分は一緒にいないから関係ないです、ただの他人ですって顔して、むかつくよ。自分はさっさと家出て、彼女とイチャイチャしてて」

「……それ、は……」

「どうせ、あたしたちのことなんて、どうでもいいって思ってるんでしょ」

その瞬間、横っ面を引っ叩かれたような気持ちになった。どうせ会わないのだからそれほど親しくする必要はない、と思っていたのは事実である。

「……言いたかったの、そんだけ。ごちそうさまでした」

そう言った一花は、何故だか泣きそうな顔をしていた。

一花は勢いよく立ち上がると、サンダルのヒールをカツカツと鳴らし、足早に店を出て行った。俺は茫然と、その背中を見送る。ほんとに何しに来たんだ、あいつは。

しかし、一花が俺に腹を立てる気持ちは、よくわかった。見知らぬ家族が増え、家で一人で戦っている彼女にとっては、知らん顔をしてさっさと家を出た義兄の存在が、腹立たしくて仕方なかったのだろう。それならたしかに、嫌われても仕方ないな、と思う。

……でも、俺は。もう血の繋がりだとか、家族だとか、そんなものに囚われるのは……うんざりなんだよ。

やはり俺は、人間として大切なものが、どこか欠落しているのかもしれない。

俺は伝票を手に取ると、会計を済ませるべくレジに向かった。

「……お、終わったあ〜〜‼」

　講義室を出た瞬間、わたしはそう叫んで大きくバンザイをしてしまった。試験終了を知らせるチャイムが、まるで福音のように鳴り響いている。

　これにて、前期試験の日程はすべて終了。血の滲むような努力の甲斐があり、手応えはばっちりだ。事前に提出したレポートに問題がなければ、今回もオール最高評価を獲れるだろう。

　ここまで来るのは決して平坦な道程ではなく、試験前の二週間は、長く苦しい戦いだった。心が挫けそうになるたびに、スマホで撮った相楽くんの写真を眺めては、頑張ろうと自分を奮い立たせていた。

　でも、試験が終わった今は！　思う存分、相楽くんといちゃいちゃできる！

　今日はこの後、さっちゃんたちと試験お疲れさま会をした後、相楽くんに会いに行くことになっている。スマホを確認すると、さっちゃんから「東門の駐輪場で待ってるー」というLINEが届いていた。

　わたしは軽やかな足取りで階段を駆け下りると、校舎の外に出た。青い空と白い雲のコントラストが眩しい。キャンパス内に植えられた木々が、眩しい太陽の光をいっぱいに浴びている。広場にある噴水の水が、光を跳ね返してキラキラと輝く。うるさく鳴く蝉の声でさえ、今のわたしを祝福してくれているかのようだ。

湧き上がってくる喜びが抑えきれなくて、わたしは駐輪場までの短い距離を、足早に駆けていった。

さっちゃんたちと合流したわたしは、スーパーでお菓子や飲み物を買い込んで、大学近くで一人暮らしをしている奈美ちゃんの部屋にやって来た。

奈美ちゃんのマンションはオートロックの新築マンションで、女性の一人暮らしかくあるべし、という感じだ。部屋の内装も、アイボリーを基調としたオシャレな雰囲気で羨ましい。わたしの部屋とは、全然違う。真のキラキラ女子は、インテリアにもぬかりがないのだ。

「はー、やっと終わったー！　明日から夏休み！」

さっちゃんはそう言って、晴れやかな表情で伸びをしている。つい一週間ほど前まで、「単位がヤバい」と死にそうな顔をしていたのに。この清々しいまでの切り替えの早さは、見習うべきかもしれない。

「ハルコ、今回すっごく頑張ってたよねー」

「ほんまそれ。いつ見ても鬼の形相で勉強してたから、よー声かけんかったわ」

「そ、そうだった……？」

わたしは照れて頬を掻いた。自分では気付かなかったけど、そんなにすごい顔をしていたのだろうか。次はもう少し余裕を持って、勉強のスケジュールを立てなければ。

「でも、夏休みはいっぱい楽しむって決めたの！　何事もメリハリだよね！」

「そーそー、いっぱい遊ぼ！　来週、琵琶湖楽しみやな！　相楽も誘った？」

「うん！　来てくれるって」

相楽くんの名前を聞いただけで、わたしは頬はみっともなく緩んだ。ニヤニヤしているわたしを、つぐみちゃんは肘で突いてくる。

「ほんま、ハルちゃんは彼氏と仲良しやなあ」

「そういやハルコ、夏休み彼氏と旅行とか行かないの？」

「え⁉　りょ、旅行⁉」

旅行。すなわち、相楽くんと二人っきりでお泊まり！　そんなことができたら素敵だなあと考えたことはあるけれど、具体的に予定を立てたことはなかった。

だ、だって……旅行って、相楽くんと一晩中一緒にいる、ってことだよね……？

彼がなりゆきでわたしの実家に泊まって、同じソファで一夜を明かしたことはあるけれど。今のわたしたちは恋人同士だし、あのときと同じではないだろう。

「そういや早希（さき）も、こないだ北條（ほうじょう）くんと旅行ったんやっけ」

「え？　う、うん。まあ」

奈美ちゃんの言葉に、さっちゃんは歯切れ悪く頷いた。

わたしたちと同じぐらいの時期に付き合い始めたはずなのに、もう二人で旅行までしてるなんて。やっぱりさっちゃんは、わたしよりも五百歩ぐらい先に進んでいる。

やっぱりわたしも……もっと頑張って、関係進めなきゃダメだよね。

今のわたしは、誰かとお付き合いするということが、ただ鴨川の河川敷に並んで座るだけではない、とわかっている。相楽くんに対して全力になる、と言ったからには、彼女としての務めを、果たすべき……？

明日からは、夏休みが始まる。お付き合いを始めてから、もう半年も経つのだから……わたしもそろそろ、覚悟を決めるべきなのかもしれない。

奈美ちゃんの家を後にしたわたしは、一目散にアパートへと帰ってきた。

自分の部屋には戻らず、まっすぐに相楽くんの部屋へと向かう。インターホンを押して、ドキドキと胸を高鳴らせていると、目の前の扉が開く。

「……あ、おかえり」

中から出てきた相楽くんの顔を見た途端に、きゅーんと愛おしさのボルテージが上がりきってしまった。

……相楽くんって、こんなにかっこよかったっけ⁉

どうやらしばらく会わないうちに、禁断症状が出ていたらしい。なんだか後光が差していて、キラキラ輝いているような気さえする。今にも口から飛び出しそうな「好き」を精一杯飲み込んで、きゅうんと高鳴る胸を押さえながら「ひ、久しぶり！」と笑いかける。

「えっと、た、ただいま！　入ってもいい？」

「……うん。いいよ」

相楽くんに招き入れられて、わたしはちょこんと畳の上に正座をした。なんだか相楽くんの顔が、まっすぐに見られない。相楽くんもなんだかぎこちない様子で、わたしの隣に腰を下ろした。二人きりだ、ということを意識して、心臓の鼓動がまた一段と早くなった。

ど、どうしよう……いざとなると、どうしたらいいのか、全然わかんない……！

会えなかった時期は、試験が終わったら存分にいちゃいちゃしよう！と楽しみにしていたのに。相楽くんに対して全力になる、とは言ったものの……恋人同士のいちゃいちゃって、どうしたらいいんだろう。みんなどうやって、関係を進めてるんだろう。

……このあいだみたいに、押し倒す……？　ううん、それは絶対無理……！

わたしは正座したまま、その場でかちんと固まってしまった。

前期試験が、無事に終わった！

試験終了のチャイムが鳴った瞬間、俺は思わず、小さくガッツポーズをしてしまった。隣に座っていた女子に怪訝な視線を向けられ、慌てて拳を引っ込める。

成績が発表されるのはまだ少し先だが、俺は今回、未だかつてない手応えを感じていた。勉強の成果は、それなりに発揮できたのではないかと思う。

ここで良い結果を出せれば、俺も自分に自信が持てるだろうか。七瀬に相応しい男に、少しは近付けるだろうか。

試験の後、俺はバイトに行って、二十一時すぎにアパートに帰ってきた。七瀬は須藤たちと、試験お疲れ会とやらをしているらしいが、それが終わればここに来ると言っていた。

――試験の次は、相楽くんに対して全力になりたい。

七瀬の言葉を思い出して、落ち着かない気持ちになる。じっとしていられなくて、狭い部屋をウロウロしていると、インターホンが鳴った。逸る気持ちを抑えながら、扉を開ける。

「あっ、相楽くん！」

ばっちりメイクをした七瀬が、俺の顔を見てぱあっと表情を輝かせた。

「あ……お、おかえり」

「久しぶり！　ただいま！」

心底嬉しそうに微笑む七瀬を見ていると、こちらの気持ちも浮き上がる。試験前にも、七瀬の姿は何度か見ていたが、いつも必死の形相をしていたから、笑顔を見るのは久しぶりだ。

「入ってもいい？」

「……うん、いいよ」

平静を装いつつ、七瀬を中に招き入れる。彼女はやけにぎくしゃくした様子で、部屋の隅っこに正座した。俺が隣に座ると、彼女の身体が強張るのがわかった。

……あれ。なんか、めっちゃ緊張してねえ？

七瀬は顔を真っ赤に染めて、俺の方をまともに見ようともしない。彼女の緊張が伝染したかのように、こっちまで落ち着かない気分になってきた。

「……な、七瀬？　だ、大丈夫か？」

「へ!?　あっ、う、うん！　ぜんぜん、だいじょうぶ……！」

七瀬は裏返った声でそう言うと、こくこくと何度も頷く。あまり、大丈夫そうには見えない。

俺たち今まで、どういう感じで接してたっけ……？

久しぶりに二人きりになると、どうしていいものか困ってしまう。そういえば最後に七瀬がこの部屋にやって来たのは、酔っ払って俺を押し倒したあの日だった。てのひらに押し当てられた胸の感触が蘇ってきて、妙に意識をしてしまう。

しばらく互いに黙り込んでいると、ふいに七瀬がこちらに身体を寄せてきた。腕と腕がぴったりと触れ合って、甘い香りが漂ってくる。突然のことにドギマギしていると、七瀬が「あ、あの」と、おそるおそる尋ねてきた。

「……い……いちゃいちゃ、する？」

イチャイチャって……そんな、宣言してからするようなものなのか？

そもそも、イチャイチャってなんだ。七瀬の求めてるイチャイチャって、どのラインなんだ？　世間一般の恋人同士は、どうやってイチャイチャしてるんだ……？

イチャイチャがゲシュタルト崩壊してきて、頭が痛くなってきた。どれだけ考えても、正解がわからない。とりあえず今日のところは、仕切り直した方がいいだろう。

「……む、無理しなくてもいいから。ふ、普通にしとこう」

「う、うん……そ、そうだね」

俺の提案に、七瀬はホッとしたように息をついた。イチャイチャを実践するのは、お互いにハードルが高かったのかもしれない。

俺は、普通に、普通に……と自分に言い聞かせながら、七瀬と一定の距離を取る。あれ、これだとちょっと遠い……？　もうちょっと、近付いた方がいいのか？

普通にしとこう、とは言ったものの……普通って、なんだ。

今まで七瀬とどうやって接していたのか、さっぱりわからなくなってしまった。互いに正座で向かい合ったまま、もじもじと下を向いている俺たちは、付き合って半年も経つ恋人同士には、とても見えないだろう。

「し、試験……どうだった？」

「あ、うん……わりと、自信ある」

「そ、そっか。わたしも……」

そんなぎこちないやりとりを交わして、また沈黙が落ちる。どうしたものかと困り果てていると、七瀬が立ち上がった。

「あ、あの……わたし、そろそろ、帰るね」

そのとき俺は、ちょっとだけホッとした。七瀬は「ばいばい」と手を振って、寂しそうに俺の部屋から出て行く。

……俺たちの普通って、なんなんだろう。

いくら考えても、正解がわからない。俺はその場に座り込むと、ゴン、とテーブルの上に額をぶつけた。

夏休み、三日目の夜。俺は一人、うどんに天かすとカットキャベツを入れて、醤油をかけたものを食べていた。七瀬の手料理とは比べるべくもない、手抜き丸出しの晩飯である。

七瀬と付き合い始めてから、俺の食生活は大幅に改善されたものの、自分一人だとこんなものである。キャベツを入れただけ、成長だと思ってほしい。

隣の部屋に、彼女の気配はない。駐輪場に赤い自転車が置いていなかったから、バイトにでも行っているのだろうか。

試験が終わったあの日以来、俺と七瀬はまともに二人きりになっていない。隣に住んでいるのだから、その気になればいくらでも会いに行けるのだが——どうしていいのかわからず、バイトだなんだと言い訳をつけて、なんとなく避けていたのだ。

たぶん今、彼女と二人きりになったら、また妙な義務感に駆られて、イチャイチャしなければ、と変な空気になってしまう気がする。それは、なんか……気まずい。

どうしたものかと悩んでいると、テーブルの下でスマホが鳴った。手に取って見ると、北條からの着信だ。何の用だと疑問に思いつつ、受話ボタンをタップする。

「おっ、相楽。何してた?」

「うどん食ってた」

「相楽、うどん好きやなー。名古屋人ならきしめんやろ」

北條はそう言って、電話の向こうでケタケタ笑う。

俺と北條は、用事もないのに電話をするほど親しいわけではない。そんなくだらない話をするために、かけてきたのではないのだろう。

「なんかあった？」

「あ、そうそう。明後日、琵琶湖やんな？　朝八時に、相楽と七瀬迎えに行くから」

「……あ」

琵琶湖。そういえば、そんな話もあったか。

予定を立てたのがかなり前だったため忘れかけていたが、今思い出した。タコパをしたメンバーで夏休みに琵琶湖に行こうと、約束していたのだった。

「何？　もしかして、忘れてたん？」

「いや、忘れてたけど……バイトもちゃんと休み取ってるし、大丈夫」

「ほんならええわ。寝坊すんなよー」

「しねえよ」

早々に用事も終わり、このまま電話を切るのかと思いきや、北條は「そーいや」と話題を転換した。

「相楽、七瀬と順調？」

「……えーと……まあ、それなりに……」

北條は時折こうして、俺たちの様子を尋ねてくる。気遣ってくれているのか、単に面白がっているのか。たぶん、両方だろう。

……北條に、相談してみるか……？

きっと北條の頭の中には、男女交際のパーフェクトマニュアルが叩きこまれているに違いない。恋人同士のイチャイチャのなんたるかも、きっと知り尽くしているのだろう。

とはいえ、「彼女とどうやってイチャイチャすればいいんだ？」なんて恥ずかしい質問ができるはずもなく、俺たちは他愛もない話をした後、電話を切った。

「相楽と気まずい？　なんで？」

電話の向こうで、さっちゃんが不思議そうな声を出した。

わたしは両足に塗ったネイルを乾かしながら、さっちゃんと通話をしていた。スマホはスピーカーにした状態で、テーブルの上に置いている。

明日はみんなで琵琶湖に行くから、手と足のネイルを綺麗に塗り直した。水着の色に合わせた、シンプルな白のフレンチネイルだ。膝を抱えて、極力足を動かさないように気をつけながら、「うん」と項垂れる。

「なんだか、いちゃいちゃする方法、わからなくなって。結局、全然進展してないの」

「なんや、それ。別に、無理せんでもいいんちゃう？」

「でも……さっちゃんは、もう北條くんと旅行までしてるのに……」

わたしが言うと、さっちゃんは急に黙り込んだ。不思議に思って、「さっちゃん？」と尋ねてみると、ややあって「ああ、うん」と歯切れの悪い返事が返ってきた。

「あたしのことは、別にええやん。てか、相楽がヘタレなんが悪いんやろ」

「わ、悪くはないと、思うけど……」

もちろん相楽くんは悪くないのだけれど、彼にその気がないのは、事実かもしれない。酔っ払って押し倒したときも、結局断られちゃったし……。

「やっぱりわたしって、魅力ない？」

「そんなわけないやろ。相楽もハルコの水着姿見たら、さすがにクラッとくるんちゃう？」

「……そう、かな？　可愛（かわい）いって、言ってもらえるかな」

普段は理性の塊のような、紳士的な相楽くんも。真夏の太陽の下だと、少しぐらいは正常な判断能力を失ってくれるかもしれない。わたしの方から積極的にアピールすれば、恋人らしい自然なイチャイチャができるようになるだろうか。

「……わたし、もっと進展できるように、頑張ってみる！」

「……まー、そんなに焦（あせ）ることないと思うけど」

やけに控えめなさっちゃんの言葉に、わたしは首を捻（ひね）った。いつもはあれこれ無茶振りをしてくるのに、今日は一体どうしたんだろう。

それからわたしたちは、あれやこれやと明日の持ち物なんかを相談した後、ようやく長電話を締めくくった。ネイルはすっかり乾いて、時刻はもう零時前だ。明日は相楽くんに水着姿を見せるんだから、しっかりボディクリームを塗ってから寝ることにしよう。

窓の外では、さんさんと輝く太陽が湖面をキラキラと照らしている。エアコンから吹き出す冷風が頬を撫(な)でて、カーオーディオからは俺の知らないロックバンドの曲が流れている。シートにもたれて、ぼんやりと景色を眺めていると、トントンと肩を叩かれた。渋々横を向くと、ハンドルを握った北條が、ホルダーに入ったペットボトルを指差す。

「なあ相楽、これキャップ開けてこっちに渡して」

……なんで俺は、夏休みにイケメンとドライブしてるんだ。

俺は七瀬とともに、北條の運転する車で、滋賀県の琵琶湖へと向かっていた。京都市内から目的地である近江舞子まで、おおよそ一時間。日帰りのドライブをするには、ちょうどいい距離である。俺はまだ免許を持っていないが、将来のために取得しておいた方がいいだろうか。今のうちに、貯金をしておくべきかもしれない。

「これ、おまえの車?」

今日俺たちを迎えに来たのは、北條が運転する黒のミニバンだった。俺の問いに、北條は白い歯を見せて笑う。

「いや、親父の。さすがに自分では買えへんわー、欲しいけどな」

それにしても。北條の車の助手席など、金を払っても座りたい、という女はごまんといるだろう。おそらく座り慣れているのであろう須藤は、「あたし、ハルコの隣がいい」と言って、さっさと最後列に乗り込んでしまった。残るは木南の隣か助手席の二択だったので、俺は迷わず助手席を選んだ。

「うわあ、琵琶湖ってほんとに海みたい！」

瞳を輝かせながら窓の外を眺めた七瀬が、はしゃいだ声をあげる。

「琵琶湖って、泳げるんだね！　知らなかった」

「そうそう。去年もサークルのみんなで行ったけど、海水みたいにベタベタにならへんし、クラゲもおらんし、あたしは好き」

須藤の言葉に、七瀬は「楽しみ」と目を細める。薔薇色の大学生活を夢見る彼女のことだから、本当は〝夏休みにみんなで琵琶湖でバーベキュー〟もしてみたかったのだろう。

「今日、すっごくいいお天気！　湖がキラキラしてて、綺麗だね！　気持ち良さそう！　来てよかった！」

七瀬がそう言って笑うと、隣の須藤も嬉しそうな顔をした。こうしてささやかな事象にも感動して、気持ちを素直に表に出すところは、七瀬の美点だ。彼女がいるだけで、場の空気が和むような感じがする。きっと須藤も、七瀬のそういうところが好きなのだろう。

女子二人は車の中で、きゃあきゃあはしゃぎながら写真や動画を撮っている。到着する前からこんなに楽しめるなんてコスパが良いな、と嫌みではなく思う。

そのとき、七瀬がふいにこちらを向いて、ミラー越しに目と目が合う。ニコッとはにかんだような笑顔を向けられて、心臓が跳ねた。そのまま、視線を逸らしてしまう。

……二人きりじゃないだけ、まだマシだが……やっぱ、ちょっと気まずいな。

少しも危なげない北條の運転で、無事に近江舞子の遊泳場に到着した。

湖面はゆるやかに波打っており、白い砂浜まであるので、本当に海みたいだ。湖岸に、バーベキュー場も併設されている。

「じゃあ、着替えてくるねー」

七瀬たちはそう言って、更衣室へと消えていく。俺たちも男子更衣室に入り、水着に着替えた。数日前にネットで買った安物である。破れたりしませんように、と祈りながら、上から黒のパーカーを羽織る。

更衣室の外に出たが、七瀬たちはまだ出てきていなかった。俺たちは日陰に避難して、女子を待つことにする。あまりの暑さに、だんだんテンションが下がってきた。

もともと夏は好きではなかったが、去年熱中症で倒れて以来、余計に嫌いになってしまった。リア充たちは、楽しげにバーベキューに興じており、煙の匂いがここまで漂ってくる。このクソ暑い中、肉を焼くのは大変そうだ。灼熱の太陽は容赦なく照りつけており、じっとしていても汗が噴き出してくる。パーカーを脱げばいいのかもしれないが、貧相な身体をあまり晒したくはない。やっぱ、筋トレとかしとくべきだったかな……。

「や、やっぱりこれで外出るの無理かも……！　さっちゃん、ラッシュガード持ってない⁉」

更衣室のロッカーの前で、わたしはいまさらのように怖じ気づいていた。水着に着替えたものの、このまま外に出る勇気が出ない。

「水着と下着って、肌の露出面積的にはあんまり変わらないよね⁉　なんで、こんな格好で平然とウロウロできるの⁉」

「考えすぎやってば。みんな水着なんやから、恥ずかしがってる方が恥ずかしいで」

「ううっ……でも……」

水着を着るのなんて、高校時代の体育の授業以来だ。ビキニなんて、生まれてこのかた一度も着たことがない。スクール水着の次がビキニ、はちょっと段階を飛ばしすぎだ。やっぱり、ワンピースタイプにしておけばよかったかも……。

さっちゃんの水着はハイネックのビキニで、パレオがついている。なんだかさっちゃんと比べても露出が多い気がして、余計に恥ずかしくなってきた。

「ゆうべは、相楽のこと悩殺する！って張り切ってたやんか」

「の、悩殺する、とまでは言ってない……可愛いとは、思ってもらいたいけど……よく考えたら、わたし相楽くんにこんな格好見せたことないし……」

「ええやん。別に、裸見せるわけじゃないんやから」

さっちゃんの言葉に、わたしは思わず「ひえっ」と奇声をあげてしまった。

……そ、そっか……つ、付き合ってるんだし、近いうちに……そ、そういう姿も、見せなきゃいけないいんだよね……？

それならば、水着ごときで怖じ気づいている場合ではない。弱気な気持ちを立て直すべく、わたしは化粧ポーチから口紅を取り出した。しっかり塗り直して、鏡に向かってニコッと微笑んでみる。ただそれだけのことで、自信と勇気が出てくるから不思議だ。

……相楽くん、可愛い、って言ってくれるかな。

「よ、よし！　さっちゃん、行こう！」

わたしはぐっと前を向くと、相楽くんの待つ太陽の下へと歩いていった。……さっちゃんの後ろに、隠れながら。

◆◆◆

「ごめん、お待たせー！」

女子の着替え長すぎだろ、とげんなりし始めたそのとき。相変わらず馬鹿デカい、須藤の声が響いた。俺たちは何故か直立不動で、それを出迎える。

七瀬は恥ずかしそうに、須藤の後ろに身を隠していた。須藤に「ハルコ、何やってんの」と促され、おずおずと姿を現す。

その瞬間、俺は神に感謝したいような気持ちになった。

「うわー、めっちゃいいじゃん！　夏、最高！」

俺の隣で、木南が叫んだ。今回ばかりは、心の底から同意する。……夏、最高‼

七瀬が着ていたのは、胸のあたりにフリルのついた、白い花柄のビキニだった。フリルに覆われた豊かな膨らみも、くっきりと刻まれた谷間も、きゅっとくびれた腰も、小さな臍も、すらりと伸びた太腿も、惜しげもなく太陽の下に晒されている。

俺はこれまで「水着なんて布面積が少ないだけで浴衣の方がエロいだろ」という考えの持ち主だったのだが、今後はその主張を改めなければならない。水着も浴衣と違った良さがあり、それはそれで素晴らしいものだ。優劣をつけられるものではない。

「さ……相楽くん」

名前を呼ばれて、はっと我に返った。まずい、完全に見惚(みほ)れていた。俺の前までやってきた七瀬は、もじもじと両手を胸の前で弄(いじ)っている。

「……わたしの水着、ど、どうかな……」

「……え？」

どうかな、と言われても、最高です、としか。

褒めてやりたい気持ちはあるけど、水着に対してあれこれ感想述べるのも、ちょっとキモいよな。できる限りいやらしくない表現を探して、ようやく口にした。

「……えーと……に、似合ってる」

「……他には？」

「あー、なんか……柄とかもいい感じだし……」

「そ、そうじゃなくて」

七瀬はやや不服そうに、俺のパーカーの袖(そで)をぐいぐいと引いた。唇を引き結んで、照れたような、緊張しているような、不安そうな顔でじいっと俺を見つめている。

こういうとき、七瀬が俺に期待している言葉は、ひとつだけだ。

「…………可愛い、よ」

その瞬間、七瀬がぱあっと表情を輝かせた。

「嬉しい、ありがとう！　勇気出してよかった！」

七瀬は俺の手を引くと、「相楽くん、行こっ」と笑う。須藤たちにニヤニヤと生ぬるく見守られながら、俺たちは灼熱のビーチへと駆け出していった。

照りつける灼熱の太陽、青い空、白い砂浜。ゆるやかに波打つ水面。琵琶湖は、思っていたよりもずっと海だった。もう、ほとんど海といって差し支えない。

併設されたバーベキュー場で肉を焼いて食べた後、俺たちはビーチボールで遊んだり、砂浜でお城を作ったり、スイカを割ったりした。七瀬は楽しそうにはしゃいで、ずっと笑っていた。リア充の夏の楽しみ方を、ようやく彼女も理解したらしい。

俺はそれなりに楽しんではいたものの、リア充に交じって大はしゃぎするようなキャラでもない。平常時のテンションを保っていると、木南に「夏のビーチのノリじゃねーだろ！」と怒られた。そのまま北條と木南の手によってパーカーを脱がされ、琵琶湖の中に、どぼん、と投げ込まれた。

「……ぷはっ」

湖面に顔を出すと、木南が両手を叩いて笑っているのが見えた。北條も「相楽ぁ、大丈夫かー」と言いつつ、顔は笑っている。……あいつら、容赦ねえな。俺がカナヅチだったら、どうするつもりだったんだ。

琵琶湖の水はひんやりと冷たく、思っていたよりも気持ち良い。仰向けになってぷかぷか浮かんでみると、視界に飛び込んできた青い空が眩しかった。

「相楽くん、大丈夫⁉」

水死体のように浮かんでいる俺を見て、七瀬は心配そうに駆け寄ってくる。俺は「大丈夫」と答えて、身体を起こす。ここはギリギリ、足がつくエリアだ。七瀬も、浮き輪の類は持っていない。

ばしゃばしゃと水の中に入ってきた七瀬は、「気持ちいいね」と微笑む。彼女の華やかな化粧は今日も完璧で、少しも崩れることなく地味な素顔を覆っている。

「そういや、七瀬……化粧、大丈夫なのか？　去年あんなに嫌がってただろ」

去年の七瀬は、化粧が落ちるのを嫌がって、海やプールに行こうとはしなかった。俺の問いに、七瀬はキラキラと瞳を輝かせる。

「うん！　絶対落ちない、ウォータープルーフのマスカラとアイライナー買ったから！　ホースの水を顔面にかけても、崩れないんだって！　最近の化粧品って、すごいんだよ！　ああ、ミスコン出る前に手に入れたかった……！」

去年のミスコンでの騒動を思い出し、俺は思わず苦笑した。七瀬の素顔を知っている人間は増えたものの、やはり基本的には、すっぴんを見せたくはないらしい。まあ、コンプレックスというのはそういうものか。

「相楽くんって、泳げるの？」

「一応、溺れない程度には……七瀬は？」

「わたし、水泳の授業のときも、体育5だったよ」

七瀬がそう言って、得意げに胸を張る。頭が良いだけでなく、運動神経までいいのか。ますます、俺が勝てるところがない。もちろん、彼女の努力の賜物でもあるのだろうが。

「きゃっ」

こちらに近付いてきた七瀬が、小さな叫び声をあげて、俺に摑まってきた。柔らかな身体が素肌に密着して、急激に体温が上がる。

「ご、ごめん……こ、ここ、足つかないんだね……」

よく考えると、七瀬は俺よりも二十センチ近く身長が低い。俺の足がギリギリつく場所では、足がつかなくて当然である。

泳げるとはいえ、さすがに怖いのか、それとも顔が水に濡れるのが嫌なのか。七瀬がぎゅーっと、力いっぱいしがみついてくる。揺蕩う水面の下で、水着に包まれた膨らみが、俺の胸板に押しつけられて形を変えている。ふとした瞬間に下心が頭をもたげて、溜め息が出そうになる。水着の破壊力を、どうやら俺は舐めていたらしい。

……なんで世の男どもは、水着姿の彼女と一緒にいて平然としていられるんだ……。

七瀬の足がつく場所に移動すると、彼女は真っ赤になって俺から離れた。

「ご、ごめんね」

「いや、別に」

お互いしどろもどろになって、気まずい空気が流れる。もう少し落ち着くまで、水の中からは出られそうにない。

「……な、七瀬。先にみんなのとこ戻ってて」

「え？　う、うん。わかった」

七瀬はそう言って、湖から出て浜辺を歩いていく。残された俺は頭を冷やすべく、ざぶん、と勢いよく湖の中に潜った。

しばらくしてからパラソルの下に戻った俺は、一人でぼんやり座っていた。

夏の琵琶湖は思っていたよりもずっと楽しいが、さすがに疲れた。やはり、向き不向きというものはあるものだ。俺にはビーチではしゃぐ才能がない。

ぼーっとしていると、首の後ろに何か冷たいものが押し当てられて、「うあっ」と声をあげた。驚いて振り向くと、青いラベルのペットボトルを持った北條が立っている。スポーツドリンクのCMかと思った。

「これ、飲む？」

「……それ、絶対やる相手間違ってると思うぞ……」

俺はそう言いつつも、礼を言ってスポーツドリンクを受け取った。

砂浜では、七瀬と須藤と木南が、一対二のビーチバレーをしている。須藤はさすがの運動神経だが、七瀬も意外と上手い。ぴょこぴょことジャンプするたび、胸が揺れる。見事にレシーブして、須藤がアタックを決めた。

「やったあ！」

七瀬は嬉しそうに飛び跳ねて、須藤とハイタッチをしていた。……いい眺めだな。

「相楽、七瀬のこと見すぎやろ」

「う、うるさい」

北條の茶々を、俺は一蹴する。この距離なら凝視しててもバレないから、別にいいだろ。

しかしこうして観察していると、浜辺にいる人間の多くが、七瀬に視線を向けているのがわかる。彼女は目を惹(ひ)く美人で、おまけにスタイルも良いのだから、仕方のないことだ。俺が文句を言う資格はないのだが、面白くない気分になった。

そのとき須藤が、ふいにこちらを向いた。北條がひらひらと手を振ると、須藤が真っ赤になって視線を逸らす。なんだか、様子がおかしい。そういえば今日、車に乗っているときから、北條と須藤が一言も口をきいていないような……。

「……おまえら、今日全然喋(しゃべ)ってなくねえ？」

「お、気付いたか。相楽って、意外と周りのこと見てるよなー」

北條が苦笑しつつ、小さく肩を竦めた。またはぐらかされるのか、と思いきや、北條は淡々と続ける。

「喧嘩、とかちゃうねんけど……おれら、今ちょっと気まずいねん」

「え？　おまえが？」

「なんやねん、その反応」

「……おまえが恋愛のことで悩むの、想像できない。いつも余裕そうだろ」

「いやー、全然。余裕なんてないけど」

そう言った横顔ですら、少しの隙もなく整っているから、あまり信用できない。こんな顔面を持って生まれてたら、俺の人生ももうちょっと違ってたのかな、などと僻みっぽいことを考えてしまう。

何があったのか訊くべきか悩んでいると、突然「あのー、すみません」と声をかけられた。

顔を上げると、ビキニ姿の見知らぬ女性二人組が、はにかんだように笑って立っている。

「よかったら、写真撮ってもらえませんか？」

「……あー、はい」

北條はスマホを受け取ると、何度かシャッターを押してやる。「これでいいですか？」とスマホを返すと、女性が甘えたような声で言った。

「私たち二人なんですけど、よかったら一緒に遊びませんか？」

俺はギョッとした。もしかして、これは……いわゆる逆ナン、というやつなのか……⁉

そんなもの、都市伝説レベルの事象だと思っていたのだが、実在していたのか。驚愕している俺とは裏腹に、北條は慣れているのか、「すみません。今、彼女と遊びに来てて」と笑顔で躱した。

「えー、そうなんだ。残念」

「もしかして、あのコたち？　すごい顔してこっち見てる」

女性が指差す方を見ると、須藤と七瀬がジト目でこちらを睨みつけていた。思わず背筋がぞくりとするような、絶対零度の視線だ。普段穏やかな七瀬があんな顔をしているところを、俺は初めて見た。たぶんここだけ、気温がちょっと低い。

「じゃあ、またねー」

女性たちは俺たちに手を振ると、さっさと立ち去っていった。それと入れ違いに、須藤と七瀬がこちらに歩いてくる。

「……相楽くん、今の女の人、誰……？　知り合い……？」

七瀬の瞳からはハイライトが消えており、声も一オクターブ低い。俺は慌てて、「いや、違う！」と言った。

「全然、知らない奴。てか、俺じゃなくて北條目当てだし……」

「ふぅん。それはそれは、相変わらずモテはりますなあ」

須藤がそう言って、口元に薄い笑みを浮かべた。突然の京都弁、怖すぎる。ぶぶ漬けでも出されるのか？　俺、そろそろ帰った方がいいか？

北條が須藤の顔を覗き込んで、「早希、怒ってる？」と尋ねる。須藤は頬を赤らめて、すぐにぷいっと視線を逸らした。

「ぜ、ぜんっぜん、怒ってませんけど？」

「いや、明らかキレてるやん……ごめん、おれのガードが甘かった」

「別に、謝ってほしいわけじゃ……」

「なー早希、こっち向いて」

北條がそう言って、須藤の手首を摑んで引く。すると、みるみるうちに真っ赤になった須藤が、北條の手を全力で振り払った。

「あ……」

そのとき、北條がほんの一瞬、傷ついたような表情を浮かべて——須藤は露骨に、しまった、という顔をした。

「……あ、あ、あ、あたし……ちょっと、頭冷やしてくる！」

須藤はそう言うと、北條に背を向けて、全速力で砂浜を駆け出していった。七瀬が慌てたように「さっちゃん、待って！」と言って、須藤のことを追いかけていく。

その場に残された北條は、困ったようにガシガシと頭を掻いている。怪訝そうな俺の視線に気付いたのか、唇の両端を上げて、小さく肩を竦めた。

「あんま、上手くいってねえの？」

「……うーん。最近わりと、こんな感じ」

「さっちゃん！」

わたしはビーチサンダルで砂浜をざくざくと踏みしめながら、さっちゃんのことを追いかけていた。

あそこまで取り乱したさっちゃんを見るのは、初めてのことだった。怒っているのは、そんなに珍しいことじゃないけれど。あんなに余裕のないさっちゃんを、わたしは知らない。

突然ぴたりと足を止めたさっちゃんは、頭を抱えて「うわあああ……」としゃがみこんだ。ようやく追いついたわたしは、「だ、大丈夫？」と声をかける。

「あああ……また、やってしもた……もう、あたしほんまに最低……」

打ちひしがれているさっちゃんの背中を、わたしはそっと撫でてあげる。それから、彼女を安心させるように笑いかけた。

「とりあえず、座ろう？」

わたしはさっちゃんの手を引いて立たせると、そばにあるベンチに並んで腰を下ろす。男の人二人組がニヤニヤしながら近寄ってきたけれど、さっちゃんが「なんか用？」と鋭く睨みつけると、すごすごと立ち去っていった。さっちゃんは、強い。

ようやく少し落ち着いたのか、さっちゃんは決まり悪そうに目を伏せた。

「……みっともないとこ見せて、ごめん」

「う、ううん！　全然！」

びっくりしたけれど、みっともない、なんて思わなかった。わたしは俯（うつむ）いているさっちゃんの顔を覗き込んで、尋ねる。

「さっちゃん、どうしたの？　急に、北條くんのこと突き飛ばすなんて……」

「……あたし、最近……博紀（ひろき）のこと、まともに見れんくて」

さっちゃんの言葉に、わたしは「どうして？」と首を傾げた。今まで、他の女の子がどれだけ北條くんにときめいていても、さっちゃんだけは冷めた目をしていたのに。

「あたし、こないだ旅行行ったたって言ったやん……？　……あたしも、ある程度覚悟決めて行ったんやけど。でも、土壇場になったら、めっちゃビビってしもて。押し倒された瞬間に、思いっきり博紀のこと投げ飛ばしてしもてん」

「な、投げ……？」

「高校のときに柔道の授業で習った、巴（ともえ）投げ」

さっちゃんが大真面目な顔で言うから、わたしは想像して思わず吹き出してしまった。いや、笑いごとじゃないのは、わかってるんだけど！

さっちゃんは必死の形相で、わたしの両肩を摑んで揺さぶってくる。

「いや、ちゃうねん！　別に、嫌とかじゃなくて！　こう、なんか相手がめっちゃ手練れすぎて引いてしまう……みたいなこと、あるやんなあ⁉」

「あ、あるのかなあ……？」

「めっちゃ謝ったけど、博紀は、したくないなら別にええよーって感じで。もうあたし、自分が情けなくて。意識しすぎて、全ッ然顔見れへんようになって……」

さっちゃんはそう言いながら、背中を丸めて縮こまる。

わたしはずっと、キラキラ女子にとっては恋愛なんて余裕で、器用にこなしてるんだと思ってた。でも、ほんとは違ってたんだ。さっちゃんも……わたしと同じように、苦しんだり悩んだりしてたんだ。

「……あたし。ほんまは、めっちゃ嫉妬深くてめんどくさい性格してんねん」

「え？」

「ハルコの前では、余裕ぶってたけど……全然、そんなことないし。毎日ヤキモチ妬いて、しょうもないことで不安になってばっかり」

……さっちゃんも、わたしと同じだったの？

わたしよりもずっと経験豊富で、余裕たっぷりに見えたさっちゃんが、わたしと同じような悩みを抱えていたなんて。わたしは驚いて、さっちゃんをまじまじと見つめる。

「わたし……さっちゃんと北條くんは、ずっと順調なんだと思ってた。旅行とか行って、わたしなんかより、ずっと進んでるんだろうなあ、って……」

「……ごめん。あたし、ハルコにいいカッコしたくて、余裕なふりしてた……」

さっちゃんは下を向いたまま、ボソボソと続ける。

「実際、いうて全然経験豊富ちゃうし。嫉妬ばっかりして可愛くないし。あたし、このままやとハルコにまで愛想尽かされるかも……」

さっちゃんはそう言って、今にも泣き出しそうな顔で膝を抱えた。いつもはわたしが弱音を吐いて、励まされてばかりだけど、今日ばかりは逆だ。

わたしは落ち込んでいるさっちゃんに、思い切り抱きついた。さっちゃんは「うわっ」と戸惑いつつも、わたしを受け止めてくれる。

「な、何⁉　急に、どしたん？」

「さっちゃんは、可愛いよ！」

「へ？」

「わたしがさっちゃんに愛想尽かすなんてこと、絶対、ないから！　わたし、そういうめんどくさいさっちゃんのことも、大好きだよ！」

わたしの渾身の慰めの言葉に、さっちゃんはぱちぱちと瞬きをしている。わたしはぎゅうっと、彼女を抱きしめる腕に力をこめた。

「……さっちゃんは、わたしの素顔知ったときも……そういうところもわたしだよ、って受け入れてくれたじゃない？」

「……うん」

「同じだよ。わたしね、余裕がなくても、嫉妬深くても、めんどくさくても……そういう、さっちゃんが好き。たぶん北條くんも、同じだと思うな」

さっちゃんはしばらく黙っていたけれど、やがて、そっとわたしを抱きしめ返してくれた。

「……ありがと、ハルコ」

そう囁いたさっちゃんは、わたしが憧れていたような、百戦錬磨のキラキラ美女ではなかったけれど。それでも、とっても可愛くてめんどくさい、恋する女の子だと思った。

「と、巴投げ⁉　ヤバい、ウケる」

木南はそう言って、「ギャハハハ！」と下品な笑い声をたてた。さすがに気分を害したらしい北條が、木南のことを睨みつける。

「なんでやねん、お茶目やろが」

「いやいや、巴投げをお茶目で片付けられるおまえがすげーわ！　須藤強ええ！」

木南はよほどツボにハマったのか、腹を抱えてヒーヒー笑い転げている。

須藤と七瀬がいなくなった後、木南が北條から大体の事情を聞き出していた。簡単に言うと、旅行に行ったときに押し倒したら全力で拒否られ、それ以来ずっと避けられていて、非常に気まずい……ということらしい。

俺は心の底から、北條に同情した。俺が北條の立場だったら、ショックのあまり舌嚙み切って死ぬ。こいつも、いろいろ大変なんだな……。

俺の生温かい視線に気付いたのか、北條が「なんやねん、その憐れみの表情は」と不服そうに腕組みをした。

「いや、気の毒だなと思って……」

「そーいや、博紀も相楽も両方彼女とヤれてないじゃん」

「一緒にすんなや。おれは相楽と違って、童貞ちゃうし」

「なっ！　お、俺は別に、北條と違って、拒否られてるわけじゃねえし……」

そこで俺は、このあいだ七瀬に押し倒されたときのことを、はたと思い出した。あのときの俺は七瀬からの誘いを断ったが、まさか拒絶したと思われてはいないだろうか。いや、違う。俺の場合は、そんなつもりじゃなかったんだ。

顔面蒼白になっている俺を見て、北條は「この話、やめよか」と小さく呟いた。お互い、深掘りしても利がないと気付いたのかもしれない。

「しかし須藤って、意外とめんどくさい女だったりする?」

「意外もなにも、須藤はもともとめんどくさいだろ」

須藤は北條からのアプローチをはぐらかし続け、イケメンと付き合うのは面倒だと言いつつ、北條が他の奴と付き合うのは嫌だとのたまっていた。要するに、俺と似たようなタイプの、面倒な女なのである。それを本人に指摘すると、烈火のごとく怒るだろうか。

木南はうんうんと頷きながら、ポンと北條の肩を叩いた。

「おまえも、結構苦労してたんだな! 完璧イケメンにも弱点があって、安心したわ!」

「別に、苦労なんかしてへん。ああいうめんどくさいとこが可愛いんやろ、早希は」

ふてくされたような顔をしている北條を見て、俺も正直安心した。こいつは完全無欠のアンドロイドではなく、血の通った人間だったのだ。

「あ。須藤と七瀬、戻ってきた」

木南が指差す方を見ると、七瀬と須藤が歩いていた。須藤は七瀬の背中に隠れて(須藤の方が背が高いから、隠れられていないのだが)、気まずそうな表情を浮かべている。

俺たちの前でぴたりと足を止めると、七瀬が「さっちゃん、ほら」と促した。

「……博紀。さっきは、ごめん」

今までに見たことがないぐらいに憔悴しきった須藤が、ぺこっと頭を下げて謝罪する。こんなにしおらしい須藤が見られるなんて、明日は雪でも降るんじゃないか。

北條は「いーよ、別に」と余裕の笑みを見せた。さっきまで露骨にふてくされていたくせに、須藤の前では微塵もそんな様子を見せない。あいだに挟まれた七瀬は、何故だか嬉しそうにニコニコしていた。

「ほら、さっちゃん！　北條くんと二人で、ちょっとお話ししてきたら？」

「え……え⁉　ちょ、ハ、ハルコ」

「七瀬、助かる。ほな、早希のこと借りてくわー」

北條は「行こ」と須藤の手を引いて、スタスタと歩いていく。須藤は動揺して口をぱくぱくさせていたが、諦めたように、おとなしく北條についていった。

「……やっぱりあいつ、結構余裕ないな」

「まあ、なんやかんやで相性良いんじゃねーの」

「うんうん！　あの二人、すっごくお似合いだよね！」

そのとき、腕に巻いたスマートウォッチを確認した木南が、「あ」と声をあげた。

「ごめん、オレちょっと抜けるー」

「は？　どこ行くんだ？」

「さっきＬＩＮＥ聞いた女の子、今から来てほしいって！　いやー、やっぱ夏の恋は現地調達に限るな！」

木南は「また連絡するわ！　上手くいったら戻ってこないから、先帰って！」と言って、浮かれた様子で歩いていった。軽薄な男の後ろ姿を睨みつけながら、やっぱ恋愛って人それぞれだな、と溜め息をつく。

木南がいなくなると、俺と七瀬は二人きりになった。七瀬がおずおずと尋ねてくる。

「……ここ、座ってもいい？」

俺が頷くと、隣に腰を下ろした七瀬が、「ありがとう」と笑みを向けてくれる。

夕方の琵琶湖は、昼間よりも少し静かになって、そろそろ帰り支度を始めようとする人の姿も見える。手を繋いで仲睦まじげに湖岸を歩くカップルの姿を眺めながら、ああいう順調そうなカップルにもいろいろ悩みがあるんだろうな、などと考える。

恋人だったらこうあるべきとか、こうしなきゃとか、考えたって意味はない。完璧に見える北條でさえ、めんどくさい恋人に振り回されて、右往左往している。結局、恋人関係のマニュアルなんてものは、どこにも存在しないのだ。

……それならば、俺が上手くいかないのも当然である。

夕焼けの色を映した湖面は、オレンジ色に輝いてゆらめいている。ロマンチックなシチュエーションで、恋人と二人っきり。〝素敵な彼氏〟だったら、抱き寄せてキスのひとつでもするのかな——などという考えが、一瞬だけ頭をよぎったが、俺は七瀬の手に、自分の手を重ねるだけに留めた。

「……なあ、七瀬。こないだの、ことだけど……」

「こないだ、って？」

「えっと、七瀬が……酔っ払った、日のこと」

俺がボソボソ言うと、七瀬の頬がかあっと赤くなった。

「あ、あの日のことは、わ、忘れて……！」

耐え切れないとばかりに、両手で頬を覆って首を横に振っている。どうやら彼女にとっては、思い出したくない記憶らしい。

「……ひとつ、言っときたいんだけど。俺あのとき、七瀬のこと拒否ったわけじゃなくて……無理したくなかったし、させたくなかった、っていうか」

「……無理？」

俺は言葉を選びながら、ゆっくりと続ける。

「俺たち、なんかお互い……頑張ろうとしすぎて、空回ってる気がする」

顔を隠すのをやめた七瀬は、膝を抱える。綺麗に色づいた足の爪を見つめながら、言った。

「でも……普通は、するものなんだよね？　付き合ってるんだから」

……七瀬はきっと、恋人ならこうしなければならない、という正解を求めて、それに囚われているのかもしれない。そして、正解にこだわっていたのは、俺も同じだ。世間一般的な〝素敵な彼氏〟になろうとするあまり、大事なことを忘れていた。

俺は北條にはなれないし、なる必要だってないのだ。だって七瀬が好きなのは北條じゃなくて、俺なんだから。俺が好きなのも他の誰でもない、七瀬晴子(はるこ)だ。これからも何度もすれ違って、二人なりの正解を見つけていけばいい。

「普通って、なんだよ。別にそんなの、どうだっていいよ」

「……え……」

「そもそも、付き合ってるからこうしなきゃ、みたいな正解なんて、たぶんないんだよ。北條と須藤ですら、あんな感じなんだから……別に、俺らが無理することないと思う」

「……たしかに……そう、かも」

俺の肩に、そっと頭をもたせかけてくる。少し濡れた栗(くり)色の髪からは、ふわりと甘い香りが漂ってくる。触れ合った腕は、俺のものよりもやや冷たい。

「相楽くんの、言う通り……わたし、ちょっと無理してた、かも」

「そうだな」

「わたしたちは、わたしたちのペースで……いいんだよね」

七瀬がそう言って、ふにゃっと微笑んだ。彼女のそういう、取り繕っていない自然な笑顔が、俺は一番好きなのだ。

第五章　義妹、襲来

usotsuki lip
ha koi de kuzureru.

八月十六日。京都では、〝五山の送り火〟と呼ばれる伝統行事が執り行われる。

お盆の終わりに死者の霊をあの世へと送り届けるべく、五つの山に火が灯(とも)されるのだ。俺(おれ)たちの住むアパートのすぐ近くからは、〝左大文字〟と呼ばれる火が見える。

「わーっ、すごいねえ」

西大路通り沿いの歩道で、俺たちは山に灯された〝大〟の字を並んで見ていた。七瀬(ななせ)から「一緒に見に行こうよ」と誘われ、部屋着のTシャツと短パン姿のまま、ここまで歩いてきたのだ。周囲には俺たちと同じように、山を眺めている人間が大勢いる。

暗闇(くらやみ)に浮かび上がる炎を見つめながら、ぼんやりと、俺が小さい頃に亡くなった祖母に想(おも)いを馳(は)せてみる。あんまり覚えてないけど、結構優しかったな……などと考えていると、七瀬がこちらを見上げて、ニコッと微笑んだ。

「去年見れなかったから、見れてよかった」

そういえば去年の今頃(いまごろ)、七瀬は実家に帰省していたっけ。不思議に思って、俺は尋ねた。

「おまえ、今年は実家帰らねえの」

「うーん、九月の連休に帰ろうかなあ……相楽くんは？」

「……俺は、いいや」

実家には義父と義妹もいるし、積極的に帰省する気にはなれなかった。母からは［帰ってこないの？］というメッセージが届いていたが、［バイトと勉強で忙しいから］と返信している。高速バスでも片道二時間程度だし、帰ろうと思えばいつでも帰れるのだから、母は俺の言い訳に気付いているのかもしれない。

七瀬は「そっか」と言って、それ以上は追及してこなかった。

「そろそろ、戻ろっか！」

二人で肩を並べて、アパートへの道を歩いていく。大文字が見える大通り沿いは人が多かったが、一筋道を逸れると、俺たち以外の誰もいない。遠くに聞こえるざわめきが、なんだか別世界のように感じられる。夏の夜は空がほの明るく、白っぽい紺色の中に、やけに明るい星がひとつ輝いていた。

七瀬の手が、俺の手に軽く触れる。そのまま、ぎこちなく手を握られた。驚いてそちらを見ると、彼女は照れ笑いを浮かべている。俺もゆるく、その手を握り返した。

……なんか、今……自然にイチャイチャできてる気がする……。

お互い、〝理想の恋人同士〟に囚われる必要なんてない。俺たちは俺たちのペースでやっていけばいい。そう考えると、なんだか肩の荷が下りたような気がした。手を繋いだまま、アパートまでの短い距離を歩いていく。

部屋の前まで来たところで、七瀬がぴたりと足を止めた。こちらを窺うように、上目遣いで見つめてくる。

「……創平くん」

七瀬はごく自然に、俺の名前を呼んだ。もうずっと前から、そう呼んでたみたいに。

そのままつま先立ちになって、そっと顔を近付けてくる。あっと思う間もなく、彼女の唇が、俺の唇と軽く重なった。

「――……!?」

「……じゃ、じゃあね！　おやすみなさい！」

自分でしておいて照れたのか、耳まで真っ赤になった七瀬は、自分の部屋へと入っていく。

その場に残された俺は、未だ熱を残す唇に触れて、茫然と立ち尽くしていた。

……え？　今の……どういうこと？

あまりにも積極的な行動に、喜びと同時に戸惑いの感情が湧き上がってくる。

自分たちのペースでやっていこう、とは言ったけれど……俺のペースと七瀬のペースは、果たして同じなのだろうか。

わたしはキッチンで鼻歌を歌いながら、餃子をせっせと包んでいた。その隣では創平くんが、「あれ？」と眉を寄せながら、餃子の皮と格闘している。

いつもはわたしが晩ごはんを作っているけれど、たまには一緒に作ろう、ということになり、今日は二人で餃子を作ることにした。

一人でするとなかなか大変な作業も、二人だととっても楽しい。狭いキッチンは、二人で立つと窮屈だけど、それはそれで、彼にくっつけて嬉しくもある。ちょっぴり不器用な創平くんは、歪な見た目の餃子を量産しては、「餃子の才能がない」と嘆いていた。

「創平くんの餃子、可愛いね」

「……七瀬が作ったやつと全然違うんだけど。それ、どーすんの？」

「こうやって、こっち側に折り畳んでいくんだよ」

創平くんの手を取って、「こうやって、こう」とレクチャーしてあげる。やけに真剣な表情で餃子を見つめる横顔が可愛くて、わたしの胸はきゅんと高鳴った。恋人と一緒に餃子を作るのが楽しい、というのは、新たな発見だ。

二人で包んだ餃子を焼いて、「いただきます！」と手を合わせて食べる。創平くんの作った餃子は、破裂して中身が飛び出していた。歪な餃子をお箸で掴んだわたしに、彼は申し訳なさそうな表情を浮かべる。

「いや、七瀬は自分で包んだやつ食えよ。俺が責任持って食うから」

「なんで？　わたし、創平くんが包んだやつ食べたい！」

折り目がガタガタになっている餃子は、自分が包んだお行儀のいい餃子よりも、ずっと美味しく感じられる。

「創平くんの餃子、美味しいよ」

わたしが言うと、彼はちょっと照れたような顔で、「物好きな奴……」と呟いた。

完璧じゃなくても、歪でも。創平くんが与えてくれるものなら、わたしはきっと何でも嬉しい。……それはきっと、餃子に限ったことじゃなくて。


後片付けを終えた後、わたしはベッドの上に座った。所在なさげに立ち竦んでいる創平くんに向かって、笑いかける。

「隣、座ってほしいな」

創平くんは少し躊躇いつつも、わたしの隣に座ってくれた。ギシリ、とパイプベッドが軋む音がする。このベッド、安物だけど……二人分の体重ぐらいは、支えられるよね？

わたしは創平くんの方に体重をかけて、そっともたれかかった。彼はちょっと困ったように、目を泳がせる。そのまま彼の手に、自分の手をそうっと重ねた。

……恋人同士にしかできないことって、想像していたよりもたくさんある。

義務感に囚われなくても、他の人と比べて焦(あせ)らなくても。自分たちのペースでもいいんだって言われたときに、わたしは改めて思った。

わたしはやっぱり、相楽くんともっと、深い関係になりたい。

他の人とは、したいと思わない。相手が創平くんだから、ちょっと怖いけど……してみたい。

彼女としての、義務感とかじゃなくて……わたしが創平くんと、したいと思うから。

しかし彼は、わたしの手をやんわりと跳ね除(の)けると、ベッドから立ち上がった。

「ごめん。俺、明日朝からバイトだから、帰るな」

わたしは名残惜しく思いつつも、「うん」と頷(うなず)く。

「おやすみなさい」

「おやすみ」

最後にキスでもしてくれないかな、と思ったけれど、創平くんは靴を履(は)いて、そのまま部屋を出て行った。バタンと扉が閉まるのを見届けた後、わたしは一人、ベッドの上に倒れ込む。

もしかして、またわたし一人で先走っているんだろうか。創平くんの言ってた、恋人同士にしかできないことって、まだまだたくさんあるはずなのに……。

最近、七瀬がやけに積極的だ。

「創平くん、美味しい？」

七瀬は頬杖をついて、ニコニコしながら俺を見つめていた。具材がたっぷり入った炊き込みご飯を頬張り、「美味い」と答える。

晩飯を食べ終え、後片付けを終えると、七瀬が俺の手を引いてベッドに座らせた。Tシャツ越しに身体が密着して、動揺する。

琵琶湖から帰ってきてから、ずっとこうだ。二人きりになると、七瀬はやけに距離が近く、ベッドの上で甘えてきたりくっついてきたり、時にはキスをしてきたりする。あまりの攻撃力の高さに、そろそろ心臓が持たない。

「今日も暑いね」

……暑いなら、なんでそんなにくっついてくるんだよ。離れてほしいわけじゃないから、口に出しては言わねえけど……。

「熱帯夜になるらしいから、エアコンつけて寝た方がいいよ！　熱中症になっちゃう」

「……そっか。でも、電気代がなー……」

去年のように痩せ我慢をすることはなくなったが、エアコンを酷使すると電気代が痛い。なんとか節約する方法は、ないだろうか。

俺が悩んでいると、七瀬がおずおずと提案してきた。

「えーと、じゃあ……今日、わ、わたしの部屋で、一緒に寝る……？」

「……な……な、何言ってんの!?」

俺は思わず、裏返った声で叫ぶ。七瀬は頬を染めて、俺のTシャツの裾をぎゅっと握った。

……七瀬にとって無理のない〝自分のペース〟とは、こういうことなのかもしれない。そういえば彼女は、一度決めたことに関しては猪突猛進だった。「相楽くんに対して全力になるね！」とは言っていたが、こういうことだったのか……。

「そ、それはさすがに、だ、駄目だろ」

「な、何がダメなの？　一緒に寝たら、お得だよ。電気代も、一部屋ぶんで済むし。わたしが朝起こしてあげるから、寝坊もしないし。え、えーと、それから……」

七瀬は両手を広げて、恥ずかしそうに言った。

「い、いっぱい、ぎゅってできるよ……？」

……それはだいぶ、お得だな。

そんなことを真剣に考えてしまって、はっとした。著しく、ＩＱが下がっている。

さすがの俺も、彼女と同じベッドで寝たときに、何もせずにはいられない、と思う。七瀬だって、そのあたりのことはわかったうえで、言っているのだろう。

俺だって、したくないわけじゃない。けど……ほんとに、いいのか？

身体の関係を持つということは、それなりの責任が伴うことである。軽い気持ちで手を出すことなど、あってはならない。せめてもう少し、七瀬に相応しい男になってから、そういうことをするべきなんじゃないか？

ぐるぐると、思考が頭を駆け巡る。頭の中でさまざまな感情が争いを繰り広げた結果、勝利したのは臆病な理性だった。

「あ、あのさ。七瀬……俺、そういうのは……」

七瀬の身体を引き剝がそうと肩を摑んだ、その瞬間。テーブルの上に置いていた、俺のスマホが鳴った。

俺は弾かれたようにベッドから立ち上がり、スマホを摑む。着信画面には［母］と表示されている。こんなときになんだよ、と思ったが、心のどこかで安堵もしていた。

「で、出てもいいよ」

七瀬が言ったので、「ごめん」と断ってから、電話に出た。

「……もしもし？」

「あ、創平。ご、ごめんね突然」

なんだかやけに、慌てた声だった。俺は不安に駆られながらも、つとめて冷静に「なんかあった？」と尋ねる。

「……実は、一花ちゃんが、まだ家に帰って来てなくて」

「え？　あいつが？」

「ないとは、思うけど……創平のところに、行ってないわよね？」

　母の問いに、俺は「来てない」と答える。母は早口で「そう、そうよね」と言った。

「連絡つかないから、心配で。今まで、こんなことなかったのに……たぶん、塾の帰りに、友達と遊んでるんだと思うけど……」

　母は自分に言い聞かせるように、早口で捲し立てる。俺は母を落ち着かせるように、「大丈夫だよ」と言った。

「まだ二十一時だし、ちょっと遅くなってるだけだろ」

「うん、そうよね。急に、ごめんね。じゃあ、また」

　母はそう言って、電話を切った。ツーッ、ツーッという電子音が冷たく響く。

「……？　相楽くん、どうかした？」

　ただならぬ雰囲気が伝わったのか、七瀬が不安げに尋ねてきた。俺は「実は」と口を開く。

「……義妹が、家に帰って来てないって、母親から電話かかってきて」

「えっ⁉　そ、そんな、大丈夫かな……心配だね。わたし、ＬＩＮＥしてみるよ」

「悪い。頼んだ」

　七瀬を巻き込むのは気が引けたが、俺は一花の連絡先を知らないため、連絡のしようがないのだ。こんなことなら、ＬＩＮＥぐらい訊いておくべきだったか……。

「……あっ！」

そのとき、スマホを手に取った七瀬が声をあげた。慌てたように、俺のTシャツの裾を引く。

「さ、相楽くん。わたしあてに、一花ちゃんから連絡来てた」

「は⁉」

「『京都に来てるんですけど、今から会えませんか？』って……」

……あの野郎。この期に及んで、七瀬を巻き込むつもりか。

七瀬が「わたし、電話してみるよ」と言って、スマホを耳に当てる。

「あっ、一花ちゃん？　晴子です」

どうやらすぐに、一花が出たらしい。

「……大丈夫？　今、どこにいるの？　……うん、わかった。じゃあ、今から行くね」

七瀬は電話を切ると、「一花ちゃん、京都駅にいるんだって」と眉を下げた。

「わたし、今から行ってくるね」

「俺も行く」

俺の義妹のことを、七瀬一人に任せておくわけにはいかない。もし一花が、家にいることに耐えかねて家出してきたのだとしたら――その責任の一端は、俺にもあるのだ。

七瀬は「じゃあ、一緒に行こう」と言って、立ち上がった。

京都駅の北、烏丸通り側には、京都タワーがそびえたっている。いや、実際のところ、そびえたっている、というほど高いわけではない。スカイツリーだか東京タワーだかに比べたら半分以下だし、名古屋のテレビ塔よりもさらに低い。とはいえ、建物の高さ制限がある京都の街にあると、結構目立つものだ。

そんな京都タワーのふもとにあるファストフード店に、一花はいた。窓際のカウンター席で、スマホを充電しながら、オレンジジュースを飲んでいる。相変わらずの派手な化粧に、臍(へそ)の出る丈のTシャツと、デニムのショートパンツ。荷物は、大きめの黒いリュックがひとつ。若者がたむろする深夜のファストフード店に、彼女は違和感なく馴染(なじ)んでいる。

「一花ちゃん」

七瀬が名前を呼ぶと、一花がこちらを見て、不思議そうに首を傾(かし)げた。しばらくまじまじと見つめた後、隣にいる俺に気付いて「あっ」と目を見開く。

「そ、創平くんがいる……ってことは、ハルコさん？」

そういえば、今の七瀬はすっぴんに眼鏡(めがね)姿で、顔の半分をマスクで覆(おお)っている。普段ならば絶対にすっぴんで外に出たがらない七瀬が、一花のために化粧もせずに来てくれるとは。やはり彼女は、優しい人間なのだ。

俺は一花に向かって、単刀直入に尋ねた。

「おまえ……急に、どうしたんだよ。親と喧嘩(けんか)でもしたのか？」

一花は無言のまま、オレンジジュースのストローを咥(くわ)える。もう中身はほとんど残っていないらしく、ずずず、という音がした。

「母さんが、帰って来ないって心配してたぞ」

「あたし、紙ストロー苦手なんだよねー」

「あのなあ、人の話……」

「ねえ、一花ちゃん。……大丈夫なの？」

七瀬はそう言って、一花の顔を覗き込む。その声からは、一花への気遣いが滲んでいた。

七瀬にチラリと視線を向けた一花は、申し訳なさそうに目を伏せる。

「……別に、喧嘩とかじゃないです。家に、いたくなかっただけ」

一花は多くを語らなかったが、それでも気持ちは痛いほど伝わってきた。忘れかけていた過去の記憶が――自分の居場所がどこにもないと感じたときの、息が詰まりそうな感覚が蘇ってきて、胸の奥がひりひりと痛む。

彼女がわざわざ、何度も俺のところに足を運んできたのは、地元に居場所がなかったからなのかもしれない。友達とか、他に頼れる人間がいなくて――それで、どうしようもなくなって、ここまでやって来たのだろうか。

「ねえ、あたし……やっぱり、帰らなきゃダメかな？」

一花が縋るように、七瀬の服の裾を摑む。

家族とのあいだには、きっと彼女にしかわからない、わだかまりがあるのだろう。その気持ちを否定することは、俺にはできないし、したくない。

……でも……うちに泊めるわけには、いかないよな。

いくら義妹といえど、実際には血の繋がりもない女子高生だ。絶対に何も起こらないと誓って言えるが、同じ部屋で一夜を共にするのは、さすがにまずいだろう。

俺が悩んでいると、七瀬が優しい声で「一花ちゃん」と名前を呼んだ。一花の両手をぎゅっと握りしめて、まっすぐに彼女の瞳を見つめながら言う。

「しばらく、うちに泊まればいいよ。高校も、もう夏休みでしょ？」

「えっ……」

一花が、驚いたように目を丸くした。それから、こわごわ尋ねてくる。

「でも……しばらくって、いつまで？」

「一花ちゃんの、気が済むまで！　お隣には、相楽くんも住んでるし……もし言いにくかったら、わたしからご両親に説明するよ。ね、いいよね？　相楽くん」

七瀬は俺の方を見て、ニコッと微笑んだ。

俺の家族のことで、七瀬に迷惑はかけたくない。それでも、俺は――一花のことを、そのまま帰す気にもなれなかった。

「……とりあえず、母さんに連絡する」

俺はスマホを取り出し、母に電話をかけた。一花は不安そうに、こちらを見上げている。

「もしもし、創平？　もしかして、一花ちゃんと連絡ついたの？」

母はスマホを持って待ち構えていたのか、ワンコールですぐに電話に出た。俺はつっかえながらも、不自然に聞こえないように、状況を説明する。

「えっと……なんか、友達に会いに、京都に来てたみたいで。今、目の前にいる。連絡忘れててごめん、って」

「えっ……」

電話の向こうで、母が絶句した。俺はまるで言い訳でもするかのように、早口で続ける。

「こないだのオープンキャンパスで、友達ができたらしい。その……俺も知り合いなんだけど、全然変な奴じゃないから」

「……本当に？　怪しい人じゃ、ないのよね？」

怪訝そうな母の声に、俺は慌てて言い募る。

「いや、全然！　同じゼミの女子で、えっと……俺の……」

どう説明していいものかと困っていると、七瀬が「代わるよ」と言って、手を差し出してきた。躊躇いつつも、彼女にスマホを手渡す。

「……もしもし、一花さんのお母さまですか？　わたし、立誠寛大学の七瀬晴子と申します。……ええ、創平さんの同級生で、偶然、お隣に住んでるんです」

七瀬はすらすらと、よどみなく挨拶をしている。凛とした声も話し方も、真面目な優等生そのものだ。

「先日、一花さんがこちらにいらっしゃったときに、仲良くなって……それで、しばらく一花さんをお預かりさせていただけないかな、と……はい、創平さんも、すぐお隣にいますから。よろしくお願いします！」

丁寧にお辞儀をした後、七瀬がスマホを返してきた。再びスマホを耳に当てると、「しっかりしたお嬢さんね」という声が聞こえてくる。母が七瀬に対して好印象を抱いたことが、嬉しかった。

「……ひとまず、状況はわかったわ。お父さんには、私から伝えておくから」

母の声からは、どこか納得していないような雰囲気が漂ってきたが、それ以上は追及してこなかった。思春期の義娘との衝突を、極力避けようとしているのが感じられる。

「……それから、創平」

「なに？」

「さっきの七瀬さんって、もしかして創平の……」

ギクリとしたが、母はそこで言葉を切った。俺が何も言えずにいると、「やっぱり、なんでもないわ」と諦めたように言う。

「また、連絡する。じゃあな」

「ええ……一花ちゃんのこと、よろしくね」

母はそう言って、電話を切った。

俺は不安げな表情を浮かべている一花に向かって、言った。

「……気が済んだら、すぐに帰れよ」

俺の言葉に、一花は安堵したように、頰を緩める。それから消え入りそうに小さな声で「……ありがと」と呟いた。

わたしたちは京都駅から最終のバスに乗って、アパートへと帰ってきた。部屋の前で、相楽くんが深々と頭を下げる。

「……ごめん、七瀬。悪いけど、そいつのこと頼む。俺、この後バイトだから……」

「うん、任せて！」

相楽くんは後ろ髪を引かれながらも、自分の部屋へと戻っていった。

一花ちゃんを部屋に迎え入れると、彼女は仏頂面のまま、落ち着きなく視線を彷徨(さまよ)わせた。

もしかすると、少し緊張しているのかもしれない。

「一花ちゃん、とりあえずお風呂(ふろ)入ってきなよ！　バスタオルとか用意しとくね！」

わたしはそう言って、一花ちゃんをバスルームに押し込む。ほどなくして、シャワーの音が聞こえてきた。

一人になった後、わたしは手早くテーブルの上を片付けて、ベッドメイキングをする。日頃からこまめに掃除と洗濯はしているし、ちょっと狭いけど問題はないだろう。

……一花ちゃんは、どうしてここに来たのかな。

——ねえ、あたし……やっぱり、帰らなきゃダメかな？

そう言った一花ちゃんの姿が、かつての相楽くんの姿に重なった。家に帰りたくないと、頑なに心を閉ざしていた、少し前の相楽くん。おせっかいかも、しれないけど——わたしはそのとき、彼女をほうっておけない、と感じたのだ。

彼女のお父さんが、相楽くんのお母さんと再婚して。今は、三人で暮らしているのだという。そのあたりの詳しい事情を、わたしは知らないけれど——きっと相楽くんも一花ちゃんも、わたしには想像できないような感情を抱えているのだろう。

……創平くんも、未だに家族に対して、ぎこちないみたいだし……。

「……あの。お風呂、ありがとうございます」

そのとき、一花ちゃんがバスルームから出てきた。化粧を落としたすっぴんは、かなり幼くて、素朴な印象を受ける（わたしに言われたくないだろうけど）。

「ううん、気にしないで」

「迷惑かけちゃって、ごめんなさい」

一花ちゃんはそう言って、しょんぼりと俯く。すっぴんの彼女は、さっきまでよりしおらしくなっていた。化粧を落とすと弱気になってしまう気持ちは、わたしにもよくわかる。

「迷惑だなんて、全然思ってないよ！　あっ、化粧水とか遠慮なく使っていいからね！　この美容液、すっごくおすすめ！　ドライヤーはこれ」

スキンケア用品とドライヤーを手渡すと、一花ちゃんは「ありがとうございます」と微笑む。

「……ハルコさん、マジで優しいですよね。美人で性格も良いって、完璧すぎる……」

「えっ。そ、そんなことないよ。わたしのすっぴん、こんなだし……」

仕方ないことだけど、一花ちゃんに素顔を晒してしまった。せっかく褒めてくれたのに、がっかりさせたんじゃないかな……。

落ち込んでいるわたしに、一花ちゃんはキョトンと瞬きをしている。それから「こんな、って？」と不思議そうに首を傾げた。わたしは俯きがちに、顔を隠そうとする。

「わたし、すっぴん地味だから、あんまり人に見せたくなくて……」

「へ、そーなんですか？　でも、たしかにメイク後とは全然違うかも。化粧のテクすごっ。今後、やり方教えてください！」

「……う、うん！」

あっけらかんと言った一花ちゃんに、わたしはようやく顔を上げることができた。くだらないことを気にしていた自分が情けなくて、一花ちゃんにも申し訳ない気持ちになる。

　二人でベッドに潜り込んだ頃には、夜中の零時を回っていた。わたしは電気を消して、一花ちゃんに話しかける。

「狭い？　暑かったら、エアコンの温度下げるから言ってね」

「ん、大丈夫です……」

「明日の朝、ラジオ体操行くつもりなんだけど……一花ちゃんも一緒にどう？」

「ラジオ体操？　マジで？」

　一花ちゃんはおかしそうに吹き出した後、「一緒に行きます」と言ってくれた。

「じゃあ、おやすみ」

「おやすみなさい」

　出逢ってまだ間もない女の子と並んで眠るなんて、なんだか変な感じだ。シングルベッドだから、かなり距離が近い。まさか創平くんより先に、創平くんの義妹と一緒に寝ることになるなんて……。

　今になって思えば、一緒に寝ようよ、と誘ったのはやりすぎだったかもしれない。創平くんは、目に見えて戸惑っていた。

　……創平くんって……わたしとそういうこと、するつもりないのかな……？

　わたしの周りにいる女の子（つぐみちゃんや奈美ちゃんだ）からは、彼氏がすぐにやりたがって困るとか、そんな話ばっかり聞くけれど。創平くんは、あまり積極的ではないみたいだ。

でも、自分たちのペースでやっていこう、って話したばっかりだし……あんまり無理強いするのも、よくないよね。

わたしはモヤモヤを振り払うように、目を閉じて眠りについた。

一花がやって来た、翌朝。

俺は深夜零時から朝の七時まで、バイトだった。空に輝く太陽が、夜勤明けの目に眩しい。

眠い目をしょぼしょぼさせ、うるさい蟬（せみ）の声を聞きながら、アパートへの道を歩いていく。

そのとき、公園から軽快なラジオ体操の音楽が流れてきた。

朝っぱらから元気なことで、と思いながらふと目をやると、小学生や近所の老人に交じって、眩いばかりのキラキラ美女が体操をしている。首からスタンプカードを下げ、誰よりも全力で両手を振り、身体を伸ばし、その場でぴょんぴょん飛び跳ねているのは、七瀬だった。

音楽が止まるのと同時に、七瀬が俺に気が付く。視線がかち合うなり、ぱあっと表情を輝かせた。その笑顔も、夜勤明けには眩（まぶ）しすぎる……。

「おはよう、相楽くん！」

「ああ、おはよ……」

よく見ると、隣には一花もいた。眠そうに目を擦り、ふああ、と大きな欠伸をしている。

「……おまえ、ラジオ体操やってんの？」

「うん！　去年の夏休みも、毎朝参加してたの。お休みだとつい寝坊しちゃうし、運動不足にもなっちゃうから」

なるほど。健全な魂は健全な肉体に宿る、ということだろうか。やはり彼女の本質は真面目である。それにしても、こんな美人のおねえさんがラジオ体操に来ていたら、俺が小学生ならいくらでも早起きするぞ。

「カードにスタンプ押してもらってくるね！」

七瀬がそう言って、その場から離れた。残されたのは、俺と一花だけだ。

一花まで七瀬と共にラジオ体操に参加するとは、意外と付き合いが良いらしい。ばっちり化粧をしている七瀬とは違い、彼女は素朴なすっぴんだった。

「……おまえも早起きだな」

「ん、眠いけど……いっつも、家で早起きしてるよ。毎朝六時に起きて、お弁当と朝ごはん作るの。お母さんに任せっきりじゃ申し訳ないし」

「へえ……」

それは、立派な心がけだ。本当に、家では真面目なイイコをやっているのだろう。そのストレスが積もり積もって、家を飛び出してしまったのだろうか。

「……」

早々に、話題が途切れてしまった。なんで家出してきたんだ、と尋ねようかと思ったが、また気分を害してしまうだろうか。思えば俺は、一花のことを怒らせてばかりだ。彼女はつまらなさそうな顔で、くるくると毛先を弄っている。

……自分のことを嫌っている女子高校生相手に、一体何を話せばいいんだ。

「今日はカニのスタンプだった！　コンプリートしたいな！」

そのとき、カードにスタンプを押してもらった七瀬が戻ってきて、ホッとした。彼女はいつも、些細なことでも楽しそうにしていて、場の空気を和ませる魅力がある。そういうところも、彼女のいいところだと思う。

七瀬たちと共にマンションに戻ってきた俺は、自分の部屋に戻ると、シャワーを浴びてから眠りについた。

しばらく泥のように眠っていたが、枕元のスマホが鳴る音で目を覚ました。ノロノロと手を伸ばして、ディスプレイを確認すると、着信画面に［母］と表示されている。

俺はまだ半分夢うつつの状態で、受話ボタンをタップした。

「はい……」

「あ、創平？　もしかして、まだ寝てたの？　もう昼過ぎよ」

「朝までバイトだったんだよ……」

俺はそう答えて、大きな欠伸をした。身体を起こすと、「何か用？」と尋ねる。

「……一花ちゃんは、元気にしてる？」

どうやら、一花のことが気になっていたらしい。体調を確認したわけではないが、朝からラジオ体操に行くぐらいだから、きっと元気なのだろう。

「ああ、うん。たぶん」

母は心底安心したように「よかった」と答える。

どうやら母は、一花のことを本気で心配しているようだ。喧嘩をしたとか、そういうわけではなさそうだが……一体、何があったのだろうか。

「あいつ……一花って、家でどんな感じ？」

「え？　とってもイイコよ。明るくて、愛想も良いし。血の繋がらない継母なんて、煩わしいと思って当然なのにね……」

そう言った母の声には、やや卑屈な響きがあった。なんだか含みのある口調が気になって、俺は尋ねる。

「……母さん。あいつが、出て行った理由……なんか、心当たりねえの？」

俺の問いに、母は電話の向こうで、しばらく黙り込んだ。スマホを置いてどこかに行ってしまったのではないか、と心配になるほど長い沈黙ののち、母が言う。

「きっと……私の、せいなのよ」

「え？」

「一花ちゃんがいなくなった日、仕事帰りに一花ちゃんと偶然会ったの。……家にいるより、派手な格好で……お友達と、カフェでお茶してた」

どうやら一花のギャルモードを、母は目撃してしまったらしい。家とのギャップが凄まじいから、さぞ驚いたことだろう。

「私、一花ちゃんに声をかけたの。そしたら、すごくびっくりした顔されて……なんだかすごく、動揺してるみたいだった。きっと、義理の母親にお友達の前で話しかけられて、嫌だったんでしょうね」

俺は無言で、首を捻った。果たしてそんなくだらない理由で家出までするだろうか、と思ったが……多感な思春期の女子というのは、そういうものなのかもしれない。

母は思いつめたような暗い声で、ボソボソと続ける。

「……きっと、私が悪いの。突然親が再婚して、急に家族が増えたり、苗字が変わったり……きっと私の気付かないところで、いろんなストレスが溜まってたのね」

「そりゃまあ、そうだろうな」

否定はできない。俺も長らく、両親の喧嘩やら離婚やら苦しんできた立場として、圧倒的に一花に同情する。せめて一花が高校を卒業するまで待てなかったのか、と思うが……まあ、いまさら言っても仕方ない。

「だから今、一花ちゃんが家を出て楽しくしてるなら、それもいいと思うの。創平には、迷惑かけるけど……一花ちゃんのこと、くれぐれもよろしくね」

「……うん、わかった」

自分たちの都合で一花を振り回しておいて、相変わらず身勝手だな——と腹を立てる気持ちはあったが、それを口には出さなかった。母が一花を心配しているのは、本心なのだろう。

「あと、それから」

「何？」

「……な、七瀬さん、にも……よろしく伝えておいてね」

俺は「うん」と曖昧に頷く。母はまだ何か訊きたそうにしていたが、「じゃあな」と一方的に電話を切った。

母はおそらく、俺と七瀬の関係について、なんとなく勘づいているのだろう。いずれ、七瀬のことをきちんと話すべきなのかもしれないが……まだ、心の準備ができていない。

……そのうち七瀬のことを、堂々と家族に紹介できる日が来るんだろうか。

いつまで経っても七瀬に手を出せないのも、七瀬のことを家族に紹介できないのも。結局のところ、俺の自信のなさに起因しているのだ。関係を進めようとするたびに、俺はどうしても

〝その先〟のことを想像して、二の足を踏んでしまう。

一花ちゃんが京都に来て、二日経った。

わたしは一花ちゃんを残してバイトに行った後、スーパーで晩ごはんの買い物をしてから、アパートに帰ってきた。相楽くんの部屋の電気は消えているから、きっと彼もバイトだろう。

鍵を開けて中に入ると、すっぴんの一花ちゃんが、スマホに向かって何やら話していた。

「……うん、全然元気だよ。創平くんとも仲良くしてるし、ハルコさんもとっても親切にしてくれてる。だから、心配しないでね」

どうやら、誰かとビデオ通話をしているみたいだ。わたしは音を立てないように、そうっと扉を閉める。

「ごめんね。大学の話とか、いろいろ聞きたくて……うん、勉強もちゃんとするから」

おそらく家族――お母さん、だろうか。にこやかに、つとめて愛想良く振る舞っているような感じがする。こうして見ると、すっぴんの一花ちゃんは真面目な優等生そのものだ。

「……わかった。創平くんにも伝えておく。じゃあ、また明日ね」

一花ちゃんはそう言って、通話終了ボタンを押した。やや緊張が解けたような表情で、ホッと息をついている。それからわたしに向かって、「おかえりなさい」と言ってくれた。

「ただいま。お母さんと通話してたの？」

「はい。ちゃんと連絡しとかないと、って思って」

実家への連絡を欠かさないとは、ずいぶんと真面目な家出少女だ。ラジオ体操にも付き合ってくれたし、思っていたよりもうんと素直な子なのかもしれない。

……わたし、もっと一花ちゃんと仲良くなりたいなあ。

一花ちゃんはイイコだし、わたしのすっぴんも当たり前のように受け入れてくれた。それに、相楽くんの義妹ということは、もしわたしと相楽くんが結婚したら、将来はわたしの義妹になるのかもしれない。将来の義妹とは、ぜひとも仲良くしたい。

でも、どうしたらいいんだろう。一花ちゃんと距離を縮める方法って、何かあるかな……。

――今度泊まりに来るわ。パジャマパーティーしよ！

ふいに、以前のさっちゃんの言葉を思い出したわたしは、はっと顔を上げた。

「一花ちゃん！」

「はい？」

「明日の夜、わたしとパジャマパーティーしよう！」

「……え？」

あまりにも唐突なわたしの提案に、一花ちゃんはこてんと首を傾げた。

二十年間ずっと優等生をやってきたわたしは、〝悪いこと〟に対する背徳感が人一倍強い。社会的なルールはきっちり守る。道徳に背(そむ)くことや人倫に反することは、しない。それは、人として当然のことだ。けれども、わたしだってたまには……ちょっぴり羽目を外したくなることだって、ある。

時刻は深夜零時。テーブルの上には、ポテトチップスとチョコレート、それからコーラ。普段わたしは勉強中であったとしても、零時を過ぎるとお菓子を食べないことにしている。コーラを飲むなんて、もってのほかだ。

それでも今夜は、特別だ。なにせ、楽しいパジャマパーティーなのだから！

パジャマパーティーというのは、さっちゃん曰く、可愛いパジャマを着て、夜通しお喋(しゃべ)りしたりお菓子を食べたり映画を観たりすること、らしい。タコ焼きパーティーといい、世の中にはわたしの知らないパーティーがたくさんあるものだ。

ポテトチップスの袋を開けながら、わたしはワクワクが抑えきれなかった。

「こんな時間にお菓子食べるなんて、悪いことしてる気になるよね！」

「……そうかなー？　ハルコさんって、実はかなり真面目だよね」

一花ちゃんが着ているのは、つるつるとしたサテン生地の、半袖(はんそで)とショートパンツのパジャマだ。今日は昼間に二人で近くのショッピングモールに行って、色違いのお揃(そろ)いを購入したの

POTETO

だ。今までわたしの部屋着は中学時代の体操着かジャージだったけれど、ようやく可愛いパジャマを買えてよかった。

ふたつのグラスにコーラを注ぐと、ひとつを一花ちゃんに手渡す。

「なあんだ。ビールじゃないんですね」

「お、お酒は二十歳になってから！　一花ちゃん、まだ高校生でしょ！」

慌てふためくわたしを見て、一花ちゃんは「冗談です。お酒、飲んだことないし」とくすっと笑う。わたしは気を取り直して、グラスを持ち上げた。

「それじゃあ、かんぱーい」

「かんぱい」

かちんとグラスを合わせてから、コーラを一口飲む。口の中で、炭酸がぱちぱちと弾ける。そのまま、テーブルの上に広げたコンソメ味のポテトチップスに手を伸ばした。うーん、深夜のコーラとポテチって、背徳の味……！

すっかり背徳感に酔いしれたわたしは、ニコニコと一花ちゃんに話しかける。

「ね、パジャマパーティーといえば、恋バナだよね！　一花ちゃん、好きな人いる？」

「まったく。彼氏も、もう半年ぐらいいないし」

「えっ。や、やっぱり彼氏とかいたんだ……一花ちゃん、大人だ……」

わたしが高校生のときなんて、机に向かって勉強しかしていなかったのに。高校二年生の一花ちゃんの方が、わたしよりも恋愛経験はうんと豊富なのかもしれない。

……先輩風、吹かせるどころか……わたしの方が一花ちゃんに、教えを乞うべきなのでは？

「ハルコさんは、創平くんとどうなんですか？」

一花ちゃんの問いに、わたしは「うーん……」と口籠る。

「仲良くは、してるんだけど……」

「けど？」

「……相楽くん、その……わ、わたしに、手出ししてこないの……」

わたしの告白に、一花ちゃんは「へ？」と目を丸くした。

「お、押し倒したり、こ、こっちからキスしたり、一緒に寝ようって言ってみたり、ベッドの上で抱きついたりしてるんだけど……全然、何もされないんだよね……」

「そ、それは……すごいね。ハルコさん、積極的すぎ……てか、創平くんはなんなの？　理性の怪物？」

一花ちゃんが、呆れたように肩を竦める。

「まーでも、そういう欲がない人もいるらしいからなー。なんとも言えないですよね」

「そう、だよね。わたしも、焦る必要ないとはわかってるんだけど……わたしに魅力がないのかな、ってちょっと不安で」

「いや、それはないでしょ。こんな素敵な人が、創平くんの彼女ってことが奇跡なのに」

「そ、そんなことないよ。わたし、一回告白して振られてるし……」

「えっ⁉　そ、創平くんがハルコさんのこと振ったの⁉」

一花ちゃんがギョッと目を剝(む)く。わたしは笑って、頷いた。

「うん。諦めきれなかったから、そこからもう一度頑張って、最終的には相楽くんの方から告白してもらったの」

「……うわー。ハルコさん、根性すごい」

「えへへ。根性と諦めの悪さには、ちょっと自信あるの！」

わたしがそう言って拳(こぶし)を振り上げると、一花ちゃんはなんだか眩しそうに目を細めた。

それからわたしたちは、お菓子を食べながら映画鑑賞をした。一花ちゃんが観たがったのは、明るくて楽しいホームコメディで、最後は素敵なハッピーエンドだった。わたしはラブストーリーが好きだけど、たまには違うジャンルの映画を観るのもいい。

「面白(おもしろ)かった！　最後、家族が元通りになってよかったー」

そう言った一花ちゃんは、満足げな表情を浮かべている。二時間ほどの映画を観終わると、もう深夜三時だった。普段ならば、もうとっくに寝ている時間だ。わたしはさすがに、そろそろ眠くなってきた。

「ふああ……そろそろ片付けて歯磨きしよっか……」

「えー、あたしまだ眠くない」

「明日も、ラジオ体操行かなきゃいけないし……」

「え⁉　明日も行くの⁉　やっぱハルコさん、真面目……」

そう言いながらも二人でテーブルを片付けて、歯磨きをしてからベッドに潜り込んだ。二人で並んで寝転びながら、わたしは一花ちゃんに笑いかける。

「えへへ。パジャマパーティーって、楽しいね……こんなふうに、誰かにすっぴん見せられる日がくるなんて、想像もしてなかった」

「なんで？　すっぴんなんて、いくらでも見せればいいじゃん」

一花ちゃんが、不思議そうに尋ねてくる。わたしは躊躇いつつも、小さな声で答えた。

「……わたしは……勇気がなくて、できなかったの」

わたしは軽く唇を湿らせてから、続ける。

「……わたしね。高校時代まではすっごく地味で、友達なんて一人もいなくて。そんな自分を変えたくて、大学デビューしたんだ」

「えっ⁉　そ、そうだったんだ……」

「それで、友達に素顔を見せたら嫌われるんじゃないかって、怖くて……」

「そんなの、気にすることないのに」

「今思えば、たしかにそうだね」

実際は、わたしのすっぴんが地味だろうが、大学デビューだろうが、周りの誰も、ほとんど気にしていなかった。それでも少し前のわたしは、深刻に悩んでいたのだ。

「わたしにとっては、重大な問題だったから……だから今こうして、一花ちゃんに素顔を見せられて、一花ちゃんがそれを受け入れてくれて、よかった」

わたしの言葉に、一花ちゃんは「そんなの、普通のことだよ」と、なんてことのない口調で言った。一花ちゃんにとっては、本当に当たり前のことなのだ。それがなんだか嬉しくて、わたしは微笑む。

それからしばらくのあいだ、お互い何も話さなかった。しんと静まり返った部屋に、エアコンの稼働音だけが響いている。カーテンの向こうにある街灯が、一花ちゃんの顔をうっすらと照らしている。小動物のような黒目がちな瞳は、わたしのことをじっと見つめていた。

沈黙を破ったのは、消え入りそうに小さな一花ちゃんの声だった。

「……あたし、お母さんの前では、真面目なイイコのふりしてるんだ」

「……え？」

一花ちゃんが、ぽつぽつと話し出す。

「あたしほんとは、成績だって全然良くないし。立誠寛なんて、とてもじゃないけど受かる気しないの。学校でも、勉強せずに友達とバカやってるし」

「……」

「もちろん、好きでああいうカッコしてるんだけど……でも、そんなあたしのこと知られたら、お母さんに嫌われるんじゃないかな、と思って」

陰鬱さを孕んだ声に、わたしはドキッとする。素顔を知られたら、みんなに嫌われるんじゃないかと怯えていた、かつての自分を思い出した。

「でもね。必死で隠してたのに……結局、お母さんに見られちゃった。それで、勢いで飛び出してきて……」

「……そう、だったの？」

「お母さん、何も言わなかったけど……きっと、がっかりしたよね」

一花ちゃんはそう言って、そっと目を伏せる。

今の一花ちゃんは、少し前のわたしと同じだ。自分を偽っていると信じ込んで、感じる必要のない罪悪感を抱いている。

わたしは手を伸ばして、彼女の両頬をそっと包み込んだ。

「……そんなこと、ないよ」

「え……」

「一花ちゃん、さっきわたしに〝気にすることない〟って言ったじゃない？　一花ちゃんのお母さんも、きっと同じだと思うよ」

化粧で変わったわたしの努力を、相楽くんが認めてくれたみたいに。家族の前で真面目に振る舞う一花ちゃんの努力を、わたしは認めてあげたい。

一花ちゃんがほんの一瞬、なんだか泣き出しそうに表情を歪(ゆが)める。何度か素早く瞬きをした後、消え入りそうに小さな声で、「……ありがと」と言ってくれた。

まるで子どもみたいに小さな声で、わたしはそっと握りしめる。それからわたしたちは、しっかりと手を繋いだまま眠りについた。

一枚壁を隔てた隣の部屋から、キャッキャッという楽しそうな声が聞こえてくる。

重い瞼(まぶた)を持ち上げた俺は、枕元にあるスマートフォンを手に取った。時刻は午前九時。昨日も深夜までバイトだったのだが、四時間も寝れば充分だろう。俺は欠伸混じりに身体を起こす。

一花が家出をしてきてから、三日経った。いつまでも、七瀬に迷惑をかけるのは忍びないのだが……あいつはまだ、帰るつもりはないのだろうか。

様子を見に行こうと、顔を洗ってから隣の部屋へと向かう。インターホンを押すと、中から派手なメイクをしたギャルが出てきた。

「あっ、おはよう！」

「……⁉」

一瞬、部屋を間違えたのかと思った。すみません、と扉を閉めようとしたところで――目の前のギャルが、七瀬だと気付く。

「……な、七瀬？」

そこに立っていたのは、紛れもなく七瀬だった。

彼女のメイクはいつでもバッチリだが、普段とはまた少し印象が違う。口紅が真っ赤で、目元が黒っぽくて、目の下にキラキラがついていて、睫毛(まつげ)がいつもよりバシバシしている。

「今ね、一花ちゃんにギャルメイク教えてもらってたの！」

「……ギャルメイク？」

なるほど、化粧の方法でずいぶんと変わるものだ。いつもより少しだけ、気が強そうにも見える。どことなく、一花に雰囲気が近いような。姉妹と言われても、疑問には思わないかもしれない。

まじまじと観察していると、七瀬が恥ずかしそうに、ふにゃっと笑った。そういう顔をすると、ちゃんとすっぴんの面影が出てくる。どんなメイクをしていても、七瀬は七瀬なのだ。

「創平くん、何しに来たの？」

そのとき一花が、つっけんどんな口調で言った。邪魔だ、とでも言いたいのだろうか。

「様子見に来たんだよ。おまえ、まだ家帰らねえの？」

「……まだ、帰らない！」

一花はそう言ってぷいっと視線を逸らすと、化粧を再開した。二人は化粧道具の入った巨大な箱を開いて、何やら楽しげに話している。

「ハルコさんのメイクボックス、ほんとにすごいよね。コスメカウンターみたい」

「気になるのあったら、使ってもいいよ！　それにしても一花ちゃんのリップ、可愛いよね！　真っ赤なリップティント、勇気なくて避けてたんだけど買ってみようかなあ」

「うんうん、ハルコさんに似合ってるよ！　ここのリップとシャドウ、プチプラだけど発色良くておすすめ」

「あっ、それ気になってたの！」

七瀬と一花は、いつのまにかずいぶん親しくなっている。化粧という共通の趣味があるからだろうか。仲が良いのはいいのだが、ほんの少しだけ疎外感を覚えた。

七瀬はキラキラと目を輝かせながら、ずいぶんと熱を込めて語っている。

「……例えばアイブロウやアイライナーなんかは、プチプラでも全然遜色ないものもあるし。○○のシャドウもメタリックな質感が可愛いよねでもやっぱりデパコスだと自分の気持ちが上がるし△△なんかコンパクトのデザインが良すぎて持ってるだけで幸せになれるっていうかそれから××のベースは高いだけあって持ちと伸びが抜群で仕上がりが全然違うしあと□□のリップは保湿成分が豊富で乾燥しないし発色もかなり良くて……」

ものすごい早口だ。俺だけでなく、一花も呆気（あっけ）に取られている。

そこでようやく、七瀬が我に返ったらしい。小さく咳払（せきばら）いをすると、取り繕うように「ご、ごめんね」と照れ笑いを浮かべる。

「ご、ごめんね！　お化粧の話できるの、嬉しくって……」

「んーん、あたしも楽しいよ。ハルコさん、ほんとに化粧好きなんだね」

「……うん、大好き！」

一花の言葉に、七瀬は頬を紅潮させて頷いた。

化粧が好きなのは知っていたが、ここまで熱の入ったオタクだったとは。まだまだ俺の知らない一面があったのだな、とちょっと悔しくなった。

「……なんか二人、仲良くなってねえ？」

「うん！　ゆうべ、二人でパジャマパーティーしたんだ。楽しかったね！」

七瀬がそう言うと、一花も笑って「うん」と頷いた。俺の前では見せたことのない、満面の笑みだ。早々に一花を懐柔するとは、さすが七瀬だ。

「あたし、ハルコさんのこと大好きになっちゃった。ハルコさんがあたしのお姉ちゃんだったらよかったのになー」

「わたしも、一花ちゃんみたいな妹欲しかったなあ」

七瀬の言葉に、一花が明るく「そうだ！」と両手を合わせた。

「ねえ、創平くんは将来ハルコさんと結婚しないの？　二人が結婚したら、ハルコさんがあたしのおねーちゃんになるじゃん！」

無邪気に爆弾を落とした一花に、俺と七瀬は同時に「え」と声を漏らした。二人で顔を見合わせた後、すぐに目を逸らしてしまう。

……結婚、だなんて。そんなこと、気軽に口にできるものではない。今までずっと、家族と良好な関係を築いてこられなかった自分が……果たして本当に、七瀬のことを幸せにできるのか。俺にはまだ、自信がない。

俺はぐっと拳を握りしめると、喉の奥から絞り出すように言った。

「……まだ、そんなこと……考えられねえよ」

「え……？」

「……誰かと家族になるって、そんなに簡単なことじゃないだろ。それに、俺……そういうの、向いてない気がする」

そう言った後で、今のは失言だったかもしれない、とハッとした。七瀬の顔を見ると、頬はやや青ざめ、傷ついたような表情を浮かべている。俺は慌てて、言い繕った。

「あっ、いや……したくない、わけじゃなくて。その……今は、そんな大それたこと望んでない、みたいな」

「だ、大丈夫。わかってるよ」

七瀬はそう言って、強張った笑みを口元に浮かべる。俺の真意がきちんと伝わっているか不安だったが、これ以上上手く説明できる気がしない。

一花は不満げに眉を寄せると、「何それ」とこちらを睨みつけてきた。

「向いてるとか、向いてないとかって……そんなのただ、逃げてるだけじゃん」

ストレートな一花の言葉が、ぐさりと胸に突き刺さる。何も、言い返すことができなかった。

「……ごめん。俺、部屋戻る」

結局俺は、居た堪れなくなってその場から逃げ出した。一人になった途端、なんだか投げやりな気持ちで、畳の上に仰向けになる。

……もしかして、俺また……七瀬のこと、傷つけたのかな。

七瀬を突き放したあのときの光景を、俺は今でも鮮明に思い出すことができる。頬を紙のように真っ白にして、ぽろっと涙を零した彼女の顔は——幸せそうな笑顔を何度見ても、忘れることができない。

嫌な記憶を追い払うように、俺はぐしゃぐしゃと髪を掻きむしった。

「……ハルコさん、ごめん。あたし、余計なこと言った……？」

創平くんが部屋に戻った後、一花ちゃんが申し訳なさそうに尋ねてきた。わたしは笑みを取り繕って、「ううん」と首を横に振る。

「大丈夫。なんとなく、わかってたから」

誕生日に指輪をプレゼントしてもらった日のことを、思い出す。あのときの創平くんは、ちょっと困ったような顔をして、わたしに指輪を嵌めてくれなかった。他の人にわたしとの関係を訊かれたときも、彼女です、とは言ってくれなかった。

「たぶん、だけど……今の相楽くんは、わたしとの関係がずっと続くものだって、信じられないのかな。……人の気持ちなんて、変わるものだもんね」

きっと創平くんはまだ、わたしとの将来のことを、具体的に考えられないのだろう。もしかすると、彼がいつまで経ってもわたしに手を出そうとしないのも……そのあたりのことが、引っかかっているのかもしれない。

少なからずショックではあったけれど、真面目な創平くんらしいな、とも思う。軽い気持ちで「結婚しよう」などと言われるよりは、ずっといい。

「わたしたち、まだ学生だし……そんな先のこと、考えられなくて当然だよね」

つとめて明るく笑ってみせると、一花ちゃんは頬をぷくっと膨らませた。

「あたしは、納得いかない。家族になるのに向いてない、って……どういう意味？　そんなことに、向き不向きなんてあるの？」

「……相楽くん、お母さんと上手くいってなかったみたいだから……きっと、そのあたりがまだ引っかかってるんじゃないかな」

ある程度、気持ちの整理はついたみたいだけれど……未だ、家族と関わることに及び腰になっているのかもしれない。一花ちゃんに対しても、心配はしているみたいだけど、どこか一線を引いていて、遠巻きにしてるみたいだ。

一花ちゃんは顔を上げると、悔しそうに唇を噛み締めた。一花ちゃんはなんだか、わたし以上に腹を立てているように見える。小動物のような黒目がちな瞳には、めらめらと燃える強い意思が宿っていた。

「……そんなの、おかしいよ。最初っから自分には向いてないって、諦めるなんて。あたしは、絶対……諦めたくない」

一花ちゃんがそう言って力強く拳を握りしめる。彼女の発言の裏に隠された本音に、わたしはなんとなく、気が付いていた。

深夜零時。バイトを終えて帰る道すがら、俺は先日の一花の発言について、考えていた。

――向いてるとか、向いてないとかって……そんなのただ、逃げてるだけじゃん。

俺は今も、傷つくのが怖くて他人との関わりを避けていたあの頃と、本質的には何も変わっていないのかもしれない。

七瀬のことが、本当は好きだったくせに――彼女と関わって、自分が傷つくことが怖くて。

結局、彼女の気持ちを受け入れられず、逆に傷つけてしまった。

今だって、そうだ。本当は、これからも七瀬とずっと一緒にいたい、と思っているくせに。

それらしい理由ばかりをつらつら並べては、問題と向き合うことから、逃げている。

――家族が増えたのに、自分は一緒にいないから関係ないです、ただの他人ですって顔して、むかつくよ。

――どうせ、あたしたちのことなんて、どうでもいいって思ってるんでしょ。

……一花と……家族と、きちんと真正面から向き合うことができたら。将来自分が誰かと家族になることにも、前向きになれるだろうか。今とは別の答えが、出せるだろうか。


自分の部屋に戻ってすぐ、ピンポン、とインターホンが鳴った。

こんな時間にやって来るのは、おそらく七瀬だろうが……一体、どうしたのだろう。扉を開けると、予想通りすっぴん眼鏡の七瀬が立っていた。

「こんばんは、相楽くん。遅い時間に、ごめんなさい」

「俺はいいけど……何かあったのか？」

「ちょっと話があって……入ってもいい？」

「いいよ。……俺も、相談したいことあるから」

七瀬が畳の上にちょこんと座ったので、俺も少しだけ距離を取って座る。こんな時間に密室で二人きり、という事実に思い至って、やや緊張したが、七瀬は以前のようにくっついてはこなかった。……ホッとしたような、残念なような。

「ごめんね、もう寝るとこだった？」

「いや、大丈夫。……あいつは？」

「一花ちゃんなら、もう寝ちゃった。起こしちゃ悪いから、小さい声で話そうね」

七瀬はそう言って、人差し指を唇に当てる。このアパートは壁が薄いから、話し声が隣に聞こえてしまうかもしれない。俺は声をたてず、頷いた。

「そういえば、相楽くんの相談って、何？」

七瀬がひそひそと、尋ねてくる。俺はやや躊躇いつつも、口を開いた。

「……一花の、ことなんだけど……あいつ、やっぱり母さんと上手くいってないのかな。七瀬には、何か言ってなかったか？」

「え？」

「俺、ちゃんと……あいつが抱えてる問題に、一緒に向き合ってやろうと思って」

何故(なぜ)だかわからないが、家を出た一花は（おそらく）俺を頼って、京都にやって来たのだ。

それなら俺は、きちんと応えてやらねばならない。一花の問題について、自分には関係ないと見て見ぬふりをするのではなく、あいつが気持ち良く家に帰れるように背中を押してやるのが、俺の役目だろう。

「……一応、家族だから」

俺の言葉に、七瀬はきゅっと目を細めて、優しく微笑んだ。じっとこちらを見つめながら、囁くような声で言う。

「その、わたしの話も、一花ちゃんのことなんだけど」

「うん」

「たぶん一花ちゃんって……お母さんとの反りが悪くて家出したわけじゃないと思う」

「……どういうこと？」

俺が思わず訊き返すと、七瀬が人差し指をピンと立てた。

「一花ちゃんって、お母さんの前で、真面目な格好してるんだよね」

「ああ、うん」

顔合わせのときに見た、ポニーテールの一花を思い出す。母の前での一花の振る舞いは、真面目なイイコそのものだった。

「それって、たぶん……お母さんのこと好きだから、だよ」

「……へ？」

俺は間抜けな声を出した。脳裏に、私のせいなの、と言っていた母の声が蘇ってくる。俺はてっきり、二人が上手くいっていないのだと、そう思っていたのだが……。

「なんで、そう思うんだ？」

「毎日、お母さんとビデオ通話してるし。それに一花ちゃん、派手な格好を見せてお母さんに嫌われたくない、って言ってたの。もしお母さんと上手くいってないなら、そんなこと思わないよ」

まさしく、目から鱗だった。しかしそう言われると、納得できる。考えてみれば、一花は一言も母への愚痴や不満を口にしなかったし、「上手くやってる」とも言っていた。

「わたしね。一花ちゃんがどうしてここに来たのかなって、考えてみたの」

「うん」

「一花ちゃんは、きっと……お兄ちゃんと、仲良くなりたかったんじゃないかな」

「……はあ？」

予想外の言葉に、俺はポカンと口を開けた。これまでの一花の生意気な言動を思い返して、いやいやと頭を振る。どう考えても、七瀬の勘違いだろう。

「そうじゃなかったら、わざわざここには来ないと思うんだ。友達だっているだろうし」

「それは……そうかもしれないけど。あいつ、怒ってばっかだし」

「わたしなら……せっかく義理のお兄ちゃんができたのに、全然歩み寄ってくれる気配がなかったら、ショックだと思う。もっとわたしのこと考えてよ、って、怒るかもしれないな」

七瀬が怒っているところは、あんまり想像できないが……それはともかく。

――せっかく家族が全員揃ったんだから、もっと楽しく会話できないかな、と思って。

――家族が増えたのに、自分は一緒にいないから関係ないです、ただの他人ですって顔して、むかつくよ。

もしかすると、一花は……最初から、新しい家族である俺に、歩み寄ろうとしてたのか？

そう考えると、わざわざオープンキャンパスで俺に声をかけたことも、俺の彼女である七瀬に近付いたことも、何度も京都にやって来たことも……説明が、つく。しかし……。

「……あいつ、わかりにくすぎるだろ」

思わず呟くと、七瀬が「創平くんには、言われたくないと思うよ」と苦笑した。

「わたしも仲立ちするから、一花ちゃんと……真正面からお話ししてみたら、どうかな。たぶんお互い、誤解してる部分もあると思うんだ」

まるで俺を諭すような七瀬の表情と声は、真剣そのものだった。俺の家族のことなのに、七瀬はまるで自分ごとのように受け止めて、一生懸命考えてくれる。迷って立ち止まっている俺の背中を押してくれるのは、いつだって七瀬だ。

「……おまえ、ほんとにすごいな」

「えっ。きゅ、急にどうしたの？」

俺の言葉に、七瀬は面食らったような顔をする。

「ちょっと前の俺……家族のことで、意固地になってたから。そんな俺のこと名古屋まで連れてって、家にまで泊めて、大変だっただろ」

七瀬は自分の行動を思い出したのか、「そ、そうだね」と決まり悪そうに頬を掻く。

「今思うと、おせっかいだったかも……」

「そんなことねえよ。少なくとも、俺は……七瀬に、助けられた」

「……ほんと？」

「うん。……ありがとう」

七瀬がいてくれて、よかった。彼女に出逢ってから、数えきれないくらいに何度も、そう思っている。

……俺はやっぱり、七瀬がいるから頑張れるんだな。

これからも七瀬と一緒にいるために、まずは一花との問題と向き合わなければ。優しく微笑む七瀬を見つめながら、俺は静かに決意した。

間章　家出娘の憂鬱

八月も終盤になり、高校の夏休みも残り十日。

あたしはちっとも片付かない宿題を前に、途方に暮れていた。あたしは数学アレルギーで、数字や記号の並びを見ているだけで、頭が痛くなってくる。

物分かりの悪いあたしに、ハルコさんは根気強く教えてくれたけれど、やっぱりあんまり理解できなかった。やがてハルコさんが、時計を確認して立ち上がる。

「ごめんね、一花ちゃん。わたし、そろそろバイト行かなくちゃ。晩ごはん、冷蔵庫に冷やし中華が入ってるから、よかったら食べてね」

ハルコさんは「いってきます」と部屋を出て行った。がちゃん、と鍵の閉まる音が響く。

……ハルコさんって……つくづく、親切すぎるよね。

彼女との共同生活は、とっても居心地が良いけれど……これ以上迷惑をかけるわけには、いかないのかもしれない。そろそろ夏休みが終わり、新学期も始まってしまう。

あたしは溜め息をついて、テーブルに突っ伏した。夏休み明けに提出しなければならない数学の宿題は、まだ終わっていない。わからないところばかりで、ちっとも捗っていないのだ。

……宿題が終わってないのも、ヤバいけど……そもそも、全然目的果たせてないんだよね。

あたしがここに居座っている目的——それは、義理の兄となんとかして仲良くなり、〝理想の家族〟を実現させることだった。


あたしを産んだママは、あたしが小さい頃に亡くなった。

物心がつく前だったから、ママの記憶はほとんどない。あたしにとっての家族は、お父さんただ一人だけだった。

お父さんのことは大好きだったたし、不満があったわけじゃない。それでも、学校の授業で、テレビドラマで、漫画で。わたしの知らない〝家族〟の形を見るたびに、お母さんがいたらどんな感じなのかな、と想像していた。優しいお母さんと、それからお兄ちゃんかお姉ちゃんも欲しいな。妹や弟がいても、楽しいかもしれない。

それでも、それはただの憧れに過ぎなくて。あたしには永遠に手に入るものではないのだと、ずっと諦めていた——のに。

お父さんが、再婚することになった。

お父さんの再婚相手と初めて会う日、あたしは自分の格好に気が付いて、愕然とした。金に近い明るい茶髪、耳に大量に空いたピアス、着崩した制服、派手なギャルメイク。こんなのが義理の娘だなんて、怖がらせてしまうかもしれない！

そう考えたあたしは、髪をスプレーで黒くして、ピアスを隠して、化粧を落として。まるでお手本のような清楚な制服姿で、お母さんに会いに行った。

——はじめまして。これから、仲良くしてね。

初めて会った、あたしのお母さんになる人は、とっても綺麗で優しくて。わたしはつい、気に入られようとイイコのふりをしてしまった。

一緒に暮らすことになっても、引くに引けなくて……あたしはお父さんに呆れられながらも、家では真面目な優等生を貫いていたのだ。

新しいお母さんから、大学生の息子がいると聞かされたとき、わたしにもお兄ちゃんがいる！　という事実に、胸が躍った。優しいお母さんだけじゃなく、お兄ちゃんまでできるなんて。まさに、願ったり叶ったりだ。

しかし義理の兄は、ちっとも実家に帰ってこなかった。京都と名古屋なんて近いんだから、すぐ帰ってこれるのに。ゴールデンウィークにも顔を出さない義兄に焦れたあたしは、義兄の通う大学のオープンキャンパスに突撃した。

初めて足を踏み入れた大学は思っていたよりも広くて、人がたくさんいた。正直なところ、期待していなかったのだけれど——義兄は、意外とあっさり見つかった。経済学部のゼミで、講演をしていたのだ。

あたしには内容は全然わからなかったけれど、スーツを着た真面目そうな義兄は、なんだかすごそうなことを言っていた。背筋を伸ばして前を向き、堂々と話す姿は、さすがは大学生だな、という感じがした。

……お兄ちゃんと、話してみたい。仲良くなりたい。

そう思ったあたしは、講演が終わった後、義兄の姿を探して――彼女とイチャイチャしているところを、ばっちり目撃してしまった。

義兄の彼女は華やかなオシャレ美人で、しかも性格も良さそうだった。あたしは、義兄に近付くチャンス、とばかりに、彼女と連絡先を交換した。

彼女――ハルコさんから聞く義兄の姿は、優しくて、頼りになって、頭が良くて、とっても素晴らしい男性だった。あんなに素敵な人がそこまで言うのだから、きっとあたしのお兄ちゃんは、さぞかし完璧(かんぺき)な人なのだろう。

そんな、期待ばかりが膨らんだ頃――あたしはついに、義兄と顔を合わせることになった。

――はじめまして。相楽創平(さがらそうへい)です。

実際に会ってみた義兄――創平くんは、想像の百倍ぐらい、無愛想だった。

別に口下手でも、話を盛り上げる努力をしてくれれば、それでいいのだ。でも創平くんは、どこか心ここにあらず、という雰囲気で、あたしたちと積極的に関(かか)わろうとしなかった。

――家族だからって、無理しなくてもいいんじゃねえの。おまえだって、別に俺(おれ)と仲良くしたいわけじゃないだろ。

創平くんがそう言った瞬間、あたしは我慢の限界に到達してしまった。お母さんの前でのイイコの仮面はどこへやら、思いっきりブチギレしてしまったのだ。

……だって、ショックだったんだもん。新しい家族と仲良くしたいっていうあたしの気持ちが、否定された気がして。

それでもあたしは、創平くんと仲良くなるのを諦められなかった。義兄がダメなら、その彼女だ。思い立ったら即行動、とばかりに、学校をサボってハルコさんの元へ突撃した。イイコのフリを取り繕うのも忘れて、うっかりギャルの格好のまま行っちゃったけど……創平くんにはもう本性がバレてたし、別に構わなかった。

そうして、ハルコさんとは、順調に仲良くなれたものの……創平くんとは、全然距離が縮まらなかった。

夏休みには帰って来ないかな、と思って、突然押しかけたこともあった。一緒にファミレスでごはんを食べたけれど、やっぱり上手(うま)くいかなかった。創平くんは、あたしたち家族に何も期待していないのだと思い知らされて——結局また、ブチギレてしまったのだ。

すごすごと名古屋に帰って、次の作戦を練り始めたそのとき——あたしの派手な姿を、お母さんに見られるハプニングがあった。失望されたんじゃないかと思うと怖くて、どうにも家に帰り辛(づら)くて——気付いたらあたしは、新幹線に乗って京都に向かっていた。友達の家に行く、という選択肢もあったけれど、一番最初に頭に浮かんだのが、創平くんの顔だったのだ。

とはいえ、創平くんを頼ったところで、「帰れ」と言われるのが関の山だ。途方に暮れてハルコさんに連絡したら、創平くんも来てくれて。そしたらハルコさんが、あたしのことを預かってくれることになった。

後先考えず家出してしまったけれど、考えようによってはこれはチャンスだ。創平くんと仲良くなれる最後の機会かもしれない。これを逃す手はなかった。

それから、一週間ほど経ったけど……義理の兄はなかなかに拗らせていて、歩み寄ってくれる気配はない。

——誰かと家族になるって、そんなに簡単なことじゃないだろ。

……そんなこと、あたしもわかってるよ。でも、家族になりたいんだもん。

とはいえ、創平くんばかりに問題があるわけじゃない。あたしも素直になれなくて、憎まれ口を叩いてばかりなのだ。これでは、嫌われるのも無理はない。

でも、どうしたらいいんだろう。当たり前だけど、お兄ちゃんができたのなんて初めてだから、接し方がわかんない……。

ぼんやりと考え込んでいたそのとき、ピンポン、と部屋のインターホンが鳴った。

荷物でも届いたのかな、と思ったあたしは「はーい」と扉を開ける。

そこに立っていたのは、仏頂面をした義兄だった。

第六章　家族になるということ

日曜日の夕方。俺は一花と話し合うことを決意して、部屋の外に出た。するとタイミング良く、隣の部屋からも七瀬が出てくる。

「あれ、七瀬……これからバイト？」

「うん。今日は二十二時まで」

「あいつは？」

「一花ちゃんなら、部屋でお勉強してるよ。宿題、まだ終わってないんだって。数学に苦戦してるみたい」

もう夏休みも残り少ないというのに、まだ宿題が終わっていないとは。高校時代の俺は、七月中にすべて終わらせていたというのに。おそらく、七瀬も俺と同じタイプだろう。

「あ、そうだ！　創平くん、一花ちゃんに数学教えてあげたらどうかな？」

「へ？」

突然の提案に、俺は面食らう。七瀬はニコニコしながら続けた。

「創平くん、国公立志望だったんでしょ？　わたし、受験で数学やってないから、あんまり教えてあげられなくって」

「いや、一応勉強はしてたけど……でも、もう全然覚えてねえよ」

「創平くんなら、大丈夫だよ！」

七瀬がそう言うと、「じゃあ、よろしくね」と階段を下りていく。

おそらく七瀬は、俺が一花と話すための口実を作ってくれたのだろう。何から何まで頼りっぱなしだな、と情けなくなった。ここまでお膳立てをしてくれたからには、きちんと一花と話をしなければならない。

俺は扉の前に立つと、ごく、と唾を飲み込んでから、インターホンを押した。

「……あれ、創平くん？」

中から出てきた一花は、俺の顔を見て驚いたような表情を浮かべる。

「何？　ハルコさんなら、バイトだけど」

「あ、いや。おまえに用事だったから」

俺の言葉に、一花は怪訝そうに「あたしに？　なんで？」と眉を寄せた。この生意気な態度だけを見ていると、本当に俺と仲良くしたがっているのか、疑問なんだが……。

「……勉強、教えてやろうか」

一花は、意外そうに「え⁉」と目を丸くした。余計なおせっかいだったかと思い、慌てて付け加える。

「いや、いらないなら……いいけど」

「ううん。全然わかんなくて、困ってたんだ」

一花はそう言って、テーブルの上からノートと参考書を持ってきた。俺は玄関先に突っ立ったまま、それを受け取る。

「どこがわかんねえの？」

「ここと、あとここと、あとここも」

ほぼ全部だ。一花の学力は、どうやら平均よりも少し下らしい。

それから俺は、テキストと睨めっこして記憶を手繰り寄せながら、一花に数学を教えてやった。思っていたよりも、飲み込みが早い。ほとんどわからない、と言っていたわりには、少し助言をしただけで理解していた。勉強のやり方次第で、もっと伸びるのではないだろうか。

「創平くん、数学できるんだね。ちょっと見直した」

一花が意外そうに言った。俺は「別に、普通だよ」と答える。

「なんで立誠寛（りっせいかん）に入ったの？　もーちょい上狙（ねら）えたんじゃない？」

「消去法。第一志望の国公立の試験、インフルエンザで受けられなかったから」

「うわあ……創平くんって、〝持ってない〟よねー」

一花が哀れみの視線を向けてきたが、俺はそうは思わない。そのおかげで七瀬と出逢（あ）えたのだから、逆に〝持ってる〟のではないだろうか。

「とにかく、家出たかったし……浪人するわけにもいかなかったから、滑り止めの立誠寛しか選択肢なかったんだよ」

俺の言葉に、一花は「……ふぅん」と不満げに唇を尖らせる。

「……そんなに、家出たかったんだ」

「……ああ」

「創平くんは……家族と仲良くするつもり、ないの？」

そう言った一花は、まるで捨てられた子犬のような、寂しげな目をしていた。真正面からその目に見つめられた瞬間、俺は七瀬の言葉が正しかったことを思い知る。やっぱり俺は、一花のことを全然見ていなかったのだ。

俺は少し躊躇ったが、単刀直入に尋ねた。

「おまえ、もしかして……新しい家族みんなで、仲良くしたいと思ってるのか？」

すると一花は俯いたのち、無言のまま、こくりと頷いた。

……やはり、七瀬の言う通りだった。自分の思い込みの根深さを反省する。

「最初から、そう言ってくれればよかったのに……」

「創平くんが、聞く耳持たないからだよ！　……でも、あたしも素直になれなかったから……それは、ごめん」

一花がそう言って、しょんぼりと眉を下げた。

……まあ、たしかに。どっちもどっち、かもしれない。

こいつの態度がわかりにくかったのは事実だが、俺は自分と家族との関係が上手くいっていなかったから、義妹もそうに違いない、と無意識に思い込んでいたのだ。

俺は一花から目を逸らさず、真正面から見つめながら、口を開く。

「おまえ、ほんとは……俺とも家族に、なろうとしてくれてたんだよな」

一花の瞳の奥が、僅かに揺れた。肯定も否定もしなかったが、Tシャツの裾をぎゅっと握りしめる仕草で、彼女の気持ちが伝わってきた。

一花は、俺が大人のフリをして、諦めて捨ててきたものを、必死に拾い集めようとしている。

そんな彼女のことを、俺は心の底から、すごいと思った。……俺には、できなかったから。

「たしかに、俺……おまえの言うこと、全然ちゃんと聞いてなかったよな。おまえは最初っから、まっすぐ俺にぶつかってきてくれたのに」

俺はずっと、家族と向き合うことを諦めていた。もう子どもじゃないんだし、家族に執着する必要なんてないよな、なんて大人ぶって。自分は家族と上手くやるのに向いてない、なんて言い訳ばかりして。……大切な人と家族になることにも、逃げ腰になっていた。

「おまえは、ほんとに偉いよ。逃げずに新しい家族と向き合って、母さんとも、こんなどうしようもない義兄とも、仲良くなろうとして」

「……」

「だから俺も、おまえのこと見習うよ。俺……ちゃんと家族とも上手くやっていきたいし……将来誰かと家族になることにも、前向きになりたい」

一花は俯いたまま俺の話を聞いていたが、やがてゆっくりと顔を上げた。こちらを見つめる表情は、やけに晴れ晴れとしていた。

「……創平くん、あたしね。幸せな家族、みたいなものに、憧れてたんだ」

「……うん」

「だから創平くんも、あたしに協力してね。協力してくれないと、大学でハルコさんとチューしてたこと、お母さんにバラすから！」

一花はそう言って、びしっと人差し指を突き出してくる。「それは勘弁してくれ」と言った後――二人で顔を見合わせて、ちょっとだけ笑ってしまった。

夕方までのバイトを終えると、七瀬から「今日の晩ごはん、三人で食べよう！」というメッセージが届いていた。どうやら一花と一緒に、カレーを作ったらしい。相変わらず仲の良いことで、何よりだ。

一花が京都に来てから一週間が経つが、彼女はまだ家に帰る様子もなく、七瀬の部屋に居ついている。毎朝ラジオ体操に行って、勉強をして、飯を食って、一緒に寝ているようだ。ゆうべは二人で銭湯に行ってきたらしく、一花が「ハルコさん、めちゃスタイル良いね！」と言っていた。完全に、義妹に先を越されている。べ、別に悔しくなんかないぞ。

隣の部屋のインターホンを押すと、すっぴん眼鏡の七瀬がひょこっと顔を出す。それから、「しーっ」と人差し指を唇に当てた。

「？　どうした」

「一花ちゃん、お昼寝してるの」

「はあ？　子どもじゃねえんだから……」

七瀬のベッドの上では、猫のように身体を丸めた一花がすやすやと寝息を立てている。七瀬はニコニコ笑って、「可愛いね」と一花を見つめている。七瀬はちょっと、こいつに甘すぎないか。もはや俺より、一花に夢中になっているような気がする。

「さっきまで、お勉強してたんだけど」

「宿題終わったのかよ……もう、新学期始まるぞ」

「手伝ってって泣きつかれたけど、自力で頑張ってねって応援してあげた」

七瀬はそう言って、ニッコリ笑みを浮かべた。七瀬は優しく親切だが、それと同じぐらいに真面目で、不正を許さないタイプである。

それにしても。堂々と昼寝までするとは、一花は、もうすっかり七瀬の部屋に馴染んでいるらしい。こいつ、家に帰る気あるのかよ。居心地が良いのは、わかるけど。

七瀬のいる図書室に入り浸っていた、高校時代の自分を思い返していると、七瀬が俺の隣に腰を下ろす。一花を起こさないよう、小さな声で囁いてくる。

「そういえば……一花ちゃんが明日、三人で清水寺行こうって言ってたよ」

「へ？　なんで？」

「帰る前に、京都観光したいんだって」

と、いうことは……さすがにそろそろ、帰る覚悟を決めたのだろうか。夏休みも終わるし、帰らざるを得ないだろうが。

「創平くんも、一緒に行くよね？」

「……ん。行く」

俺が頷くと、七瀬は嬉しそうに表情を輝かせた。

「やったあ。最近全然、遊びに行けてなかったもんね」

「たしかに、そうだな……」

いろいろあったせいか、夏休みに入ってから、ほとんど二人で出掛けていなかった。まあ一花が一緒なら、デートとは言えないか。

……そういや一花が来てから、七瀬と全然イチャイチャしてないな……。

一花が来る直前までは、あまりに積極的な七瀬に戸惑っていたが――できない、となると、したくなるのは何故だろう。俺をほったらかして一花とイチャイチャしている七瀬に対し、ちょっとは俺にも構ってくれよ、という気持ちも正直ある。

俺はチラリとベッドの上に視線をやって、一花が眠っていることを確認した。そのまま、おそるおそる七瀬の頰に手を添える。ゆっくり顔を近付けていくと、俺の意図を察知したらしい七瀬の顔が、みるみるうちに赤く染まっていく。

「へっ⁉　ダ、ダメだよ……い、一花ちゃんが、いるのに……」

「……いや、寝てるから大丈夫だろ」

「でも、お、起きちゃうかも……」

そう言いつつも、七瀬はまんざらでもなさそうな顔をしている。意外と、こういうシチュエーションに弱いのかもしれない。新たな一面を発見してしまった。

「……駄目なら、やらねえけど」

「………ダ、ダメじゃ……ない」

七瀬は観念したように言って、ぎゅっと固く目を瞑った。ほんの一瞬触れ合うだけの、短いキスをする。もう一回したくなったが、これ以上はさすがにまずいだろう。

そのとき一花が、「ううーん」と唸って寝返りを打った。ギクッとした俺は、慌てて七瀬から離れ、何事もなかったかのようにスマホを眺める。

「……ん……あれ？　創平くん、来てたの？」

　ベッドの上で起き上がった一花が、大きく伸びをしながら言った。俺は一花と目を合わせないようにしながら「お、おう」と答える。

……危ないとこだったけど……ギ、ギリギリセーフ、だよな？

　横目で七瀬の様子を窺うと、彼女は真っ赤な顔で、ぼうっと夢見心地の表情を浮かべている。

俺が無言のまま、人差し指を唇に押し当てると、七瀬は恥ずかしそうに頷いた。

「清水寺！　すごーい、京都って感じ！」

　一花ちゃんはそう言って、はしゃいだ様子で何枚も写真を撮っている。「一緒に撮ろ！」と言われたので、清水の舞台からの風景をバックに、インカメラで自撮りをした。

　そんなわたしたちの様子を、相楽くんは少し離れたところから眺めている。もっと積極的に入ってくればいいのに、多少は歩み寄ったみたいだけど、やっぱり少し、一線を引いているような感じはする。

　わたしたちは、三人で清水寺へとやって来ていた。清水の舞台に立つと、青い空と山並みの緑のコントラストが綺麗に見える。京都の街並みも、広く見渡せた。ここまで苦労して、坂と階段を上ってきた甲斐がある。紅葉の時期は、さぞ美しい景色が見られるのだろう。人が多くて、景色どころじゃないかもしれないけど。

「すごい、綺麗だね！　ね、相楽くんも一緒に写真撮ろうよ」

「いや、俺はいい……」

「わたし、清水寺来たかったんだ！　一花ちゃん、誘ってくれてありがとう！」

わたしの言葉に、創平くんは意外そうに目を瞬かせた。

「……あれ。清水寺、初めてじゃねえだろ。高校の修学旅行で来たし」

「う、うん。それは、そうなんだけど……」

創平くんの、言う通り。わたしたちの高校の修学旅行の行き先は京都で、清水寺も行程に含まれていた。それでも当時のわたしは、同じ班のギャルに馴染めずに、ずっと彼女たちの背中を見ていたから――清水寺の思い出なんて、少しもない。だからこうして、創平くんと一花ちゃんと一緒に来られてよかったと思う。

「それにしても、京都の夏って暑すぎない？　創平くん、ソフトクリーム買ってきてよー」

一花ちゃんがげんなりした表情で言う。創平くんはノータイムで「嫌だよ」と答えた。

「なんでー！　兄でしょ！」

「兄だからって、奢ってやる道理はねえよ。給料日前で金ないし」

創平くんのつれない言葉に、一花ちゃんは「ケチ！」と唇を尖らせる。それから、真っ赤な唇を歪めてニヤリと笑った。

「奢ってくれないなら、〝あのこと〟お母さんにバラしちゃおうかなー」

　どうやら一花ちゃんは、何か創平くんの弱みを握っているらしい。創平くんは苦々しい表情を浮かべ、観念したようにポケットから財布を取り出した。

「……何味がいいんだよ」

「バニラ！」

　一花ちゃんがにんまり笑って、創平くんは呆れたように「はいはい」と答える。

　数日前から、創平くんと一花ちゃんのあいだの空気が、少し変わった。仲良し兄妹……とまでは、いかないけれど。何も知らない人が二人のやりとりを聞いていたら、何の疑いもなく兄妹だと思うんじゃないかな。

「じゃあ、七瀬。俺、ちょっと買ってくるから」

「うん。いってらっしゃい」

　創平くんがいなくなった後、わたしは清水の舞台を覗き込む一花ちゃんの背中を、じっと見つめる。お臍の出るホルターネックのトップスにダメージデニムを合わせて、ばっちりメイクをした一花ちゃんは、どこからどう見てもギャルだ。

　……もしわたしが、もっと早く変わろうと頑張ってたら……同じ班のギャルの子とも、仲良くなれてたのかな。

　わたしはふと疑問に思って、一花ちゃんに尋ねてみた。

「そういえば……一花ちゃんは、どうしてギャルの格好してるの？」

するとー花ちゃんは、あっけらかんと答えた。

「そんなの、楽しいからだよ。メイクすると気分上がるし」

「！　だ、だよね！　その気持ち、わかる！」

一花ちゃんの言葉に、わたしは興奮気味に身を乗り出す。やっぱり化粧は、勇気や元気を与えてくれる魔法のアイテムなのだ。

「お化粧すると、なんだか別人になれたような気がするよね！　自信が出てきて、自然と背筋も伸びて……！」

「ハルコさんの化粧テク、ほんとすごいもんね。やっぱ、将来そーゆー仕事するの？」

なにげない一花ちゃんの言葉に、わたしはドキッとした。以前、創平くんにも似たようなことを訊かれたからだ。わたしは力なく、首を横に振る。

「えっ。ううん、全然。わたし、そういうの向いてないから……」

「えー？　そんなことないと思うけどなー。だって、ずっとメイク好きだったんでしょ？」

「ううん、わたしは大学に入ってから……おねえちゃんが、口紅プレゼントしてくれて」

――大丈夫。晴子はこれから、いくらでも可愛くなれるんだよ。

あのときのおねえちゃんの言葉と、おねえちゃんがプレゼントしてくれた口紅が、わたしを変えてくれた。自信がなくて落ち込んで、下を向いてしまいそうな日でも、化粧はわたしに顔を上げる勇気をくれる。だからわたしは、化粧が好きなのだ。

――せっかく好きなものがあるのに、もったいなくねえ？

進路の話をしたときの、創平くんの声が頭に響く。わたしだって、好きなことを仕事にできたら素敵だろうな、とは思う。でも……。

「ハルコさん、お姉さんいるんだ。そーいや、大学もお姉さんの母校だから選んだって言ってたっけ」

「あ、実際は従姉なんだけどね」

「え、そーなの？」

「近くに住んでて、小さいときからずっと優しくしてくれたの。綺麗で頭も良くて完璧で、わたしの憧れなんだ。わたしは、ほんとのおねえちゃんみたいに思ってる！」

わたしが笑って言うと、一花ちゃんは得心したように頷いた。

「そうなんだ。あたしにとっての、ハルコさんみたいなもんかー」

「え……えっ⁉」

一花ちゃんの意外な言葉に、わたしはギョッとした。わたしにとってのおねえちゃんが、一花ちゃんにとってのわたし……⁉

わたしはぶんぶんと、首が千切れそうなほど激しくかぶりを振る。

「そ、そんなことないよ！　わ、わたしなんて、根っこは地味で芋っぽくて……おねえちゃんと同列なんて、おこがましい……」

「なんで？　同じだよ。憧れは、憧れじゃん」

「でも……」

口ごもるわたしの目を、一花ちゃんはまっすぐに見つめている。

「あたし、単にハルコさんの見た目がキラキラしてるから、憧れてるわけじゃないよ」

「……え？」

「素顔が地味だろうが、なんだろうが……優しくて、一生懸命で、まっすぐで。そういうところが、見た目以上にキラキラしてると思う。だからあたし、ハルコさんのこと好き」

一花ちゃんがそう言ってくれた、その瞬間。心の一部の凝り固まっていた部分が、温かく溶かされていくような感覚がした。

……完璧じゃないわたしでも、憧れだって言ってくれる人が、いるんだ。

わたしはおねえちゃんのことを神聖視するあまり、自分とは程遠い存在だ、と決めつけていたのかもしれない。でも……わたしも、おねえちゃんみたいになれるのかな。おねえちゃんみたいに、誰かの背中を押せる存在になれたら……。

「あ、創平くん戻ってきた」

両手にソフトクリームを持った創平くんが、こちらに歩いてくる。右手に持ったバニラソフトを一花ちゃんに「はい」と渡した後、左手のチョコソフトを、わたしに手渡してくれた。

「これ、七瀬のぶん」

「わっ、いいの⁉　嬉しい、わたしチョコ好き」

「知ってる。七瀬はチョコだろうな、と思った」

創平くんはそう言って、唇の端っこをほんの少し持ち上げる。わたしは彼の、じいっと見ないと気付かないぐらいのささやかな笑みが好きなのだ。

「相楽くん、半分こしようよ」

「……いや、一口でいい」

創平くんはそう言って、わたしの手首を摑んで軽く引いた。そのままソフトクリームを一口食べて、涼しい顔で「ごちそうさま」と言う。いつもの彼らしからぬ行動に、わたしは固まってしまった。

……こ、このあいだのキスといい……な、なんだか創平くん、ちょっと積極的……⁉

今までの創平くんなら、誰かが見ている前で、わたしの手ずからアイスを食べるなんてこと、絶対しなかったのに……！

平然としている創平くんと、アワアワしているわたしを交互に見た一花ちゃんが、呆れたように肩を竦める。

「……あたしがいるのに、二人でイチャイチャしないでよね！」

わたしは余計に真っ赤になって、動揺を誤魔化すようにアイスを舐めた。

「ハルコさん、そのネイルめっちゃ可愛くない？」

「ありがとう！　これ、セルフなんだ。今日、一花ちゃんにもしてあげるね」

「やったー。ハルコさんとオソロがいいなー」

二人はきゃあきゃあと言い合いながら、俺の少し前を楽しげに歩いている。一花は七瀬の腕にしっかりと自らの腕を絡めて、ぴったりとくっついていた。このクソ暑いのに、何をそんなにベタベタすることがあるんだ。

「……一花。おまえ、七瀬にベタベタしすぎじゃねえ？」

「え、もしかしてヤキモチ？　ダサッ」

「そ、そんなんじゃねえよ」

……こいつがいると、七瀬とイチャイチャできないのは事実だが。

一花は俺に見せつけるかのように、ぎゅうっと七瀬の腕に抱きついている。七瀬に懐いているのは間違いないのだろうが、半分ぐらいは俺へと当てつけなのかもしれない。本当にこいつは、いい性格をしている。

ひとまず互いの気持ちをぶつけたことで、俺と一花の関係は、それなりにまともなものになった——が、そんなにすぐに、仲良し兄妹になれるはずもない。

俺は地味で冴えない陰キャで、一花は派手で生意気なギャルだ。七瀬がいなければ共通の話題なんてほぼないし、もし義理の兄妹でなければ、一生関わることもなかっただろう。

……まあ、このぐらいの距離感が、ちょうどいいのかもしれない。


清水の舞台から下りて、しばらく歩いていくと、〝良縁祈願　えんむすびの神〟と書かれた看板が見えた。七瀬がキラキラと瞳を輝かせながら、「あっ、ここ！」と声をあげる。

「地主神社っていって、縁結びの神様が祀られてるの！　ね、行ってもいい？」

俺も一花も反対しなかったため、七瀬は足取りも軽く、灰色の鳥居をくぐった。なかなかの混雑ぶりだ。道の真ん中に、〝恋占いの石〟と書かれた巨大な石が、ふたつ鎮座している。

「なんだ、これ」

不思議に思って首を捻ると、七瀬が嬉しそうに答えた。

「この石から、あっちの石まで、目を瞑って一度で辿り着けたら、恋が成就するんだって！」

「なんだそれ、危ねえな」

こんなに混雑した場所で、目を閉じて歩くのは怪我のもとだろう。何人かは試しているようだが、皆友人の手を借りて歩いているようだ。七瀬はそれを、興味深そうに眺めている。

「やってみようかなあ……」

「えー。ハルコさん、やる意味ないじゃん。もう成就してるでしょ？」

「そうだけど！　末永く一緒にいられますように、的な意味で」

七瀬は大真面目な表情で考え込んでいたが、俺が「危ないからやめとけ」と言うと、素直に「はあい」と従った。

その後、三人で本殿にお参りをした。俺は形式的に手を合わせるのみだったが、七瀬は目を閉じて、ずいぶんと真剣に願い事をしているようだった。眉間に皺まで刻まれている。

「わたし、御守り買ってくるね！　絵馬書いて、おみくじ引かなきゃ！」

七瀬はそう言って、小走りに売店へと向かった。一花はあまり興味なさそうに、七瀬の背中を見送る。

「おまえはいいのかよ」

「んー。恋愛成就とかは、今はいいかなー。あっ、お母さんにお土産買わなきゃ」

どうやら一花は自身の恋愛よりも、家族のことで頭がいっぱいらしい。まあ、義妹の恋愛事情を根掘り葉掘り訊くつもりはないが。

「それにしても、ハルコさん……必死すぎない？」

それは俺も、気になっていた。絵馬を購入したらしい七瀬は、サインペンを持って、うんうんと考え込んでいる。何を書こうかと、悩んでいるのだろうか。

……俺、七瀬のこと不安にさせてんのかな。

「ハルコさん、不安がってたよ」

俺の心を読んだかのように、一花が言った。俺はぎょっとして、一花の顔を見る。

「え……な、なんで？」

「頑張ってるのに、全然手出ししてこないって。創平くんって性欲ないの？」

あまりにも直球で尋ねてきた一花に、俺は動揺した。

「そ、そんなこと訊くなよ！　身内に！」

義理の妹に、彼女との進展度合いや性欲の有無を突っ込まれたくはない。一花は気にした様子もなく、「なんで？」とさらに追及してくる。

「もしかして、婚前交渉はアウト的な？　結婚するかもわかんないのに、できないとか？」

「そ、そこまで考えてるわけじゃねえけど……そういうことになったら、それなりに責任が生じるだろ」

「はあー？　責任、取りたくないの？」

軽蔑するような目で睨みつけてくる一花に、「違う！」と慌てて否定する。

「七瀬のことは好きだし、大事にしたいけど……少なくとも今の時点では、七瀬の人生背負える自信ない、というか……」

「重い！　暗い！　めんどくさい！」

ボソボソと言った俺の言葉を、一花はバッサリ斬り捨てた。そこまで言われると、さすがにちょっと傷つく。

「てかハルコさんって、創平くんに背負ってもらわないといけないような人なの？　あたしには、そうは見えないんだけど」

「え……」

一花の言葉に、俺は思わず七瀬の方を見た。絵馬を括りつけた後、御守りを購入したらしい七瀬は、赤と青の御守りを手に、ニッコリ笑いかけてくる。ただそれだけのことで、周りの景色なんて、少しも目に入らなくなった。

俺は七瀬にああやって、ずっと笑っていてほしい。俺のことで、悩んだり苦しんだりしてほしくない。これ以上不安な想いなんて、させたくない。

……ウジウジと悩んだところで、最初から、答えなんてひとつしかなかった。

観念したように、短く息を吐く。それから一花に向かって、きっぱりと言った。

「俺、七瀬のこと……ちゃんと、安心させてやりたい」

「ふむ。よろしい」

俺の言葉に、一花は腕組みをする。しばらく何かを考え込む様子を見せた後、唐突に「わかった！」と叫んだ。

「創平くん。あたし明日、実家帰るね。創平くんも、ついてきて」

「………へ？」

突然の宣言に呆気に取られている俺に、一花はニヤリと意味深に笑ってみせた。

「一花ちゃん、明日もう帰っちゃうの……?」

せっせと荷造りをする一花ちゃんの背中に向かって、わたしは尋ねた。

清水寺から帰ってくるなり、一花ちゃんは「あたし、明日家帰るから」と宣言した。そろそろ帰るのかな……と思ってはいたけれど、あまりにも急すぎる。もう数日で夏休みが終わっちゃうから、仕方ないけど……。

「うん。ハルコさん、いろいろありがとね」

「うん……寂しくなるなあ……」

一花ちゃんとこの部屋で過ごしたのは、ほんの十日間ほどだけれど。ずっと一緒にいたから、なんだか離れがたい。

わたしがしょんぼりしていると、一花ちゃんが「そういえば」と振り向いた。

「明日、ハルコさんも一緒に来てくれない?」

「え……え⁉　一緒に、って……一花ちゃんの、実家に?」

唐突なお願いに、わたしは泡を食った。一花ちゃんの実家、ということは、創平くんの実家でもある。前回はおうちの前まで言ったものの、もちろんご家族には会わなかった。

何の関係もないわたしが、突然押しかけてもいいのかな……？　そ、そもそも、まだご家族にお会いする心の準備が……！

アワアワしているわたしの両手を、一花ちゃんがギュッと握る。「ハルコさん、お願い」と、懇願するようにじっと見つめてきた。

「あたし、お母さんに会うの、まだちょっと怖くて……ハルコさんが一緒にいてくれたら、心強いんだけど」

「一花ちゃん……」

わたしの胸に、ふつふつと庇護欲(ひごよく)が湧(わ)き上がってくる。

大好きな一花ちゃんが不安がっているのなら、助けてあげたい。わたしが一緒にいることで、少しでも一花ちゃんの支えになれるなら……断る理由なんて、なかった。

「……わかった！　わたしも一緒に、行ってあげるね」

「やった！　じゃあ、明日よろしくね。あ、ちなみに創平くんも来るから」

一花ちゃんはそう言って、鼻歌交じりに荷造りを再開した。さっきまでのしおらしさは、一体どこに消えてしまったんだろう。

……明日……創平くんのご家族に、会うのかあ……。

そう考えると、なんだか急に緊張してきた。一花ちゃんのためについていくだけで、特別な意味はないんだけど……やっぱり、ドキドキする。

できる限り、清楚で好感度が高そうなファッションを心掛けよう。そう考えたわたしは、クローゼットを開けて明日のコーディネートを考え始めた。

新幹線に乗ると、京都と名古屋はびっくりするほど近い。一時間もかからないうちに、到着してしまう。俺は高速バスでしか帰省したことがなかったから、あまりの速さに驚いた。

唐突に「家に帰る」と言い出した一花は——何故か、「創平くんも一緒に来て」と言い出した。俺はともかく……七瀬のことまで巻き添えにするとは、一体何を企んでいるのだろうか。

名古屋駅からバスに乗り込み、久しぶりの実家へと向かう。実家に行くのは、七瀬に無理やり連れてこられた、あのとき以来だ。

七瀬と一花は一言も話さず、じっと窓の外を見つめていた。一花の表情もやや強張っていたが、七瀬はそれ以上に緊張した面持ちをしている。心なしか、顔が青い。

「……七瀬。大丈夫か？」

「へっ、う、うん。だ、大丈夫」

七瀬はそう言って、色づいた唇を、へにょ、と歪める。その顔を見る限り、あまり大丈夫ではなさそうだが……俺の家族と会うのに、プレッシャーを感じているのだろうか。だとしたら、なんだか申し訳ない。

「よく考えたら、あたし……何も考えずに、いつものカッコで来ちゃった。お母さん、びっくりしちゃうかも」

突然一花が、不安げに呟いた。今日の一花は、家族の前で見せる清楚な服装ではなく、派手なギャルスタイルだ。

「もう見られてるから、別にいいかなー。でも、ピアスだけ外しとこ……」

一花はそう言って、耳にじゃらじゃらとつけたピアスを外す。

「わ、わたしも、こんな格好で大丈夫かな？　お、おかしくない……？」

何故だか七瀬も心配そうに、そう尋ねてきた。彼女の服装は、お嬢様のような白のブラウスと膝下丈のスカートだ。七瀬はいつでもちゃんとした格好をしているから、気にする必要なんてないのに。

そうこうしているうちに、バスが停車した。

バス停から実家へと向かう道は、なんだか前回とはずいぶんと印象が違った。季節が違うだけで、街の景色はずいぶんと様変わりするものだ。子どもたちが蟬取りをしている公園の前を通過して、実家の前で、俺は足を止めた。そういえば前回はここで一花に声をかけられて、逃げ出してしまったのだった。

今日の俺は迷うことなく、インターホンを押した。

「……！　お、おかえりなさい」

扉が開いて出て来たのは、母だった。一花の顔を見て、ホッとしたように目元を緩める。

「……一花ちゃん。帰ってきてくれたのね」

一花はやや気まずそうに、モゴモゴと「ただいま」と言った。

それから母は、ようやく七瀬の存在に気付いたらしい。俺の後ろに立っている七瀬を見て、驚いたように目を見開く。

「あら。創平、その人って……」

「……は、はじめまして！　七瀬晴子と申します！」

七瀬はそう言って、身体を勢いよく二つ折りにした。京都駅で買ってきた阿闍梨餅（あじゃりもち）を、おずおずと母に差し出している。

「えーと、こちら、お土産です。お、お口に合うといいんですが」

「まあ。お、お気遣いありがとう」

阿闍梨餅の紙袋を手渡して、二人はお互いにぺこぺことお辞儀をし合っている。二人とも社交的なタイプではないため、少しぎこちない空気が漂っていた。

「……こちらの方に、一花ちゃんがお世話になってたのよね？」

「あ、うん。そう」

「本当に、ありがとうございました。とりあえず、入って」

玄関で靴を脱いだ七瀬は、そのまま丁寧に靴を揃えた。母は七瀬のことが気になるようで、チラチラとこちらに視線を向けている。

リビングに向かうと、キッチンに義父が立っていた。人数分のグラスに麦茶を注ぎながら、朗らかに笑う。

「ああ、一花。やっと帰ってきたのか。創平くんも、おかえりなさい」

俺はぎこちなく「た、ただいま」と答える。まだどうにも、言い慣れない。

案内されるがまま、俺たち三人がソファに座ると、義父と母がその正面に腰を下ろす。一花と母は気まずそうに、お互い探るような視線を向けては、すぐに逸らした。

とにかく、この義母娘のあいだのすれ違いを、早急に解消しなければならない。

「……母さん。一花の、ことなんだけど」

俺はそこで言葉を切ると、一花をチラリと横目で見た。ギャルモードの彼女は居心地悪そうに、膝の上で手を弄っている。

「こいつがこういうカッコしてるの、どう思う？」

「そ、創平くん！」

俺の質問に、一花が慌てた声をあげて、背中をバシバシと叩いてきた。

「痛っ。なんだよ」

「も、もー！　な、なんでそんな直球で訊くの！」

「別に、遠回しに訊いたところで変わんねえだろ」

「でも……！」

ぎゃあぎゃあと言い合っている俺たちを見て、母は申し訳なさそうに目を伏せた後、「……ごめんなさい」と小さな声で呟く。

「私、一花ちゃんが……無理して真面目な格好してるの、気付いてたのよ」

「……え……」

一花が息を呑んだ。母は困ったように、眉を下げて笑う。

「一花ちゃん、本当はそういう格好が好きなんでしょう？　お父さんに、よく写真見せてもらってたの。一花ちゃん、お化粧上手よね」

一花は目を三角につり上げて、「お父さん⁉」と義父を睨みつけた。義父は涼しい顔で麦茶を飲みながら、「何か問題があるのか？」と言った。

「だ、だって……あたしずっと、お母さんの前で、イイコのフリして。ほんとは……こんなんなのに」

「そんなことないわ。一花ちゃんはどんな格好してても、イイコじゃない。……それに比べて……私、駄目な母親なの。昔、創平にひどいこと言ったわ」

ふいに蘇ってきた記憶が、俺の胸をちくりと胸を刺した。長年俺を苦しめていた言葉は、今はもう瘡蓋になっているけれど、ふとした瞬間にじわじわと痛む。おそらく母は、今も後悔に苛まれているのだろう。もう、気にしなくてもいいのに。

「だから、娘ができるって知ったとき、上手くやれるか不安だったけど……仲良くしようとしてくれて、とっても嬉しかった」

「お母さん……」

「だから、あなたが無理してるの気付いてたのに、言い出せなくて……ごめんなさい」

母はそう言って、深々と頭を下げた。一花は、ふるふると必死でかぶりを振る。

「ううん。あたしの方こそ、嘘ついててごめん」

「嘘、なんかじゃないわ。きっと私に見せてた顔も……ほんとの、一花ちゃんなのよね」

一花は泣き笑いのような表情で、「そう、なのかも」と頷いている。ただそれだけのことで、二人の間にあった小さなわだかまりは、いともたやすく解けてしまった。

結局二人のあいだにあったのは、ほんの僅かなすれ違いで。一花が気にするほど、大した問題ではなかったのだ。俺のように拗らせなくてよかった、と心底思う。

「これからは、私の前でも一花ちゃんの好きな格好してね」

「うん。でも、ちょっとずつにする……いきなりだと、お母さんびっくりしちゃうかもしれないから」

一花と母はそう言って、ふふっと笑い合った。

◇◇◇

「そういえば、このあいだ……一花ちゃんがお友達と一緒にいるのに声かけたりして、ごめんね」

「え⁉　そんなの、全然気にしてない！　むしろ友達に、一花のお母さん美人だねって言われて嬉しかったよ」

瞬く間に仲直りした一花ちゃんとお母さんは、和やかな空気で笑い合っている。よかったなあ……としみじみ感動していたわたしは、ハッと我に返る。

……あれ……？　わ、わたし……ここに来た意味、ある？

一花ちゃんに頼まれてついてきたけれど、結局わたしは黙って座っていただけで、何もしていない。そもそもこの場において、わたしだけが部外者だ。ど、どうしよう……こいつ何しに来たんだよ、って思われてないかな……。

ソワソワと所在なく視線を彷徨(さまよ)わせていると、一花ちゃんが急に創平くんの方を見て「そーだ！」と大きな声をあげた。

「今日のほんとの目的、忘れるとこだった」

「へ？　なんだよ」

怪訝そうな顔をしている創平くんを、一花ちゃんは肘で軽くつつく。

「創平くん。何か言わなきゃいけないこと、あるんじゃないの？」

「……え」

「あたしがなんでわざわざ、創平くんとハルコさんのこと連れて来たか、わかる？　ハルコさんのこと、安心させてあげたいんだよね？」

「へ？　わ、わたし？」

唐突にわたしの名前が出てきて、面食らった。創平くんは肩を竦めると、小さな声で「……そういうことかよ」と呟く。

それから創平くんは、チラリとわたしの方を見た後、お母さんとお父さんの方に向き直った。やけに強張った、緊張したような顔をしている。

「母さん。と、父さん……」

創平くんはコホンと咳払い(せきばら)をすると、ピンと背筋を伸ばして、言った。

「……紹介する。この人……七瀬、晴子さん。俺の、彼女」

わたしは一瞬、創平くんの言葉の意味が、すぐにはわからなかった。一拍遅れて、ようやく理解する。

……創平くん、今……わたしのこと、彼女って言った？

わたしはその場で高々とガッツポーズしたくなるのを、ぐっと堪える。やったあ！　ついに、言質取りました！　わたし、創平くんの彼女なんだって！

ニヤニヤしたくなるのをぐっと堪えて、必死で平静を装う。創平くんは照れ臭そうに頬を掻いて、俯きがちに続けた。

「紹介するの、遅くなってごめん。その……真面目に付き合ってるから、心配しないで」

……わたしと創平くんって、付き合ってる、んだ。

改めて、じわじわと喜びがこみ上げてくる。もちろん告白もされたし、わたしと創平くんが付き合っていることは、いまさら疑いようもないけれど。それでも、他の誰かに——とりわけ、家族に——彼女として紹介してもらえるのは、格別の喜びがある。なんだか、きちんと彼女として認められたような気がして。

創平くんの言葉を聞いたお母さんは、裏返った声で「や、やっぱり、そっ、そうなのね⁉」と言った。突然のことに動揺しているお母さんに、一花ちゃんがフォローを入れる。

「お母さん！　ハルコさん、マジで素敵な人だから！　全然、心配しなくてもいいよ」

「え、ええ……そ、それは、もちろん！　ご、ごめんなさいね、びっくりしちゃって」

お母さんはコホンと小さく咳払いをすると、わたしの顔をまじまじと見つめた。わたしは思わず、背筋が伸びる。

「……創平。家を出たときは、とっても息苦しそうだったけど……最近は、なんだか雰囲気が柔らかくなったわ。……きっと、七瀬さんのおかげなのね」

お母さんはふっと目を細めて、微笑(ほほえ)んだ。創平くんにはあまり似ていないと思ったけれど、笑ったときの目の形は、創平くんとおんなじだ。

「七瀬さん。一花ちゃんのことだけじゃなく……創平のことも、お世話になってるみたいで。本当にありがとう」

「いえっ！　わっ……わたしの方こそ！　いつも創平くんには、助けられてばっかりで……あの、こうやってご挨拶(あいさつ)できて、嬉しいです」

「これからも、創平のことよろしくね」

お母さんの言葉に、わたしは力いっぱい「はいっ」と返事をする。創平くんはそんなわたしのことを、お母さんと同じように目を細めて見つめていた。

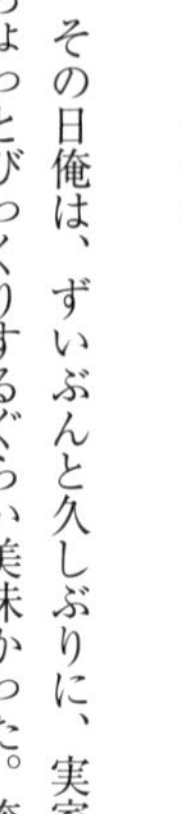

その日俺は、ずいぶんと久しぶりに、実家で晩飯を食べた。義父の作ったピザとパスタは、ちょっとびっくりするぐらい美味かった。俺はずっと一人っ子で、父親はまともに家に帰ってこなかったから、こんなに大人数でダイニングテーブルを囲むのは、初めての経験だ。

一花はひどく楽しそうによく喋(しゃべ)って、よく笑った。七瀬は最初こそ緊張しているようだったが、一花のおかげかすぐ馴染んで、義父や母とも親しげに会話をしていた。母は七瀬をいたく気に入ったようで、「ほんとに素敵なお嬢さんね」と何度も繰り返した。七瀬は真面目で人柄も良いから、当然のことだろう。

俺はもうここに、自分の居場所がない、だなんて思わなかった。自分の居場所は、自分で作るものなのだ。俺は勝手に疎外感を抱いて、家族を遠ざけていただけだった。それに気付いたのは、一花のおかげだ。

「せっかくなら、泊まっていけばいいのに」

母はそう言ったが、俺と七瀬はその日のうちに帰ることにした。いきなり俺の実家に泊まるのは、さすがに七瀬が恐縮するだろう。

俺は玄関でスニーカーを履きながら、母に向かって言う。

「……また、帰ってくるから。正月とか、そのへんに」

「……！　え、ええ、待ってるわ」

俺の言葉に、母は嬉しそうに頷いた。なんだか感極まった様子で、心なしか瞳が潤んでいる。

母の隣で一花が、嬉しそうに笑いながら言った。

「お正月、ハルコさんも一緒に来てね！　まー、最悪ハルコさんだけでもいいけど」

「おまえな……」

「七瀬さん。よかったら、また遊びに来てね」

「ええ、是非！」

七瀬はそう言うと、「お邪魔しました」と丁寧にお辞儀をした。

二人で家を出たところで、七瀬がふぅ、と短い息をついた。さっきまではキリッとしていたけれど、今はほんの少し、気が抜けたような表情を浮かべている。

「ごめん。気ィ遣っただろ」

「ううん！　楽しかったよ。創平くんのお義父さん、お料理上手なんだね」

「俺も、初めて知った」

改めて、俺は新しい家族のことを何も知らなかったのだな、と思い知らされた。これから、少しずつ……家族になっていければ、いいだろう。

「ね、創平くん」

七瀬が俺の名前を呼ぶと、上目遣い（うわめづか）いにこちらを見つめてきた。

「わたしって創平くんの彼女なんだよね？　自信持って、そう言ってもいいよね？」

「いまさら、何言ってんだよ」

「だって！　他の人に、彼女だって紹介してもらえたの、初めてだったから……」

七瀬は「ありがとう」と微笑んで、軽く腕を絡めてくる。街灯の光を跳ね返す瞳には、もう不安の色は見えない。

「……安心、できた？」

「うん！　嬉しい。創平くんの、彼女」

嚙(か)み締(し)めるように繰り返した七瀬が、ふにゃっと目元を緩める。その表情を見た途端、どうしようもない愛(いと)おしさがこみ上げてきた。

ご近所の目もあるし、実家の近くでベタベタするのは憚(はばか)られるが……まあ暗いし誰もいないから、ちょっとぐらい、いいか。

肩を抱き寄せようとしたところで、背後から「そーへーくーん！」という声が響いた。慌てて、伸ばしかけた腕を引っ込める。

駆け寄ってきたのは、一花だった。息を切らしながら、俺の前で立ち止まる。

「はいこれ、スマホ。ソファに置きっぱなしだったよ」

「え？　あ、忘れてたのか……助かった、ありがとう」

どうやら、忘れ物を届けにきたらしい。礼を言ってスマホを鞄(かばん)にしまうと、一花が「そーだ」と悪戯(いたずら)っぽく笑う。

「最後にいっこだけ、言うの忘れてた」

「なんだよ」

背伸びをした一花が、俺の耳元で小さく囁く。

「……すぐそこで妹が寝てるのに、彼女とチューするのは、どうかと思うよ」

「……⁉」

……まさかこいつ、あのとき起きてたのか⁉

俺が目を白黒させているのを見て、一花がケタケタと笑い声をあげる。それから「ハルコさん、いろいろありがと！」と七瀬に向かって手を振った。

「また京都遊びに行くから、そのときは泊めてね」

「うん、もちろん！」

そして一花は、満面の笑みで言った。

「じゃーまたね、お兄ちゃん……と、未来のお姉ちゃん！」

俺と七瀬は、思わず顔を見合わせる。俺は今度は、否定しなかった。

それから俺たちは、どちらからともなく手を繋（つな）いで――バス停への道を、歩き出した。

第七章　君と歩いていく薔薇色の人生

　八月が終わり、九月になった。まだまだ暑さは衰える気配はなく、厳しい残暑が続いている。

　一花が実家に帰ってから、七瀬は少し寂しそうにしている。先日は、「つい、一花ちゃんの分まで晩ごはん作っちゃった……」と言って、しょんぼりしながら麻婆茄子を持ってきた。

　しかし、ちょこちょこと連絡は取り合っているらしく、「宿題、なんとか間に合ったみたいだよ」「お母さんと服買いに行ったんだって」などと、俺の知らない一花の近況を教えてくれる。たぶん今の七瀬は、俺よりもよほど俺の実家の現状に詳しいだろう。


　夏休みも残り二週間となった九月の半ばに、前期の成績が発表された。

　俺はスマホを握りしめ、祈るような気持ちでＷＥＢページを開く。表示された結果を見て、俺は小さくガッツポーズをした。

　努力の甲斐あってか、俺の中ではかなり満足のいく結果を残すことができた。今回ばかりは、自分で自分を褒めてやりたい。晴れやかな気持ちで、胸を張って大きく伸びをした。

　……七瀬は、どうだったかな……。

前期試験の少し前、彼女はいつもの調子を崩しているようだった。すぐに持ち直して、死に物狂いで勉強しているようだったが……果たして、遅れを取り戻せたのだろうか。

どうにも気になった俺は、七瀬の部屋へと向かう。インターホンを押して出てきた彼女の顔は、明るかった。

「あっ、創平くん。もう成績見た？」

俺が切り出す前に、七瀬の方から尋ねてきた。俺は「うん」と頷く。

「せーの、でスマホ画面見せっこする？」

七瀬の提案に、俺は乗った。二人で「せーの」といい合って、同時にスマホを突き出す。眼前に見せつけられた画面を見て、俺は口をあんぐりと開いた。

「……お、おまえ……全部、最高評価じゃん」

七瀬は「えへへ」と笑って、ピースサインを突き出してきた。彼女が成績を落とさなかったことに安堵すると同時に、隠し切れない悔しさがこみ上げてくる。

俺も今回はかなり頑張ったつもりだったが、七瀬には勝てなかった。いや、大事なのは勝ち負けではない、というのは承知の上だが。

……俺、やっぱりもっと頑張らないと……。

次こそは、七瀬に負けたくない。もっともっと自信を持って、七瀬の隣に並び立てるように。今の俺が七瀬に相応しい男ではないのなら、その分努力するだけだ。どうあっても、俺には七瀬が必要なのだから。

そんな俺の決意などつゆ知らず、七瀬は無邪気に笑って言った。

「そういえば、創平くん。文化祭で、またゼミの講演するんでしょ？」

「……あー、うん」

俺は悩んだ結果、二度目の講演を引き受けた。今度はしっかり準備して、前回のリベンジを果たすつもりだ。

「もう、自分には向いていない、って逃げるの、嫌だから」

俺の言葉に、七瀬はなんだか眩しそうに目を細めた。

「すごいね、応援してる」

……俺なんかより、おまえの方がずっとすごいよ。

そう思ったけれど、口には出せなかった。

それから少し雑談を交わした後、創平くんは自分の部屋へと戻って行った。一人になったわたしは、テーブルの上に置かれたメイクボックスの前に、すとんと腰を下ろす。

……創平くんって、やっぱりすごい。

バイトや資格試験の勉強をしながら、あれだけの成績を収めるなんて。きっと、相当な努力を重ねたのだろう。彼はちょっと悔しそうにしていたけれど、充分すごい、と思う。

ゼミの講演のことも。創平くんは前向きに努力していて、どんどん変わろうとしている。彼のそんな姿が、今のわたしには眩しくてたまらない。

……創平くんは、こんなに頑張ってるのに……わたしは、このままでいいのかな。

忘れかけていた将来への不安が、じりじりと忍び寄ってくる。

自分が何者になりたいかも、よくわからなくて。何の目的もなく漫然と過ごす毎日は……果たして、薔薇色と呼べるんだろうか。

わたしは目の前にある、大きなメイクボックスを開いた。中には大事な大事な、わたしの宝物である口紅が二本入っている。

一本は、創平くんがくれたもの。もうひとつが――おねえちゃんから、貰ったものだ。

もう中身がずいぶん減ってしまったけれど、今でもここぞ！　というときにつけるようにしている。わたしの背中を押してくれた、大事な宝物。

――あたしにとっては、同じだよ。綺麗で優しくて、素敵なおねえちゃん。

一花ちゃんの言葉を思い出して、胸が熱くなる。自分はおねえちゃんみたいにはなれない、と凝り固まっていたわたしの気持ちを、そっと溶かしてくれた。

……わたしも……おねえちゃんみたいに、なりたいって思っても、いいのかな。

わたしはスマホを取り出すと、そのまま電話をかけた。何度かコール音が鳴った後、「晴子（はるこ）、どうしたの？」という優しい声が聞こえてくる。

「あっ、おねえちゃん？　……あのね……よかったら、会いに行ってもいい？」

前期の成績発表から、数日後。唐突に、北條（ほうじょう）からＬＩＮＥがきた。

「相楽（さがら）、もうすぐ誕生日やろ？　メシ奢ったるわ」

たしかに、俺の誕生日は一週間後の九月二十日だ。おそらく七瀬から須藤（すどう）を経由して、北條の耳に入ったのだろう。北條の奢り、ということなら断る理由はない。タダ飯につられ、俺は西院駅の近くにある居酒屋へと向かった。

雑居ビルのエレベーターで六階に上がり、目の前にある焼き鳥屋に入る。驚くほどに大きな声で「いらっしゃいませー！」と言われ、少々たじろいだ。飲み会にもほとんど参加しない俺は、この手の店に来たことがほとんどない。

「あっ、相楽。こっちこっち」

入り口すぐのテーブル席に、北條が座っていた。正面には、木南（きなみ）の姿もある。

「……あれ。おまえも来てたのか」

「相楽の誕生日はどーでもいいけど、博紀が奢ってくれるって言うからさ！　ゴチでーす」

「なんでやねん、おまえは払えや。つーか、相楽の分おまえも出せ」

タブレットで適当に注文を済ませると、すぐに飲み物が運ばれてくる。まだ誕生日を迎えていない俺は、ウーロン茶だ。北條が冷えたビールジョッキを持ち上げる。

「じゃ、ちょっと早いけど。相楽誕生日おめでとー」

俺は「ありがとう」と言って、かちんとジョッキをぶつけた。祝いの言葉らしきものはそれだけで、すぐにダラダラと適当な会話を垂れ流す。特に気を遣うこともないその空気が、なんとなく居心地よかった。

……友達に誕生日祝ってもらうの、久しぶりだな。

そう思ってから、当たり前のように北條と木南を〝友達〟と定義した自分に、驚いた。動揺を誤魔化すように、ウーロン茶を喉に流し込む。

「そーいや悠輔、必修の単位取れてたん？」

「あー何個か捨てた。ま、卒業までに取ればいいっしょ」

「そんなこと言うてると、就活決まったのに単位足りずに卒業できひん、みたいなことになるらしいで。相楽は、今回もフル単？」

「当たり前だろ」

「うげー。気持ち悪」

木南がそう言って、げんなりしたような表情を浮かべた。

木南は単位のことなどもうどうでもいいらしく、おかわり自由のキャベツをウサギのように頬張りながら、琵琶湖でナンパした女と別れて元カノとヨリを戻した、みたいな話をしている。ヨリを戻すのは、これで四回目らしい。相変わらずすぎて、もはや安心感さえある。

「こないだ彼女と温泉行ったんだけどさー、一緒に入ろうぜって言ったら、絶対嫌って断られたんだよなー。温泉行った意味なくね？」

「いやー。一緒に風呂は、嫌がる女子意外と多いやろ」

「そーいや、どうよ。彼女とヤれてない同盟諸君は」

ニヤニヤしながら言った木南に、北條は涼しい顔でポテトフライをつまみながら、「いつの話をしてんねん」と答えた。俺はギョッとして、北條の顔を見る。

「……お、おまえ、まさか……」

「まー、相楽もせいぜい頑張りや」

北條はそう言って、俺の肩にポンと手を置いた。得意げな表情に腹が立つ。本当に同盟を結んでいたわけではないのだが、なんだか裏切られたような気持ちになるのは何故だろう。

「つーか、相楽まだヤッてねーの？　ヤッたら死ぬの？　僧か？」

「うるせえよ。お、俺にも、俺のペースってもんが……」

「ビビってるだけだろが。単純なことを、めんどくさく考えすぎなんじゃねーの」

呆れたように言った木南に、俺はぐっと言葉を詰まらせた。

……こいつは何も考えていないようで、妙に核心をつくことを言う。

俺は今までずっと、くだらないことで悩んだり迷ったりして、一歩踏み出すことができなかった。でも、俺の気持ちはもうとっくに決まっている。俺の幸せには七瀬が必要不可欠で、これからもずっと一緒にいたい。

それなら……もう迷うことなんて、ひとつもないんじゃないか？

俺はやけに重たいジョッキに入ったウーロン茶を一気に飲み干すと、テーブルに叩きつける。

「……わかったよ。俺、覚悟決めた」

そう呟いた俺に、木南はニヤニヤしながら「まー、巴投げされないように頑張れよ」と言って、北條に睨まれていた。

創平くんの誕生日まで、一週間を切った。
わたしはさっちゃんと二人で、誕生日プレゼントを買いに行った。デパートやファッションビルをハシゴして、普段はあまり立ち寄らないメンズ売り場をウロウロして。半日かけてさんざん悩んだ挙げ句――結局、決められなかった。

さっちゃんは辛抱強く付き合ってくれたけれど、「さすがに疲れたし、どっかでお茶しよ!」と言われ、わたしはカフェに連行されてきた。

アイスカフェラテを飲みながら、さっちゃんが呆れた顔で頬杖をつく。

「彼氏の誕生日プレゼントって、そんなに悩むこと?」

「悩むよお……創平くんの好み、よくわかんないし……」

いろいろ考えてはみたけれど、わたしは、彼の欲しいものとか、好きなものが、まだよくわからない。もう半年以上、付き合ってるのに。やっぱり、まだまだ理解が足りないのかな……。

「……ああ、どうしよう~……」

「そんなん、プレゼントはあたし♡ でいいんちゃう?」

ニヤニヤしながら言ったさっちゃんに、わたしは頬を膨らませた。彼氏に押し倒されて巴投げまでした人の台詞とは、とても思えない。他人事だと思って、言いたい放題だ。

「じゃあ、さっちゃんがやればいいのに。プレゼントはわたし、って」

反撃のつもりで言い返したのに、さっちゃんは平然と「まー、それならお金かからんし、いいかもな」と呟いた。余裕の態度に、わたしは目を丸くする。

「えっ。さ、さっちゃん、もしかして北條くんと……」

「あたしのことより、ハルコはどーなん? 進展あった?」

追及するつもりが、さらりと躱されてしまった。今度絶対に詳しく教えてもらおう、と心に決めながら、わたしは答える。

「え、えーっと……こないだ、創平くんの実家に行ったよ」

「えっ、何それ初耳！　順調に外堀埋めてるやん。やるなあ」

「も、もう！　そんな言い方しないでよ。さっちゃんだって、北條くんの実家行ったことあるでしょ？」

「あるけど、あたしらの場合は二人とも実家暮らしやしなー。そんなかしこまった挨拶とかはしてないし」

「わたしだって、そうだよ。それに、創平くん……結婚とか、あんまり考えてないんだって」

——まだ、そんなこと考えられねえよ。

——誰かと家族になるって、そんなに簡単なことじゃないだろ。それに、俺……結婚とか、そういうの向いてない、気がする。

創平くんの言葉を思い出して、わたしは小さく溜め息をつく。

「そういうの自分には向いてない、って言ってた……」

彼の家族関係のことを思えば、気持ちは当然わかる。だから、無理強いするつもりはないけど……悲しくないといえば、嘘になる。

「まー、逆にちゃんと考えてくれてる証拠ちゃう？　悠輔なんか、付き合って三日で『結婚しよ！』とか言うてるらしいし」

「それはちょっと、軽すぎてやだ……」

そう考えると、軽い気持ちでプロポーズをされるよりは、ずっといいのかもしれない。少なくとも、わたしと結婚したくないわけじゃない、とは言ってたし。ご家族にもちゃんと紹介してもらったし、このあいだ一花ちゃんに「お姉ちゃん」って呼ばれたときは、否定してなかったもんね……。

「……さっちゃんは、北條くんと結婚したい？」

「うわ、重ぉ。そんなん、全然考えてへんわ。あたしら、まだ学生やで」

さっちゃんはそう言って、右手をひらひらと振る。

どうやら学生の身分で、真剣に結婚を見据えるのは〝重い〟ことらしい。別れない限りは結婚する可能性が高いんだから、お付き合いって結婚と地続きだと思うんだけど。もしかして、こういう考え方って、あんまり一般的じゃないのかな。

「それに、博紀の家族とか全員めっちゃ美男美女やねん。お姉さん三人いるんやけど、全員モデル並みの美女。あれの家族になるの、かなり勇気いるわ」

「それは、ちょっとわかるかも……」

「あと、北條家の遺伝子残すのも、結構プレッシャーやしな……あたしに似たらどうしよう……いや、それはそれで博紀は喜ぶと思うけど……」

「……ねえ、さっちゃん。ほんとは、結婚についてかなり真剣に考えてない？」

わたしの指摘に、さっちゃんは何も言わずにカフェラテを飲んだ。

きっと実際のところ、さっちゃんは北條くんのことが大好きで、本気で結婚したいと思っているのだろう。それを表に出すのが、恥ずかしいと思っているだけで。なんだ、さっちゃんもいわゆる〝重い女〟なんだ。

「わたしも結構、さっちゃんのことが理解できてきたかも」

「あっ、なんか失礼なこと考えてるな」

さっちゃんがわたしのほっぺたをつまんで、軽く引っ張ってきた。わたしは笑って、「さっちゃんもわたしとおんなじ、ってこと！」と言ってやった。

「と、いうか。結婚より先に、することあるんちゃう？」

「……た、たしかに、そうだよね……」

結婚は、ともかく。わたしもせめて、もうちょっと……先に、進みたいな……。

一花ちゃんが帰った後も、わたしたちの関係は変わらず、二人きりでいても何も起こらない。彼はきっと、まだその気がないのだろう。迷惑をかけるのも本意ではないし、わたしも最近は押しを控えめにしている。

ねえ、創平くん……わたしたちのペースって、どのくらい？

そう尋ねてみたい気もするけど、勇気が出ない。わたしは溜め息をついて、マンゴージュースのストローを咥(くわ)えた。

さっちゃんと別れた後、わたしはアパートに帰ってきた。結局、創平くんへのプレゼントは、何も思い浮かばない。

……こうなったらもう、本人に訊いちゃおうかな……。

創平くんだって、使わないものや趣味に合わないものを貰うよりは、自分が欲しいものをプレゼントしてもらった方がいいだろう。わたしは意を決して、創平くんの部屋を訪れた。

「……あ、七瀬」

扉を開けて出てきた創平くんは、なんだか寝起きの顔をしていて、頭には寝癖がついていた。

「眠そうだね。もしかして、寝てた？」

「うん……昨日、北條と木南に朝まで付き合わされて、そのままバイト行ったから」

創平くんはそう言って、大きな欠伸をする。夜通し三人で遊ぶなんて、ずいぶんと仲良しになったものだ。なんだか微笑ましく思えてくる。

「そういや、なんか用だった？」

「あ、うん……創平くんは、お誕生日何が欲しい？」

わたしは単刀直入に尋ねた。創平くんは「え？」と首を傾げる。

「ごめんね。自分で選ぼうと思ったんだけど、全然思いつかなくて……欲しいもの、ある？」

わたしの問いに、創平くんは真面目な顔で腕組みをした。ずいぶんと長い時間、考え込んでいる。もしかすると、あまり物欲がない方なのかもしれない。

やがて彼は顔を上げると、わたしのことをじっと見つめてきた。真剣な光を宿した黒い瞳に射抜かれて、わたしの心拍数が急上昇する。

「……七瀬……」

「……へ……」

わたしがぽかんとしていると、創平くんははっと我に返ったように、わたしから目を逸らした。それから、取り繕うような早口で言う。

「あ、いや。なんでもない。ほ、ほんとに、なんでもいいから」

「あっ、う、うん。わ、わかった。か、考えておくね……」

わたしは「じゃあ、またね」と言って、ぎくしゃくと自分の部屋へと戻った。扉を閉めて一人になった途端、へなへなとその場に座り込む。

創平くん、さっき……わ、わたしが欲しい、って、言った？

聞き間違いでなければ、彼は間違いなく、わたしの名前を口にした。彼の声を反芻して、咀嚼して飲み込んで、「うわあああああ」と叫んで、頭を抱える。

わ、わ、わ、わたしが欲しいって……そ、そういうこと⁉　や、やっぱりさっちゃんの言ってたのが、正解だったの⁉

わたしはしばらく一人でジタバタと身悶えした後、すくっと立ち上がった。気合いを入れ直すかのように、自分の両頬をパチンと叩く。

……ちょっと、びっくりしたけど……創平くんが望むなら、わたしに拒む理由なんてない。だって、わたしも同じ気持ちだから。

彼の誕生日までは、もう一週間もない。それまでにダイエットとかしておいた方がいいのかな、だなんてことを、真剣に考えてしまった。

［Happy birthday］のプレートが飾られたチーズケーキには、大きな二本のロウソクが突き刺さっている。誕生日ケーキらしさはあまりないが、甘いものがそれほど好きでない俺のために、七瀬が選んでくれたものだ。

「創平くん、お誕生日おめでとう〜！」

そう言って拍手をする七瀬は、いつも以上にバッチリと化粧をしていて、眩いほどに光り輝いている。満面の笑みを眺めながら、可愛い彼女と誕生日を過ごせる喜びを噛み締めた。

夏休みも終わりに近付いた、本日九月二十日は、俺の二十歳の誕生日だ。

今日は二人で、京都水族館にクラゲを観に行った後、梅小路公園で弁当を食べて、近くのケーキ屋で予約していたチーズケーキを受け取って、アパートに帰ってきた。

七瀬が用意してくれたものは、どれも俺の好きなものばかりだ。自分には好きなものなんてない、と思っていたけれど、彼女によって気付かされたものがたくさんある。

「お誕生日、って感じじゃないけど……あんまり一般的なイメージに囚われずに、お祝いしてみようと思って！」

七瀬がそう言って、ニッコリ笑った。きっと彼女が、俺のために一生懸命考えてくれたのだろう。世間一般に見てどうかは知らないが、俺にとっては何よりも幸せな誕生日だ。

……俺が七瀬の誕生日を祝ったとき、彼女自身の気持ちを考えていただろうか。〝素敵な彼氏〟に囚われ、テンプレにこだわりすぎて、独りよがりだったかもしれない。

来年はもう少し、自分なりに考えてみよう。今度は無理せず……いや、やっぱりちょっとは無理するかもしれないけど。でも七瀬のためだったら、多少の無理は楽しいと思えるから、別にいいか。

チーズケーキに刺さったロウソクの火を、フッと息を吹きかけて消す。七瀬がもう一度「おめでとう！」と言って、パチパチ拍手をしてくれた。

「それからこれは、誕生日プレゼント」

七瀬はそう言って、紙袋を手渡してくれる。中に巾着袋が入っていたので開けてみると、黒い革の二つ折り財布が入っていた。やけに高級そうな革の感触がする。

「創平くんが今使ってるお財布、ボロボロだったから……趣味に合うか、わからないけど」

「いや、嬉しい。そろそろ買い替えないとまずいな、と思ってたから」

七瀬は本当に、俺のことをよく見ている。きっとこのプレゼントを選ぶのも、たくさん悩んでくれたのだろう。好きな人が自分のために考えてくれるのが一番嬉しいの、と言っていた七瀬の気持ちが、よくわかった。

「俺、好きなものとか全然ないから……大変だっただろ」

「ううん！　創平くんのこと考えながら選ぶの、大変だけど楽しかったよ！」

七瀬はいつも、何をするのも楽しそうだ。彼女は人生を全力で楽しんでいて、俺が気付かない〝素敵〟を見つけて感動することに、とても長けている。

俺も七瀬と一緒にいたら、自分の好きなものがたくさん見つかる気がする。空虚だった自分の中身が、たくさんの〝素敵〟で満たされる日が……いつか、来るのだろうか。

甘さ控えめのチーズケーキを食べ終わったところで、七瀬が悪戯っぽく笑って、まるでマイクのように右手を差し出してきた。

「それでは、創平くん。二十歳の抱負をどうぞ」

俺は戸惑いつつも、「えーっと」と口を開いた。

「じゃあ、まず……後期は、七瀬に負けないように、オール最高評価目指す」

「わっ、すごい。一緒に頑張ろうね」

「それから、来月の資格試験合格して、文化祭の講演も成功させて……えーと、体調崩して七瀬に迷惑かけないように、気を付ける……」

「あはは。それは、くれぐれもよろしくお願いします」

「あと、それから」

俺は手を伸ばして、七瀬の右手をそっと摑んだ。薬指には、俺がプレゼントした指輪が、電球を反射して光っている。

「……七瀬が、薔薇色の大学生活を送れるように、全力で協力する」

「創平くん……」

「俺、素敵な彼氏、には程遠いと思うけど……七瀬がまた崩れそうになったときに、俺がいるから頑張れる、って思えるような存在でいたい」

七瀬は長い睫毛を瞬かせて、「うん」と微笑んだ。俺の手をそっと握り返して、「わたしね」と囁くような声で言う。

「わたしね。薔薇色の大学生活って何なんだろうって、わからなくなって……このあいだ、東京にいるおねえちゃんに会いに行ったんだ」

化粧品メーカーで働くおねえちゃんは、相変わらず……ううん、前会ったときよりもずっとキラキラしていて。先日初めて自分の企画が通ったのだと嬉しそうに話す姿は、とっても眩しかった。

——わたし、やっぱりおねえちゃんみたいにはなれないかも。

そう言って俯いたわたしに、おねえちゃんは笑って言った。

——どうして？　私が大学生の頃なんて、晴子とは比べものにならないくらい、ダメダメだったわよ。単位もいっぱい落としたし、就活だってお祈りされてばっかりで。

——嘘。そんなふうには、見えなかったよ。

——そりゃあ、晴子の前では頑張っていいカッコしてたもの。素敵なおねえちゃんだと思われたくて、必死だったの。……幻滅した？

おねえちゃんの問いに、わたしは全力で首を横に振った。おねえちゃん自身がどう思っていたとしても、わたしの目に映るおねえちゃんは、いつだって輝いていたから。

おねえちゃんも、わたしみたいに必死で虚勢を張って、なりたい自分であろうとしていたのかもしれない。でも、それはきっと嘘じゃなくて……少なくともわたしにとっては、それも本当のおねえちゃんなんだ。

だったらわたしも、これからも背伸びして、虚勢を張り続けたい。いつか嘘が本当になって、本物のキラキラ女子になれるように。

「わたし、やっぱり……おねえちゃんみたいに、化粧品関係の仕事、してみたいんだ」

勇気を出して口に出すと、相楽くんは「うん」と頷いてくれる。

「でも、まだ全然具体的じゃなくて……化粧品とか美容関係もいいけど、アパレルも素敵だし。ファッション誌の編集者とか、ブライダル系なんかもいいなあ、って。それ以外にも、わたしに向いてる仕事ってたくさんあるのかも」

もちろん不安はあるけれど、可能性がたくさん広がっているって、素敵なことだ。きっとこれからわたしは、何にでもなれる。

「これからも、いっぱい迷って、いろんなことに憧れて、自分なりの薔薇色を見つけたいと思うんだ。だからこれからも、協力してね！」

これからわたしがどんな道を選ぼうとも、わたしの薔薇色には、創平くんが必要不可欠なんだ。創平くんがいるから、頑張れる。これからも、そういう自分でありたい。

わたしの言葉に、創平くんは優しく笑って、「晴子」とわたしの名前を呼んだ。

「このあいだ言ってた、俺の欲しいもの、だけど……」

創平くんの言葉に、わたしはドキッとした。右手に触れた手の温度は高くて、繋いだ場所から熱が伝わってきて、わたしの体温もどんどん上がっていく。

……大丈夫。覚悟ならとっくに、できてるから。

そう心を決めた瞬間、創平くんがわたしの右手の薬指に嵌まった指輪に、そっと触れた。

「……その指輪、外して」

「……え……え⁉」

想像もしていなかった言葉に、わたしの気持ちは急転直下で地に落とされた。さーっと血の気が引いて、指先が冷たくなっていく。

こ、この状況で指輪外せって……どういうこと⁉　か、返せってこと⁉　そ、そ、それって遠回しに、わ、別れようって言われてる……⁉

「ど、どうしてそんなこと言うの⁉　ぜ、絶対、外さない！」

「あ、いや、そういうことじゃなくて……ちょっとだけ」

「や、やだ……あっ！」

わたしの必死の抵抗も虚しく、創平くんはわたしの指から指輪を強引に抜いた。それから、左手を掴まれて――そのまま、指輪を薬指に嵌め直す。

華奢なゴールドのリングは、わたしの左手薬指で、キラリと光った。

「……え……？」

わたしが茫然としていると、真っ赤な顔をした創平くんが、わたしの両手をぎゅっと握りしめた。その手はひどく熱くて、小刻みに震えていて、彼の緊張を嫌というほど伝えてくる。

「大事な、話があるんだけど」

やけに深刻な声の響きに、わたしの心臓はドキッと高鳴った。彼は真剣な表情で、話し始める。

「……俺、今のままじゃ全然足りてないし……全然、晴子に相応しい男じゃないよな。たぶん七瀬のこと幸せにできる奴は、他にたくさんいるんだと思う」

「そ、そんなこと……」

「でも、俺の幸せには……晴子が必要だから」

創平くんはそこで言葉を切ると、わたしの目をまっすぐに見つめた。瞳の奥にどこか必死な、鬼気迫るような光が潜んでいて、目が逸らせない。

「……俺たち、まだ学生だし……今すぐは、無理だけど。卒業したら……」

「う、うん」

「俺と、結婚してください」

彼の言葉の意味を、わたしの脳はすぐに処理できなかった。十数秒ほど、たっぷり考えて――じわじわと、理解が追いついていく。

……け、結婚……相楽くん、今、結婚、って言った⁉

「え、え、え……えええええええ⁉」

わたしは叫び声をあげて、その場でのけぞる。思わず後ろにひっくり返ったわたしは、ゴン、とテーブルにしたたかに頭をぶつけてしまった。

「は、晴子⁉」

突然叫び声をあげてひっくり返った七瀬を、俺は慌てて抱き起こした。彼女は「いたた……」と悶えた後、今にも茹で上がりそうなほど真っ赤な顔で、金魚のように口をぱくつかせた。

「け、け、け、けっこん、って……と、突然、どうしたの」

決して、今の思いつきで口走ったわけではない。少し前から、考えていたのだ。

俺はずっと、家族と上手(うま)くやれなかった自分が、七瀬のことを幸せにできるはずがない――と思っていた。でも、一花の言う通り、彼女は俺に幸せにしてもらうまでもなく、自分で幸せを摑むことができる女性なのだ。

それでも俺の幸せには、七瀬が必要不可欠だ。おまえの人生背負ってやる、なんて口が裂けても言えない。でも、二人で手を繋いで、重い荷物は半分持つから、これからもずっとそばにいさせてほしい。

俺が一番欲しいものは、七瀬晴子と歩いていく人生だ。

「……一人で先走って、ごめん。順番、めちゃくちゃだよな」

「う、ううん……びっくりしたけど、嬉しい」

七瀬はそう言って、大きな瞳を潤ませた。それから、未来の予約をするように左手の薬指に嵌まった指輪を、愛おしそうに撫でた。

「創平くん。さっき、わたしのこと幸せにできる人が他にいる、って言ったよね？」

俺が頷くと、七瀬は俺の両頬をそっと包み込んできた。少し拗ねたような顔で、唇を尖らせている。

「そんなの、ひどいよ。どうしてわたしの幸せを、創平くんが勝手に決めるの？」

「はる、こ」

「わたしも……創平くんの、家族になりたい。わたしの幸せにも、創平くんが必要だから。二人でいたら、絶対に幸せになれるよ」

そうきっぱりと言ってのける七瀬を見ていると、些細な不安なんてどこかに消し飛んでしまう。彼女がそう言うなら間違いないな、と何の疑いもなく信じられるのだ。

「……俺、大学卒業したら……薔薇色の人生が送れたらいいな、って思ってる」

「……うん」

「だから……俺の人生が薔薇色になるように、協力してくれる？」

俺が言うと、七瀬はふにゃっと笑って、勢いよく抱きついてきた。

「……わたしが創平くんとずうっと一緒にいたいから、協力してあげる！」

七瀬の背中に腕を回して、額をこつんとぶつけ合う。ぶつかった額は、俺と同じ温度をしていた。二人で赤くなっているのが、なんだかおかしくなって、至近距離で笑い合う。

それから、七瀬が長い睫毛を揺らして、ふいに目を閉じて——俺たちは、磁石が引き寄せられるようにキスをした。

「……あ、あのね、創平くん」

唇が離れた刹那、七瀬が恥ずかしそうに顔を赤らめる。

「わたし、まだ創平くんにあげてないもの、あるんだけど……それは、いらない？」

しばらくその言葉の意味を考えた後、理解した途端に、かっと体温が上昇した。

……どうして七瀬はいつも、俺の欲しいものを正しく理解しているのだろう。やっぱり俺は、どう足掻いても彼女にはかなわないらしい。

俺は「……いただきます」と言って、柔らかな身体を抱きしめる腕に力をこめる。耳元に唇を寄せた七瀬が、「創平くんにだけ、見せるね」と小声で囁いてきた。

それからこっそり俺にだけ見せてもらった、何にも隠されていない彼女の姿は、本当に綺麗で可愛かった。申し訳ないがこれは、俺だけの秘密である。

終章　ほんの少しだけ未来の話

usotsuki lip ha koi de kuzureru.

「創平くん、早く早く！」

ピンク色のドレスの裾を揺らした晴子が、ぐいぐいと俺の手を引く。高いヒールで走ろうとするものだから、転倒しないかとヒヤヒヤしてしまった。

卒業式直後のキャンパス内には、あちこちに別れを惜しむ学生たちの姿が見える。そんな中、手を繋いで足早にどこかへ向かう俺たちが悪目立ちしていることは自覚していたけれど、俺は晴子の手をしっかり握ったまま、離さなかった。大学で手を繋いで歩くのは俺の主義に反するが、もう今日で卒業だから、別に構わない。

「そんなに焦る必要ないだろ」

「無理だよ！　もう一分一秒だって待てないよ！」

そう言った晴子の声は弾んでいる。もう絶対に離すまい、とばかりに強く握ってくる小さな手を、俺もきつく握り返した。

晴子と出逢ってから季節は巡り、俺たちは無事に大学を卒業した。俺も晴子も就職が決まったので、この春からは晴れて社会人だ。

「ハルコさーん！　創平くーん！」

図書館を通り過ぎたところで、名前を呼ばれて立ち止まると、一花が小走りに駆け寄ってきた。どうやら、俺たちのことを待っていたらしい。

猛勉強の末にうちの大学に合格した一花は、去年の四月から晴れて立大生となった。多少無理をして入学したせいで、試験のたびに「単位がヤバい」と泣き言を漏らしているが、なんだかんだで頑張っているようだ。

一花は俺には目もくれず、勢いよく晴子に抱きついた。

「卒業おめでとー！　ハルコさん、ドレスめちゃ綺麗！」

「一花ちゃん、ありがとう！」

晴子の胸に顔を埋めながら、一花が「はあ……」と憂鬱そうに溜め息をつく。

「……四月からハルコさんがいないなんて……これから試験前、誰に頼ればいいんだろ」

「一花ちゃんはやればできるから、大丈夫だよ。何かあったら、またいつでも相談してね」

晴子が優しく頭を撫でてやると、一花は「はあい」と素直な返事をした。

「さすがあたしのお姉ちゃん、頼りになる！　兄とは大違い」

「なんだと。俺もしょっちゅう勉強教えてやっただろーが」

一夜漬けの勉強に何度も付き合ってやった恩を忘れるとは、薄情な義妹だ。一花は「知らないよ、そんなの！」と、べーっと舌を出した。

「ハルコさん、今度お母さんと一緒に新居遊びに行くね！」

「うん、来て来て！　ちゃんとお掃除しとくね！」

「創平くんは、別にいなくてもいいけど」

「なんだと、こら」

一花は明るく「じゃあ、またねー！」と笑って、手を振った。

キャンパスのあちこちに植えられた桜は満開で、見事に咲き誇っている。今年は例年よりも、少し開花が早かったらしい。

ふと、広場に見慣れた男女の姿を見つける。

「あっ、ハルコと相楽（さがら）やー！」

濃い紫色の袴（はかま）を着た須藤（すどう）が、相変わらず馬鹿（ばか）デカい声で、ぶんぶんと手を振ってくる。その傍（かたわ）らには、スーツ姿の北條（ほうじょう）と木南（きなみ）もいた。

「あれ、ハルコもう袴着替えたん？　ドレス可愛（かわい）いやん！」

「ありがとう！　また謝恩会で、いっぱい写真撮ろうね！」

晴子は須藤ときゃあきゃあはしゃいでいる。晴子もさっきまでは赤い袴を着ていたのだが、式が終わってからは学部の謝恩会に備えて、ドレスに着替えたようだ。

俺はこれまで、女性を一番綺麗に見せる衣装は浴衣だと思っていたが、晴子の袴姿もドレス姿も信じられないくらいに可愛かった。きっとウェディングドレスも似合うのだろうな、と俺は思う。結婚式を挙げるのは、まだ少し先になるだろうが。

「相楽と七瀬、どこ行くん？」

北條の問いに、俺と晴子は顔を見合わせた。晴子はもじもじと目を泳がせた後、口を開く。

「……婚姻届、出してくる」

俺も妙に恥ずかしくなってしまって、下を向いて頬を掻いた。北條が「今から？　どんだけ待ちきれへんねん」と、からかってくる。

晴子の胸には、Ａ４サイズの茶封筒が大事そうに抱えられている。中身は、俺と晴子の戸籍書類と、記入済みの婚姻届だ。

卒業したら結婚しよう、という二人の約束が、今日ようやく果たされることになる。

既に互いの両親にも挨拶を済ませており、卒業式を終えたら入籍することは了承を得ていた。

「そんなに急いで籍を入れなくてもいいんじゃないか」と言われたけれど、結婚することで経済的に安定するし、互いの勤務地も考慮してくれる——などとメリットを並べて説得すると、それ以上は反対されなかった。

晴子には「焦らなくてもいい」なんて余裕ぶっていたけれど、待ちきれないのは俺も同じだった。俺だって、ずっと我慢していたのだ。

「ほんまに二人、結婚するんやな……」

須藤が感慨深そうに呟く。北條は上機嫌に声を弾ませた。

「おれ、ずっと二人のこと応援してたから嬉しいわ」

「あーあ、七瀬ももう人妻かー。まあ、人妻って響きもそれはそれで燃えるけど」

「燃えんでいい」

木南は結局、卒業するまでこの調子だった。この四年間、付き合っては別れ、を繰り返していた彼女と、なんだかんだで上手くやっているらしい。俺には理解できないが、まあそれもひとつの恋愛の形なのだろう。

「結婚式するときはあたしも呼んでな」

「うん！　さっちゃんも、北條くんと結婚するときは呼んでね」

「当たり前やろ。ご祝儀弾んでやー」

北條が余裕の笑みで須藤の肩を抱く。須藤は頬を染めて「するかわからんけどな！」と声を荒らげた。俺たちは声をたてて笑うと、三人に手を振って、再び歩き出す。

大学に入学したときには、こんなふうに気の置けない友人ができるなんて、想像もしていなかった。友人も恋人もいらない――そう、思っていたのに。

七瀬晴子に出逢ってから、俺の大学生活は百八十度変わった。

正門の前まで来たところで、足を止めた晴子が、くるりと振り返った。俺も晴子に倣って振り返ると、通い慣れたキャンパスの景色をしっかりと目に焼きつける。

二人で昼飯を食ったり、一緒に勉強をしたり、くだらないことで笑い合ったり。たまにすれ違っては、何度も仲直りをした。彼女と過ごしたかけがえのない日々が、この場所には詰まっている。

春の風に吹かれた桜の花びらが、ひらひらと舞い散る。抜けるような青空が眩しくて綺麗で、俺の視界はちょっとぼやけた。晴子に気付かれないように、素早く目元を拭う。

「ね、創平くん」

「……ん？」

「わたしの大学生活、創平くんのおかげですっごく楽しかった。ありがとう！」

晴子はそう言って、キラキラと光り輝くような、満面の笑みを浮かべた。彼女の大学四年間はきっと薔薇色だったのだろうなと、感じさせるような笑顔だった。

「俺も、楽しかった。——ありがとう」

晴子に出逢ってから、俺の人生はいいことずくめだ。きっとこれからも、晴子が隣で笑っていてくれれば、俺は幸せになれるんだと思う。

……願わくば晴子も、俺の隣で幸せで居てくれますように。

俺たちはキャンパスの正門をくぐると、二人の幸せな未来に向かって、並んで歩き始めた。

——これから始まるのはきっと、俺と彼女の薔薇色の人生の物語である。

あとがき

こんにちは、織島かのこです！

このたびは『嘘つきリップは恋で崩れる』二巻をお手に取っていただき、ありがとうございます！　一巻に引き続き、この作品でお会いできてとても嬉しいです。

一巻は私が想像していたよりもずっと多くの人に読んでいただけて、感想を目にする機会も多くあり、大変嬉しかったです。そこが書きたかったから伝わって嬉しい！という感想や、なるほどそういう視点もあったのか！という感想もあり、どれも執筆の糧になりました。あなたの「面白かった」の一言に、織島かのこは生かされています……！

二巻ではめでたく交際を始めた相楽とハルコの、付き合っているからこその悩みや迷いや葛藤、そして何より私が書いていてとっても楽しいイチャイチャを、ぎゅっと詰め込みました。一巻がわりと綺麗にまとまっていたので、「これって続きあるの？」といったご意見もちらほら見かけたのですが、私なりのハッピーエンドの向こう側を全力で書かせていただきました！

一巻でも軽く触れたのですが、本作は私が京都を離れてホームシックになったことがきっかけで書き始めた話です。久しぶりに帰省をすると、私の記憶にある景色がどんどん変わっていて、寂しく思うこともあるのですが、相楽とハルコたちが私の知らない京都で楽しく過ごしているのかもしれないなあ……と思うと、なんだか救われるような気持ちになります。

読者の皆さんも、京都に立ち寄られた際には、どこかにいるのかもしれない相楽とハルコの存在を感じていただければ幸せです！

さて、ここからは謝辞を。

一巻に引き続き、素敵なイラストを描いてくださった、ただのゆきこ先生！　読者の皆さんがハルコのことを応援して愛してくださったのも、先生のイラストの力が大きいと思っています。二巻でも最高に可愛い(かわい)ハルコのいろんな表情を生き生きと丁寧に描いてくださって、とっても幸せでした。ありがとうございました……！

担当編集のぬるさん＆サブ担当の檀浦(だんうら)さん。改稿のたびに迷走を繰り返して、本当にすみませんでした……！　最後まで一緒に、真摯に作品と向き合ってくださったおかげで、なんとかやりきれました！　今後とも、引き続きよろしくお願いいたします！

そして、一巻から応援してくださった、読者の皆様へ。二巻が無事に刊行できたのも、皆さんのおかげです！　こうして相楽とハルコの物語を見届けてくださったことを、とても嬉しく思います。本当にありがとうございました！

今は、次何書こうかな〜！とワクワク考えていますので、次回作が……出せたら、いいな！　いいえ、絶対出します！　願わくば、またどこかでお会いできますように！

織島かのこ

ファンレター、作品の
ご感想をお待ちしています

〈あて先〉

〒105-0001
東京都港区虎ノ門2-2-1
ＳＢクリエイティブ(株)
GA文庫編集部 気付

「織島かのこ先生」係
「ただのゆきこ先生」係

本書に関するご意見・ご感想は
右のQRコードよりお寄せください。

※アクセスの際や登録時に発生する通信費等はご負担ください。

https://ga.sbcr.jp/

嘘つきリップは恋で崩れる 2

発　行　　2024年6月30日　初版第一刷発行

著　者　　織島かのこ
発行者　　出井貴完

発行所　　SBクリエイティブ株式会社
〒105-0001
東京都港区虎ノ門2-2-1

装　丁　　AFTERGLOW

印刷・製本　中央精版印刷株式会社

乱丁本、落丁本はお取り替えいたします。
本書の内容を無断で複製・複写・放送・データ配信などをすることは、かたくお断りいたします。
定価はカバーに表示してあります。
©Kanoco Orijima
ISBN978-4-8156-2341-8
Printed in Japan　　GA文庫

第17回 GA文庫大賞

GA文庫では10代〜20代のライトノベル読者に向けた
魅力溢れるエンターテインメント作品を募集します！

イラスト／はねこと

大賞賞金300万円+コミカライズ確約！

◆ 募集内容 ◆

広義のエンターテインメント小説（ファンタジー、ラブコメ、学園など）で、日本語で書かれた未発表のオリジナル作品を募集します。希望者全員に評価シートを送付します。

※入賞作は当社にて刊行いたします。詳しくは募集要項をご確認下さい。

全入賞作品を刊行までサポート!!

応募の詳細はGA文庫公式ホームページにて

https://ga.sbcr.jp/